小匠女開業中 4 完

染青衣 著

文創風 1197

目錄

第七十四章 …… 005
第七十五章 …… 017
第七十六章 …… 029
第七十七章 …… 043
第七十八章 …… 055
第七十九章 …… 067
第八十章 …… 079
第八十一章 …… 093
第八十二章 …… 107
第八十三章 …… 121
第八十四章 …… 133
第八十五章 …… 145
第八十六章 …… 157
第八十七章 …… 169
第八十八章 …… 183
第八十九章 …… 197
第九十章 …… 211
第九十一章 …… 223
第九十二章 …… 237
第九十三章 …… 251
第九十四章 …… 263
第九十五章 …… 277
第九十六章 …… 291
番外一 …… 305
番外二 …… 311

第七十四章

如此又過了幾天，便到了要去鎮上的日子。

一大早，洪大海就在村子口等著。荀柳跟他見過幾次，也算熟識，打了聲招呼，坐上他的板車。

洪村臨近的小鎮名為古水鎮，就在積雲山下，往返要半天工夫。之前為了採買米糧，她跟洪大海來過一次。起初她怕這裡藏有暗部的人，便做男裝打扮，洪大海以為她是女兒家所以謹慎些，並未懷疑什麼。

然而，今天的古水鎮卻熱鬧得過了頭，出來遊玩的女子甚至多了好幾倍，其中還夾雜著不少書生打扮的公子，似乎多是雲松書院的學生。

荀柳絲毫不敢耽擱，去牲畜場買了三隻小豬，又去菜市場買了些菜籽，打了幾罈酒，便老老實實和洪大海趕車回村。

路上聽洪大海提起，她才知道發生了什麼事。

「方才妳沒聽人說？前幾日二皇子奉旨回雲松書院招賢納才，如今整個青州的才子美女都擠破了頭，往積雲山上湊啊。」

「是嗎……」

「荀姑娘，妳怎麼了，怎麼臉色這麼白？」

「啊，沒事，只是有點累了，回去休息就好。」

「咱們村子離得遠，來回鎮上一趟需費不少力。妳忍一忍，我趕快些，馬上就到了。」

荀柳笑了笑，腦子裡不停迴盪著剛才洪大海說的那句話——二皇子奉旨回雲松書院。

當初她選擇這裡，確實藏有自己的私心。即便她選擇了隱世，但這些年的事情，她怎麼可能說割捨就割捨，留在積雲山，最大的原因便是這裡是除了碎葉城之外，她唯一知道跟軒轅澈有過聯繫的地方。縱然以後見不著面，好歹能藉此稍有慰藉。

積雲山對於收集京城的消息最為靈通，則是第二個原因。

她想過，他早晚會再來雲松書院，但怎麼也沒想到，他居然這麼快就故地重遊了。

這個時候，他不是該留在朝中，力鬥蕭黨嗎？

荀柳帶著滿腹疑問，和洪大海回到了洪村。

為了感謝洪大海的照顧，她分了一些酒水送給他。

山路無法趕車上去，她便在村口下了車，向洪大海道別，牽著三隻小豬，揹著菜筐，往自己的木屋走去。

上山之後，她卻覺得不太對勁，路過的地方有好幾棵樹被砍斷，只剩下樹根。

這個時節，確實有不少村民上山砍柴，準備過冬，但村民們深知與大自然和睦相處的道理，大多都是撿乾柴，或者只砍樹杈，鮮少會直接砍樹。

難道有外人上山？

如此一想，荀柳心裡便有些擔憂，會不會是她的行蹤被發現了？

這時，三隻小豬突然哼唧幾聲，齊齊看向遠處，那裡的山林傳來幾道響亮的伐木聲。

一定就是砍樹的人！

她想了想，將三隻小豬的牽繩先捆在樹上，又將菜筐藏起來，便順著那聲音，悄悄摸了過去。

前面不遠處，果然有個陌生身影正在揮舞著斧頭砍樹。

她怕被發現，不敢太靠近。等了許久，那人終於砍斷樹，扛起木頭離開，她才又悄悄跟上去。

跟了大約一刻鐘，前方原本茂密的樹林豁然開朗，這才發現，離她家不遠的山腰上，不知何時居然被清理出一片空地，中央擺放著不少木頭，都是被人齊根砍斷的。

砰！男人將肩上的木頭丟下，跟那些木頭放在一起。

這人也準備在山裡造房子，安家落戶？

難道是她自作多情，或許對方亦是想避世而居的同道中人？

正當荀柳猜測時，男人忽然側過身，一張臉明晃晃露在她眼前。

那是一張平平無奇，但相貌還算周正的臉。駭人的是，臉上竟爬著一條深可見骨的刀疤，從左眉角一直延伸到下巴，添了幾分森冷和狠戾。

她不由渾身打了個寒戰，正想先開溜，目光卻忽然瞥見地上的東西。

等等，那堆亂糟糟還帶著血的，是不是雞毛？

方圓十里，除了洪村的村民，唯一養雞的，不就是她家？

荀柳忍不住了，小心地轉身離開，回到放菜筐和小豬的地方，牽起小豬，抱著菜筐，便立即往自己家裡趕去。

然而，一走進籬笆小院，看見院子裡僅剩的一公一母兩隻雞時，她的心都涼了。

這王八蛋還挺會選，挑最肥的三隻抓！

她越想越氣不過，又想到那人臉上駭人的刀疤，冷靜下來。

她先將三隻小豬關進廚房，又回房檢查其他東西，尤其是她從碎葉城帶出來的萬兩銀票。那可是她的養老金啊，要是被這人偷走了，哭都沒地方哭去。

還有那根鳳釵，千萬不能被外人看見。

她有些後悔臨走時帶上這樣危險的東西了。

幸好屋裡的東西都沒有被動過的痕跡，或許是那人見院子如此破陋，懶得進屋翻了，讓她走了運。

荀柳想了想，乾脆將萬兩銀票和鳳釵放進瓷罐子裡，用蠟密封好，埋在屋後，屋裡只藏了些碎銀子和銅錢。

確定東西都藏嚴實後，她打開廚房，牽出一隻小豬下了山。

荀柳走到村裡，敲了村長家的門。

洪大慶似乎正準備出門，看見她來了，十分驚訝。

「荀姑娘，我正想上山找妳，沒想到妳自己下來了。妳抱著小豬，是要做什麼？」

荀柳乾笑兩聲。「這是我今日和大海哥去鎮上買的。從我一進村，就受到你們家不少照顧，所以多買了一隻，當作是我的一點心意。」

洪大慶立即推拒。「欸，這可使不得，一隻小豬也不便宜。再說妳一個姑娘家，能有多少家底？還是拿回去養著吧。」

他說著，又叮囑道：「這幾天，妳自己當心些，山上來了個外姓人，村裡好幾個獵戶在山裡跟那人打了照面，看樣子是個極不好惹的人，說不定就是從憲州流竄來的盜匪。要不，妳在我這裡將就幾日，讓翠蘭陪妳，說不定過幾日那人便走了。」

荀柳苦笑一聲，心想那人大概是走不了，以後還要跟她做鄰居。

「村長，我下山就是想跟您說這件事，今日那人偷了我三隻母雞。借住就算了，但我想借您家的兩隻狼狗來壯壯膽。」

「什麼，他還敢偷雞？」洪大慶皺了皺眉，擔憂地說：「妳一個女兒家自己住在山上，可怎麼得了，還是搬進村裡吧。」

荀柳搖頭，婉拒他的好意。

「就算搬過來，也不是一朝一夕的事，再說山上還有我養的牲畜，總得有人照看。您借我兩條狗就行，想必那人也不敢對我做什麼。」

洪大慶見她如此堅持，嘆了口氣。「好吧，但妳若是遇到什麼困難，一定要告訴我們，千萬別拿我們當外人。」

荀柳心中一暖，點頭笑了笑，將小豬硬塞到他手上，然後牽著兩條大狼狗回家。

院子裡有狼狗看守，荀柳心裡果然安穩許多。

如此又過了幾日，皆是安然無恙。

也有村民發現那男人在山上安了家，但他不跟人來往，平日似乎只是打打獵、砍砍柴。一段時日過去，大家多多少少放了心。

但荀柳戒心強，那兩條狼狗也沒送回去，一直替她守著院子。村長那邊也不急著要，農閒時家人都在，用不著狗看家。

又過了兩天，當荀柳以為這件事算是過去的時候，又起了事端。

這日，她跟苗翠蘭還有村裡幾個獵戶家的婦女一起上山撿柴，為了即將到來的冬天做準備，回到家卻發現兩條狗無精打采地臥在地上，身上都受了傷，正在互相舔舐傷口。

院子裡剛搭好的豬圈的門被人拆得七零八落，裡頭只剩下一隻小豬，此時正耷拉著耳朵，靠著柵欄，瑟瑟發抖著。

荀柳一看，便明白是怎麼回事了，心裡的火猛地一冒，正準備衝出院門時，腳步一頓，轉身去廚房，從櫥櫃裡拿出自製辣椒粉，塞到懷裡。

先去理論，如果對方講理還好，不講理想動手，她就糊他一臉辣椒粉，再往山下跑，去找村民求助。

她好歹跟錢江等人學過一點花拳繡腿，至少跑路還是有自信的。

這樣想著，她氣勢雄渾地跨出了院子。

還沒走到那男人居住的地方，荀柳便聞到一股極為濃郁的香味，頓時更氣了。

這是烤乳豬的香味，是她千辛萬苦從古水鎮上買回來，等著養大的小豬啊！

許是怒火壯了膽子，她腳下生風，直接衝過去。

一進院子，入眼的是一整塊血淋淋的黑熊皮，用木架子架起來，頭還連在上頭，正往下滴著血，煞是猙獰可怖。

那人正坐在一簇篝火旁，篝火上烤著的，不正是她死不瞑目的小豬嗎?!

荀柳有些後悔獨自殺過來了，此人能徒手殺黑熊，看來不是個簡單角色。立即放棄硬幹這條路，語氣莫名㞞了不少。

「這位好漢，敢問你知不知道你烤的小豬是誰的？」

那人看都沒看她一眼，手上自顧自替烤乳豬翻面，聲音就跟他臉上的刀疤一樣陰森。

「搶來的。」

這王八蛋居然這麼直白。

荀柳乾笑一聲，試圖溝通。「好漢，你想吃烤乳豬可以，以你的身手，進山裡隨便打一隻就好了，何必非要搶呢？咱們好歹也算鄰居，和睦相處豈不更好？」

那人冷笑一聲，仍舊沒抬頭看她，只伸出一隻腳，狠踢身旁毛茸茸的東西。

「老子想搶就搶，妳待如何？」

那東西咯咯慘叫一聲，荀柳一看，便是一愣，暗自咬了咬牙。

就剩下這一隻母雞，他居然也偷走了！

縱然她是個聖母，怕是也忍不了了，當她荀柳好欺負是不是？

「我不知道你到底是什麼人，但你想在這裡撒野，好歹也看看自己有沒有以一擋百的本事。縱然官府管不著這裡，但你真犯了事，我們將你綁起來送官，好像也不怎麼費事。」

那人聽了，這才似乎有些感興趣地抬頭，看到站在陽光下的女子，目光微亮，但裡面更多的還是陰毒。

他站起身，抬步走近荀柳，半邊臉上的刀疤更加明顯，就像是一條大蜈蚣，隨著面部肌肉的伸展而蠕動。

他上下打量荀柳一眼，不氣反笑。「原來是個小娘子，正好老子缺個暖床的。」

荀柳警覺地往後退幾步，懶得跟他裝了。

「好漢倒是滿自信，可惜老娘對面醜心醜的男人沒興趣。我最後再勸你一句，趁早離開這裡，不然事情鬧大了，對你沒什麼好處。」

那句「面醜」似乎徹底激怒了男人，陰森森地笑了一聲。

「小賤人，妳知不知道今日惹的是誰？」

見他心防如此之弱，荀柳反倒不擔心了，盈盈笑道：「哦，我還真不知道呢。是誰？」

「老子穆川，記住了，今天晚上老子便要妳好看！」他說著，便朝荀柳撲過來。

荀柳側身一閃，險險避開。

穆川有些驚訝。「還是個會點身手的。呵，夠野，老子喜歡。」

接下來幾招，穆川似乎使出全力，讓荀柳對付得有些吃力。她畢竟只會些花拳繡腿，哪裡是這人的對手。

於是，她目光微閃，出聲刺激他。

「兄弟，我勸你還是別費勁了。就你這樣的，還妄想女人？我看娶個母豬都費勁，不如聽我一言，出家做和尚去吧。」

「小賤人，我看待會兒妳還能不能嘴硬！」

穆川怒極，迎面伸手一抓，正好稱了荀柳的意。

荀柳抿嘴，俏皮一笑，伸手掏出懷裡的辣椒粉，打開塞子，對著他臉上一甩，又急退幾步躲開。

縱然是這樣，她還是跟著吸進了一點，咳了幾聲，才轉頭看去。

穆川臉上滿滿都是赤色的辣椒粉，緊閉著眼，怒吼著要殺人。

荀柳懶得跟他掰扯，使勁憋住笑，往院門口挪。等挪到門外，便拔腿往林子裡逃。

穆川恨毒了她，竟循著她的腳步聲，不管不顧地追上來。

「賤人，今日我必定要活生生剝了妳的皮！」

荀柳沒想到他跑起來居然也挺快，眼看就要追上，乾脆腳步一停，躲在一棵大樹後。

穆川被辣椒粉刺激得雙眼發疼，起了殺心，聽見腳步聲停止，便也停下，口中盡是惡毒之言。

荀柳聽到那句「要割掉她的舌頭泡酒喝」，忍不住一抖，撿起一顆小石子，往相反的方向一丟。

穆川果然怒吼一聲，立即追上去。

她不敢耽擱，穆川一走，便趕緊往山下的村子裡跑了。

穆川追了沒幾步，就發現荀柳似乎騙了他，但他此刻雙眼紅腫，疼得睜不開，自然無法辨清方向，便在林子裡四處亂竄。

等他的眼睛終於能稍稍睜開一條縫時，不由咬牙切齒，準備衝著洪村殺過去。

孰料，他沒跑幾步，忽然感覺四周陰風乍起，席捲無數落葉，迎面向他掃來。

他伸手揮開落葉，只見前面不遠處，不知何時竟多了一抹頎長身影，闊袖錦袍，青絲如瀑，在夕暉和草木掩映下，似仙若鬼。

身為練武之人的直覺，穆川知道此人身手定在他之上。

但那人自始至終都沒開口，穆川便警惕地問了句。「你是何人？」

半晌，那人微微側過頭，嘴角含著一抹舒朗的笑。那語氣算不上冷寒，卻不知為何，莫名讓人心中發顫。

「她，你也敢動？」

話音剛落，穆川覺得脖頸一涼，頭顱隨即離開了身子，在地上滾了兩圈，目光停在自己的無頭屍體上。

屍體背後有一抹黑影，收起還在滴血的劍，向某人恭敬行禮。

「公子，此人名為穆川，是憲州黑龍山上的二當家。之前太子揚言已將憲州境內盜匪剿滅殆盡，看來根本就是空話。除了穆川之外，從憲州逃走的盜匪共二百餘人，應當都逃進了青州境內。」

那人緩緩轉過頭來，不帶任何情緒地吩咐。「暗抓活口。」

「是，公子。」黑衣人又抱拳道：「青州州官似乎已經察覺到，您這次奉命來招賢納才只是個幌子，我們要不要先收手，以免打草驚蛇？」

「不必。」那人目光一派淡然。「此事鬧得越大越好，最好讓他們知曉我們手上已經掌握足夠證據。另外，派人看好那幾個州官府上，一旦有人試圖傳信入京，立即暗中攔下。」

他說著，嘴角露出一抹涼意。「如此，逼得他們狗急跳牆才好。」

黑衣人應下，又想起一事，猶豫道：「公子，那這具屍體……」

「處理掉。」

黑衣人正準備動手，卻聽自家主子改了口。

「等等。」那人目光幽深地打量那顆頭顱半晌，道：「先帶回去吧。」看看山下那座村落，鳳眸微閃，抬腳離開。

黑衣人愣了愣，吶吶道了聲是，無比後悔自己下了這麼重的手。

這顆頭血淋淋的，看起來真倒胃口……

第七十五章

另一邊，荀柳氣喘吁吁地跑進村裡，將方才的事情告訴村長和村民。

洪村的村民向來老實本分，哪裡見過這般窮凶惡極的人，頓時嚷著要合力將這人趕走。這不只是為荀柳一個女兒家打抱不平，若留下這樣一個煞星，說不定早晚會禍害了誰家的黃花閨女。聽荀柳一說，此人更像是從憲州逃來的盜匪，更是留不得。

於是，村民們商量，很快就選出十來個壯漢，掄起棍子和斧頭，跟著荀柳上山。

孰料，上山之後，根本沒看見穆川的人，那座小木屋也空蕩蕩，烤乳豬早被烤得焦糊，篝火也熄滅了，似乎沒有人回來過的痕跡。

荀柳以為是穆川為了追她在林子裡迷了路，向村民們解釋，提議大家分散去找，一看到人影，便趕緊回來報信。

村民們答應了，分成好幾隊，從村旁到深山一帶，搜了個徹徹底底，仍是沒見到人。

如此找了好幾個時辰，天色已黑，有村民猜測道：「莫不是那人知道我們會回來找他，先一步逃走了？」

「也或許是踩到深山裡的陷阱，掉進去了？」

眾人面面相覷，不知到底是怎麼回事。

洪大慶提議道：「不然大家先回去吧，明天再來找找看。」又對荀柳說：「荀姑娘，今晚妳還是先去我家過一夜。這人若是故意藏起來，肯定會設法來報復。」

這次荀柳倒是沒拒絕。「好，那就麻煩村長了。」

「跟我還客氣什麼，我們走吧。」

如此，荀柳在村長家一待就是好幾天，山上院子裡的牲畜和被那人偷走的雞也挪過來，和村長家的一起養著。

這幾天，洪村的村民每天都有人上山找人，但不管他們還是上山打獵的獵戶們，再也未見過穆川的身影。一夜之間，此人如同人間蒸發了一般。

如此又過了數日，荀柳見山上完全沒了動靜，不好意思繼續待在村長家，便和洪大慶等人打聲招呼，揹著雞籠，牽著唯一剩下的小豬，回了小木屋。

安頓好牲畜之後，她又悄悄摸去那間房子。

院子裡的黑熊皮還在，除此之外，確實沒有人回來過的痕跡。雖然想不通，但她放心了不少。

回家之後，她加固了門窗，再從村裡養狗的人家抱來三條出生不久的小狼狗。村長家的兩條狗已經送回去養傷了，雖然這三隻還只會哼唧打滾，但對於她來說，聊勝於無。

時間漸漸過去，小院子裡添置的東西越來越多，荀柳的日子也過得越來越充實。

十一月，積雲山迎來第一場大雪。

早上一推開門，入眼的景象便是銀裝素裹。

荀柳穿著厚厚的棉襖，恨不能把自己裹成球。兩輩子加起來活了這麼久，還是第一次看見大山裡的雪景，這景色看起來美是美，但冷也是真冷。

以往在碎葉城，冬天還沒到，莫笑等人就準備好足夠的炭火暖屋，一日三餐也有人做、有人收拾。現在，就算她有錢，這種日常瑣事還是要親自動手才行。

幸虧洪村人心好，知道她一個女兒家獨自生活不容易，每家砍柴時都幫她留了一點。她給銀子，人家不要，便想方設法從別的地方給村民們一點補償，算是有來有往。

天氣冷了，牲畜都不願意出來溜達，她早早在雞圈和豬圈內鋪滿乾稻草，廚房裡也搭了個暖和的狗窩，供三隻小狗保暖用。

昨晚下了一整夜的大雪，她打開門，先在豬圈和雞圈內看了一圈，確定沒事，便走去了廚房。

還沒等她的手碰到門，便聽裡面傳來委屈的哼唧聲。拉開門，三隻胖嘟嘟的小狗打著哈欠，歡快地繞著她的腿轉來轉去。

她懶得做早飯，隨便熱了幾個饅頭，就著鹹菜湊合吃了。再餵過雞狗豬之後，揹著背簍，準備出門。

這個時節最適合挖冬筍，她打算多挖一些回來，煮冬筍臘肉吃。

既然打算在這裡安居一輩子，便要學會妝點枯燥平淡的生活。不然她總發呆，想起以前的事情，過不了多久就受不了了。

因為大雪封山，村裡的獵戶鮮少去古水鎮上做買賣，她無法探聽到外頭的消息。最後一次聽苗翠蘭閒聊，還是二皇子來雲松書院招賢納士的事，已然過去許久，軒轅澈應該回京了吧？

她這樣想著，準備關上籬笆門，往院子外走。

孰料，三隻小狼狗吃完早飯，屁顛屁顛地跟過來，大有要跟她一起出門，護衛她安全的架勢。

這三隻小狗才兩個月大，之前一直留在家裡跟著母狗，才剛斷奶，吃得一隻賽一隻的胖，顏色也分布得十分均勻，一白一灰一花，花的身上酷似梅花點，灰的喜歡每晚在廚房裡瞎跑，白的人來就瘋，於是她給牠們各自取了個很有感的名字——小梅、小超、小風。

因為一起餵飯、一起吆喝，再省略一點，就統稱為「梅超風」。

此時「梅超風」正費力地邁著各自的小短腿，亦步亦趨地跟著她，想往雪地裡走。

荀柳原本想將牠們關進院子，但是一關門，三隻小狗便哼哼唧唧，十分可憐，無奈地嘆了口氣，只能指著三小隻警告。

「好吧，可以跟著，但是別給我添亂。」

三隻狗歪了歪頭，不知到底明白沒有，抬起頭，高興地汪汪了幾聲。

然而，半天過去，荀柳發現，果然不能指望狗幹出人事。

一整個上午，別說冬筍沒挖到幾根，她得顧著小超亂跑，還得顧著小風和小梅狗咬狗。沒一會兒，三隻狗居然還不管不顧地趴在雪地裡睡著了。

果然，無論什麼生物的熊孩子都難管。這樣還保護她的安全呢，回頭自己被野獸啃了，還在搖尾巴。

於是，她只能清出背簍，將三小隻塞進去，準備往家裡走。

這時，遠處的山林裡忽然傳來一聲駭人的怒吼。

她先是一愣，雖未聽出是什麼野獸發出來的，但知道絕對不好惹，立即往家的方向跑。無論如何，屋子總還有門窗擋著。

孰料，她沒跑兩步，便見前面的斜坡上突然滾下一個烏漆抹黑的東西，足足比她高出半個身子，定睛一看，居然是頭成年黑熊。

這個季節，黑熊不是正在冬眠嗎，她這到底走了什麼運氣?!

黑熊站起來，背對著她，正朝著斜坡上怒吼。

荀柳想先找棵大樹悄悄藏身，但人倒楣時，真是喝涼水都塞牙縫，背簍裡睡得比豬還死的「梅超風」，竟然對著黑熊汪汪叫了起來。

這一叫，徹底吸引了黑熊的注意，荀柳什麼也顧不及，一把按住三小隻的狗頭，沒命地往前跑。

若是平日也就算了，她跑得還算快。但現在才剛下過大雪，在雪地裡，她可跑不過黑熊大哥。

沒幾步，發了狂的黑熊便追上來，二話不說，一隻熊掌衝她的頭頂拍來。

這一刻，荀柳只有一個念頭——她今天是要死在這深山老林裡了。

然而，事實不如她所想，一道人影忽然從側面的斜坡上衝下，生生替她挨了這一掌。

荀柳腳下一滑，跌坐在雪地上。

背簍裡的三小隻衝著黑熊不住叫喚，她看著那道人影，愣在原地。

眼前不是別人，是消失了大半個月的穆川！

她確定，今天不是走霉運，簡直是倒大楣了。

等等，不對，如果是穆川，那他為何要救她？

荀柳抬眼看去，只見穆川已經和黑熊纏鬥在一起。

不知是不是方才挨了一掌的關係，穆川顯得十分吃力，連吐了好幾口血，最後也許是抵擋不住，乾脆不再硬拚，往對面的山林裡逃去。

黑熊見血，興奮起來，不管不顧地追上。

荀柳想到前段時日發生的事，本想直接走人，但這好歹是一條人命，更別說她這條命方才還是穆川救的。

她猶豫一會兒，咬了咬牙，還是決定偷偷跟上去看看。能幫忙就幫，實在不行，便去村子裡搬救兵，也算對這廝仁至義盡了。

荀柳順著一人一熊的腳印，跟了許久，才在雪地裡看見兩道影子。

一人一熊全倒在地上。

黑熊張著血盆大口，右眼被一根木頭刺穿，木頭還插入了腦中。穆川頭朝下倒在雪地裡，不知是死是活。周圍的樹木盡是劃痕斷枝，似乎剛經歷一場生死搏鬥。

荀柳怕黑熊沒死透，再站起來生事，走過去用棍子戳了戳牠的肚皮，又拿了幾塊石頭砸牠。見黑熊始終沒動靜，這才確定牠是真的死了。

然後，她慢慢蹭到穆川跟前，推搡幾下，見他沒有反應，便將背簍放在地上，小心翻過他的身體，見他身上只穿著薄薄的一層衣服，渾身冰冷，嘴角殘留著方才吐出的血。

她探了探他的鼻息，發現人還活著，這才放了心。

這時，三隻小狗如湊熱鬧一般，撞翻背簍跑了出來，一個個湊在穆川臉旁歪頭瞅著，似乎在研究這人是誰。

荀柳想了想，覺得還是暫時把人弄回去比較妥當。先保住他的命，之後的事情，等她去叫村長過來再說。

於是，她揹好背簍，又撿了根木棍，隨手放進去。萬一他突然醒了，想起之前的事情要動手，她抄起木棍給他一棒，倒也滿方便。

她扶不動他，索性將外頭的棉衣一脫，綁在他的背和屁股上，然後撈著他的兩隻胳膊往前拽。

所經之處的雪地裡，留下一道長長的拖痕，外加一雙腳印和三對亂七八糟的小狗爪印。

如此折騰了一個多時辰，荀柳終於把人拖回院子裡。

等她將人弄進屋之後，才發現棉衣被蹭破一個大洞，連帶著他的褲子也被蹭得稀巴爛，入眼之處便是兩個微紅而光溜的屁股，皮膚白膩，煞是光滑。

荀柳趕緊別開眼，乾笑幾聲，這才將人拽到床上。

「你可不能怪我啊，反正早晚也是脫。」

他這身衣服早已被冰冷雪水浸濕，再這麼凍下去，人大概也要沒命了。

她閉著眼睛，拽著他的上衣領一扒。

趁著她沒注意，眼前這個早已昏迷過去的人，微微勾了勾唇角。

終於扒掉衣服，她伸手將被子甩在他身上，睜開眼，去廚房抱了些木頭，丟進炕裡燒。

這是她為了過冬特地改造的，正是前世東北家家戶戶用的火炕。

後來，苗翠蘭瞧見，覺得主意頗好，也在家裡弄了一個。一傳十，十傳百，洪村裡的人仿效起來，為此不少人還送禮上門，說是感謝她想的妙招，這個冬天，大家手腳上的凍瘡都好了不少。

沒一會兒，荀柳發現穆川的臉色終於泛起紅潤，這才舒了一口氣。

她往炕上看一眼，又轉身出了房間，抱了一捆麻繩走進來，頗為抱歉地盯著仍舊昏迷不醒的穆川。

「兄弟，不是我恩將仇報，實在是咱們之前相處得不怎麼愉快。為了我的安全，煩勞你再吃點苦……」

她一邊說、一邊麻利地將穆川的手腳綁起來，還裡外綁了三層。

這樣，她就完全放心了。

做完這些，荀柳起身拍拍手，拉開門準備去找村長時，忽然又想起一個問題。

她將他扒了個一乾二淨，若是村長等人過來瞧見，會不會有什麼奇怪的想法？

雖然她不在乎什麼名聲不名聲的，但洪村的人要跟她做一輩子的鄰居，她多多少少得顧忌一點吧，不然以後造成的麻煩是無窮無盡的。

她猶豫起來，是不是應該等他醒了之後，先讓他穿上衣服再說？

然而，她剛打定主意，便聽院子外頭傳來村長洪大慶的聲音。

「荀姑娘，妳在不在？」

荀柳愣了愣，立即關上剛拉開一條縫的木門，又覺得這麼做似乎太心虛了點，遂定了定神，俐落地拉開門走出去，再俐落關上，衝著站在院外的洪大慶一如往常般笑了笑。

「村長，你怎麼來了？」

洪大慶手上提著一只小竹筐，遞給她。「今天家裡做了餃子，妳一個人在山上怪冷清的，便送一點給妳。妳煮來吃，好暖暖胃。」

荀柳沒推辭，村長這麼大老遠送來，若是還客套推辭，就太不懂事了。

「那就謝謝村長了。那個，村長……」

她接下小竹筐，心裡想的卻是屋子裡的人，猶豫半晌，不知到底怎麼開口好。

洪大慶見她吞吞吐吐的，主動問道：「可是還有別的事？」

荀柳動了動嘴角，想到穆川今日受的傷大概不輕，能不能醒來都不一定。就算醒過來，那身衣褲也爛得不能穿了。

不如，待會兒她再麻煩一回，去他的木房子裡找找還沒有其他的衣服，拿回來閉著眼睛替他換上，再下山請村長等人過來，豈不是什麼問題都沒有了。

她這樣想著，準備重新謝過村長，讓他離開，孰料屋裡忽然傳來匡噹一聲，似乎是什麼重物落在地上的聲音。

洪大慶自然也聽得清清楚楚，伸長脖子朝裡面看。

「荀姑娘，妳屋裡是不是有人？」

他記得，自家兒媳苗翠蘭喜歡上山找荀柳。但他來之前，兒媳好好待在家，更別說昨夜還下了這麼大的雪，一般人上山都費勁，要不是他想到天冷，才過來送點熱食。不然，就算是串門子，也不會選在這個時候，便有些好奇。

荀柳一驚，立刻搖頭。「沒事，可能是小超又在屋裡亂跑，撞到了什麼東西……」

她話音剛落，便聽身後汪汪幾聲，「梅超風」聞到餃子的香味，搖著尾巴從廚房裡跑出來了。

屋內也十分剛好地響起一道清晰的男子悶哼聲。

謊言不攻自破，荀柳尷尬得恨不能一頭扎進地裡。

洪大慶眉頭一皺。「荀姑娘，妳怎能單獨把男子留在屋裡？」

荀柳擺手。「村長，你誤會了。剛才我不敢告訴你，是因為……」

她說到一半，又頓了頓，最終無奈道：「算了，反正這件事遲早要讓你知道，你跟我進來看吧。」

洪大慶沒想到她會這樣說，又見她帶頭推開木門，猶豫一下，跟著走進去。

第七十六章

兩人進去之後，入眼便看到一個陌生男人正半裹著被子趴在地上。

男人光裸著大半個背，線條完美，皮膚白膩，襯著肩膀和背上被捆了好幾層的繩子，竟有種說不出的奇異美感。

此時，他正費力地撐著地面，似乎要站起來，這才發現他的手腕和腳踝也被麻繩捆住。被子危險地搭在他的腰部以下，若真讓他撐起來，不用猜也知道會露出什麼樣的風景。

這副樣子，真是誰看了，都會浮想聯翩啊。

「這實在是……實在是……」

洪大慶指著男子，手指顫抖著，半晌說不出話來。他想說有傷風化，但面對他一直認為的善良可親的好姑娘荀柳，指責的話又出不了口。

荀柳也沒想到，一推開門，房裡會是這麼香豔的場景，見洪大慶臉色發青，立即解釋。

「村長，你千萬不要誤會，這人就是穆川。今日我上山挖冬筍，正好遇到他和黑熊拚鬥，本來我想早些去通知你，但見他傷勢極重，就先把他拖回來了。」

她看了看他光裸的背，補充道：「他身上的衣服全濕透了，我是閉著眼睛幫他扒掉的，我……我也是沒別的辦法了。」

「什麼？」洪大慶聽到穆川的名字，臉色變了。「他不是已經消失大半個月了？」

他看了看還趴在冰涼地上的男人，嘆口氣。「先將人扶起來吧。」

因為剛才在院子裡對洪大慶扯了謊，荀柳有點心虛，便聽話地和他一起將穆川扶上炕。

似乎是火炕起了作用，穆川的臉色紅潤許多，但嘴唇仍舊發白，應該是多少受了內傷。

穆川很聽話，不知是不是曉得現在的處境不比當初，即便被這樣綁著，也毫無怨言。

但是，自從看見荀柳之後，他那雙黑眸便一眨不眨地盯著她，似是要將她的臉盯出一朵花來。

他莫不是被黑熊打傻了，性子怎麼跟以前差了這麼多？

荀柳忍不住伸出手，在他眼前晃了晃。「喂，你還記不記得我是誰？」

這回穆川倒是有了動靜，卻是詭異地扯唇笑了笑，吐出兩個字。

「娘子。」

荀柳無語。誰是你這王八羔子的娘子！

本來好不容易相信荀柳是清白的洪大慶，神色又開始奇怪起來。

荀柳簡直無力了，只能試圖繼續跟穆川交涉。

「穆川，你真不記得我是誰了？半個月前，你偷了我三隻母雞和一隻小豬，還叫囂著要殺我的事情，你都忘光了？」

穆川的目光微閃，很乾脆地搖了搖頭。「不記得，我一向正直，怎會偷妳的母雞？」

荀柳惱怒。王八蛋！

洪大慶的目光更納悶了幾分。

荀柳深吸了口氣，又道：「那你怎麼確定我是你娘子？」

穆川無辜地打量他被捆著的手腳和光溜溜的身子。

「若不是娘子，那為何要這般待我？莫不是我哪裡招惹了娘子，讓娘子這般生氣，非要扒光我的衣服捆上，才能解氣？」

荀柳氣得望天。求雷神劈死這個混蛋！

洪大慶也無語了。「荀姑娘，這到底是怎麼回事？我有些糊塗了。」

荀柳氣急，乾脆將方才從穆川身上扒下來的破衣服丟到兩人面前。

「我不是你的娘子。穆川，你好好想想，方才是不是你將黑熊惹醒了，後來才在林子裡遇到我？還有，半個月前，你突然出現在這裡，還在我家附近蓋了間木房子……」

她將事情經過詳細解釋一遍，洪大慶倒是聽明白了，畢竟相處了好幾個月，多少相信荀柳的人品。唯一的可能，便是穆川不知因何消失，再回來後，因為和黑熊拚鬥，無意中被打壞了腦子，如今失憶，什麼都記不起來。

穆川聽完，低頭沈思半晌。

「依照娘子所說，之前我偷了娘子的母雞和小豬，如今又被娘子所救，便是我虧欠了娘子。」

荀柳琢磨了下，點點頭。「你把娘子這兩字去掉，就理解得滿對的。」

穆川高興地道：「既然我虧欠了娘子，又身無長物，無以報答，唯有以身相許……」

「你給我趁早打住！」荀柳立即喊停。「你現在要明白一件事，你在我家，睡的是我的炕，烤的是我的火盆，想繼續待在這裡養傷，就給我閉嘴，或者把娘子兩字改掉！」

「那娘子姓甚名誰？」這語氣還有點小愉悅是怎麼回事？

「荀柳！」她滿肚子火。

「那往後我便叫娘子阿柳吧。」

荀柳無言了。

洪大慶看夠了熱鬧，忍不住嘆氣。

「這樣吧，我去跟村裡人商量。穆川身分特殊，又受了重傷，留在一個姑娘家裡，實在不妥。若是誰家願意收留，便好辦多了。」

荀柳應下。「好，麻煩村長了。」

等洪大慶走後，院子裡又恢復安靜。

屋裡暖和，三隻小狗跟著跑進來，似是對穆川這個生人很感興趣，一直扒著炕邊，搖著尾巴想看他。

屋裡平白無故多了一個陌生男人，荀柳也覺得渾身不自在，便撈過凳子，面朝門外坐著掰筍皮。

即便是這樣，她也能感覺到後腦勺總黏著一道目光，盯得她直起雞皮疙瘩。

這王八蛋真是失憶了？莫不是假裝失憶，等養好傷後，再藉機報復她吧？

洪大慶去了很久還沒回來，眼看已經過了中午，她實在餓得難受，便先去廚房煮了他帶來的餃子，替穆川和她各盛了一碗。

她剛吃完，便見洪大慶晃晃悠悠地回來，臉上帶著難色。

「荀姑娘……」

荀柳疑惑。「村長，怎麼了？」

洪大慶解釋，她這才了解了村民們的意思。說到底，大家還是頗為懼怕這個能徒手殺黑熊的男人。雖說失憶，但本性難移，若是好心收留他，某天他又起了什麼壞心思，偷盜也罷了，如果鬧出人命，誰都擔待不起。

於是，村民們提議，將穆川送回他自己的木房子，大不了每家每戶按三餐送吃食過去，也算仁至義盡了。

大雪過後，天氣晴了，他們再派人去古水鎮的官府問問穆川的來頭，若確定他是盜匪，正好一舉送進大牢。若他並非盜匪，那更好說了，如果誠心改過，他們也不是非要將人逼上絕路，他想在山裡繼續生活，也無不可。

但在身分未確定之前，他們不敢輕易接納。

荀柳知道，這已經是村民們對穆川最大的善意。幸虧是遇上老實善良的洪村人，若是膽子大些的村民，就地解決了他也沒什麼。一個來頭不明的外地人死在深山老林裡，是再普通不過的事。

荀柳想了想，對洪大慶道：「村長，我明白大家的意思了，請您替我謝謝他們。這件事說到底是因我而起，便讓我自己想辦法解決吧。」

洪大慶嘆了口氣。「妳別怪他們，這個時節家家戶戶都難熬，讓他們收留一個外人，確實為難。這件事情，我也不能坐視不理，晚一些我派人過來把穆川帶到木房子裡，往後的事情，妳一個女兒家就別操心了。」

荀柳知道這是最妥貼的辦法，但她轉身看了看屋裡，見穆川正靠著炕頭，小心地將餃子往嘴裡送。即便他現在渾身是傷，那表情卻看起來十分滿足愉悅。

他應是傷了筋骨，若無保暖，這樣的寒冬，凍個一晚或許便可能要了他的命。那木房子簡陋至極，想必也沒什麼暖和的被褥。就算替他生了火，但無人照顧，怕是引起火災都沒人來救。

她實在無法置之不理，這人畢竟在熊掌下救了她一條命。說不定就是因為那一掌，他才失憶，就當是送佛送到西吧。

她扭過臉，對洪大慶道：「不必派人過來了。村長，我收留他。」

洪大慶一驚，滿臉不贊成。「妳一個女兒家，如何能留個陌生男人過夜？妳不在乎自己的名聲嗎？若是被人傳出去，往後怎麼找婆家？」

荀柳笑了笑。「我知道。村長，我已經決定好，你就不用再勸我了。」名聲這個東西，她本來也不在乎。

洪大慶見她堅決，無奈地嘆口氣。「好吧，反正這幾日大雪封山，應當不會有人來。妳自己小心些，一有事，馬上來尋我。」

他說著，又往屋裡瞥了一眼。「尤其要提防著他。」

荀柳點點頭，又說了幾句，便送洪大慶離開了。

到了晚上，荀柳才發現，她忽略了一個大問題。

她總共就兩間小木屋，一間是廚房加柴房，現在還添了狗窩，而能睡人的也就這一張火炕。留給穆川之後，她睡哪兒？

她站在門口，看了看被她佈置得柔軟暖和的火炕，又看了看悠哉躺在上面的男人，竟有些進退兩難。

穆川似乎也發現了這個問題，很識相地撐起身子，慢慢挪到炕邊，聲音虛弱地開口。

「阿柳幫我在地上弄個地鋪吧，我睡地上便好。」

話還沒說完，他便嘔出一口黑血，那副撐在炕頭，奄奄一息又委屈求全的樣子，不知道的，怕是以為她虐待病人呢。

荀柳心中極想罵人，但還是上前扶住他的身子，讓他靠在炕頭，違心道：「算了，你別折騰了。把自己折騰歿了，我還得替你收屍，還是好好睡你的熱炕頭吧。」

她想著，轉身出門，從廚房裡搬來幾塊木板，又從院子裡搬來兩條長板凳，湊合著拼了張床。

床是有了，她卻睡得極不舒服。只要一翻身，身下的薄木板便發出嘎吱嘎吱的聲音，又難聽，又難睡。

她翻來覆去地睡不著。

其實不能完全怪木板，自她從碎葉城逃出來之後，每逢這樣夜深人靜的夜晚，她總是容易想起很多事情，包括那五年，也包括記憶漸漸模糊的前世，讓她有些煩躁。

今晚，她連暖和的炕都睡不了，又忍不住翻了個身，身下隨即響起一道響亮的嘎吱聲。

「阿柳，妳睡不著？是不是睡得不舒服？」

炕上傳來一道聲音，比起平常男人更為低沈一些，卻不難聽。

荀柳抬頭看去，對上一雙晶亮的眸子。

白日裡，穆川臉上那道疤痕為他添了抹戾氣，但此時屋內光線暗淡，讓那道疤痕看起來淡了些，氣質柔和不少。

反正也睡不著，不如套套話。

荀柳眼珠子一轉，問道：「穆川，你真的一點都不記得以前的事情了？我今日跟你說的那些，你聽完之後，沒有什麼感覺？」

穆川盯著她半晌，低笑一聲。「阿柳是怕我會報復妳？」

「難道你不會？」她可不相信一個人的本性會變得這麼快。雖然失憶可以勉強解釋，但如果只是暫時的呢？

「報復了阿柳，又對我有什麼好處？」穆川道：「據阿柳的話說，之前我是個一窮二白的外來客，脾氣凶悍狠戾，無人喜歡。如今有阿柳願意喜歡我，難道我報復了阿柳，會比現在的境況更好？」

「你怕是誤會了什麼。我收留你，不是因為喜歡你。」

「現在四下無人，阿柳不必害羞。」

「你的臉皮是天生的厚吧？」

「木板睡得不舒服，不如妳上來睡，我不會占多少位置。若是被人看見，擇日我們將婚禮辦了便是。」

「我最後警告你，要是還想舒舒服服睡炕，就把你的嘴給我閉上。」

屋內終於安靜了一會兒，但不到半刻，又聽穆川擔憂地說：「那木板又薄又脆，若是斷了，如何是好？」

「不用你操心，閉嘴！」

荀柳懶得再跟他掰扯，翻身準備背對他睡覺，孰料這衰星的話居然好死不死地應驗了。

喀嚓！一塊大木板罷了工，斷了的地方正好是荀柳的屁股。這一落地，疼得她忍不住嘶了一聲，立即往炕上瞪了一眼。

穆川眨巴著一雙無辜的眼睛，從被子裡伸出一隻手，拍拍身旁留出的位置，那意思再明顯不過。

「來吧，還是炕上安全。」

一刻鐘後，荀柳抱著被子上炕，縮在離穆川最遠的牆角，瞪著他。

穆川一臉坦然地任由她瞪著，一副問心無愧，任君探究的模樣。

半晌後，他忍不住好笑地開了口。「妳準備就這麼坐上一夜？」

「我不相信你。」荀柳警惕地盯著他。「漂亮姑娘就這麼在你眼前睡下，你這窮凶極惡的王八蛋，會一點企圖心也沒有？」

聽到那句窮凶極惡的王八蛋，穆川哭笑不得。「那要怎樣妳才能放心？」

荀柳沈默一會兒，忽然瞥見白日用來捆他的麻繩。

穆川順著她的目光看去，試圖勸說。「我受了重傷，就算有心也對妳做不了什麼，難道妳想狠心將我綁上一整夜？」

見他抗拒，荀柳反而放心了，毫不猶豫地點點頭。「你要麼配合，要麼今晚咱倆誰也別想睡了。」

穆川無力反駁，只得重新被捆成粽子。

不知是「威脅」被制住，還是實在鬧得太晚，荀柳和穆川隔著一條大大的空隙，很快便睡熟了。

早上，一聲響亮的公雞打鳴聲響起。

荀柳慢慢睜開了眼，入眼是熟悉的木屋房梁，將手伸出被子，懶懶地打了個哈欠，卻發現一道目光黏在她的臉上。

她轉過頭，便看見一張刀疤臉正瞅著她。那道刀疤仍舊駭人，但不知是不是因為主人臉色蒼白，目光也稍顯柔和，倒顯得沒有以往那般狠戾。

如果沒有這麼一條醜陋的刀疤，其實這人看起來還算順眼。

但荀柳沒忘了他之前的行徑有多可惡，看了看身上和被褥，發現一切完好，反倒是他身上緊緊捆著麻繩，臉色比昨日又蒼白了幾分。

這麼難受，竟也毫無怨言，倒是滿乖的。

荀柳不好意思繼續捆著他了，下了炕之後，便解開繩子，見他臉色依舊難看，忍不住問了一句。

「還是難受？」

穆川對她虛弱地笑了笑。「看來那熊甚是厲害，我的內傷怕是十天半月內好不了了。」

「村裡有個獸醫，不如我請他來替你看看？」

「不必。」穆川轉頭看隔壁廚房，笑容有些莫名的脆弱。「此時若是有人能餵我一勺熱騰騰的白米粥，我便滿足了。」

「你直接說你餓了就行，不用搞這些花裡胡哨的。」

昨日處理乾淨的幾根冬筍還在，荀柳便做了個冬筍炒臘肉，又煮了些白米粥，煎了兩顆雞蛋。

沒一會兒，熱騰騰的早飯端到穆川面前。

他看起來好像確實喜歡喝粥，看著那碗白米粥，眸子亮了不少。

這讓荀柳莫名想起那段和軒轅澈待在龍岩山脈裡的日子，餐風露宿，運氣好的時候遇到小山村，才能買點糙米，饞的時候直接用竹筒過水，加野菜和野兔子肉煮粥喝。後來養成了軒轅澈愛喝粥的喜好，後來家境好了，她反倒再沒親手做過。

「妳不餵我？」

一句話忽然打斷了荀柳的回憶，低頭一看，發現穆川正靠在炕頭看她，似乎真等著她親手用勺子把粥餵到他嘴裡。

她沒好氣地翻了個白眼，將粥碗一端，準備拿走。

「不吃是不是？」

穆川立即伸手搶過。「阿柳做飯已經很累了，我自己來。」

荀柳瞇了瞇眼。矯情。

吃完早飯，餵完雞和小豬還有狗，荀柳又上山去挖冬筍。現在家裡多了一張嘴吃飯，她得更勤快一點才行。

至於「梅超風」，她一隻也沒帶，全部留在院子裡看門，順便看著穆川。

白天，兩人一個忙碌著自己的事，一個躺在床上發呆。到了晚上，便同睡一個炕頭。幾天下來，倒也相安無事。

第七十七章

一掃前幾日的陰冷，放了晴，山上的大雪終於化了。

然而，還沒等洪大慶派人去古水鎮，官府的人卻找了過來。這還是十餘年來，除了收稅，官府第一次主動上門，不少人圍在村長家看熱鬧。

荀柳也記掛著穆川身分的事，正巧下山到了村長家，看到的便是這場熱鬧。

還沒等她擠進去看到底是怎麼回事，身旁村民的議論聲卻已經傳到她的耳朵裡。

「二皇子怎會遭人刺殺？這不是真的吧？」

「怎麼不是真的，不然大冷天的，官兵為什麼會突然過來？我剛聽他們說，二皇子得知山中有惠州的盜匪流竄，親自帶兵進山搜尋，好像就在咱們村子附近，孰料突然遭到刺客伏擊，說是胸口中了好幾箭，跌落山谷不見蹤影。偏偏又碰上前幾日下了這麼大的雪，足足找了多日還不見消息，看來是凶多吉少嘍。」

有人聽到，也跟著惋惜。「可惜了，聽說二皇子品性頗好，不知何時遭了小人惦記。」

荀柳只覺腦子一懵，耳朵裡迴盪著一句話——二皇子遭人刺殺，跌落谷底，不知所蹤。

怎會……怎麼會……

他身邊不是有莫離和暗部的人陪著，怎會被人刺殺?!

這時，身邊有村民見到她，喊了一聲。「村長，不用派人去找了，荀姑娘來了！」

人群讓出一條道路，洪大慶帶了個陌生男子走出來。

「荀姑娘，這位是往年經常來收稅的陳大人。陳大人說，這次二皇子有留下之前流竄出來的盜匪名冊，他可以幫我們查查，明日就能知道結果。我正想派人去通知妳，沒想到妳自己下來了。」

陳大人官位不高，但看起來很正直，附和洪大慶的話。「不錯。但這幾日我有要事在身，只能託同僚去官府查，需要你們去官府一趟才行。」

洪大慶爽朗笑道：「我讓大海去一趟。您能幫我們查，就已經是幫了大忙。」

陳大人抱拳。「那好。既然你們村裡也沒什麼消息，我便動身去其他地方了，告辭。」

「等等。」荀柳猛地回神，急急上前一步。「敢問陳大人，二皇子失蹤的地方在哪？」

陳大人納悶地看她一眼。「妳問這個幹什麼？」

荀柳斂起目光，道：「民女曾聽聞二皇子的事跡，欽佩不已，所以有些擔心……」

陳大人立即明白了，自從二皇子回京後，便有不少女子妄想攀高枝，這村姑想必也動了點心思，莫不是想打聽出二皇子出事的地方，偷偷去尋，甚至想著勾搭一番，謀個名分吧？

可惜，多少富家千金都未曾令二皇子入眼，更別提這深山旮旯裡，不知天高地厚的小村姑了。

他嘲諷地瞥荀柳一眼，有些敷衍道：「爾等若是有消息，盡可去古水鎮官府稟報。其他事情，還是莫要多問為好。」

他說著，頭也不回地離開了。

村民們見沒什麼熱鬧可看，漸漸散了。

洪大慶本還想跟荀柳說說穆川的事，見她臉色不好，便問她是不是哪裡不舒服？

荀柳勉強應付幾句，回了山上木屋。

穆川見荀柳回來之後，就坐在凳子上不說話，忍不住問道：「妳去村長家，他對妳說了什麼，為何臉色這麼難看？」

荀柳忽然站起來，頭也未回地對他說了句。「我出門一趟，晚些回來。」

她說完，套上最厚實的棉衣，提起鐵鎬出了院子，朝深山走去。

天色漸漸暗下來，沒了日光照射，變得陰冷，雞也早早鑽進了窩，院子裡只剩下三隻小狗還在互相追咬打鬧。

穆川靠在炕頭，望向木窗外，那裡擺著一張小木桌，上面放著樸素的陶瓦罐，裡頭空空如也。

木窗外的院子裡，種著一棵小桃樹，現在未到開花的季節，但從他這個方向看去，像是從瓦罐裡生長出來一般。等桃蕊初綻時，就好似在窗臺上種了一樹桃花，煞是可愛。

屋內的其他佈置也十分樸素簡單，雖然沒什麼貴重物事，卻收拾得十分俐落乾淨。

他的目光落在身旁的一小堆衣服上，那是她方才出門換下的棉衣，看來她極是怕冷，竟連件小襖都做得比尋常衣服厚一倍，不由伸手撚了撚那衣服的袖子，忍不住彎了彎唇。

他看了一會兒，又望向窗外，天色越來越暗，卻始終不見她回來。

他輕輕皺眉，想要下床，院外傳來一道陌生的女聲，讓他的動作停住。

「阿柳，妳在不在家？」

他目光微閃，重新靠回炕頭，代為答了一聲。「她不在。妳是誰？找她有事？」

院外的人聞言，自己走了進來，三隻小狗似乎對她十分熟悉，一見到她，便圍上去狂搖尾巴。

來人走到窗前，穆川才看清她是什麼模樣。

是個膚色暗黃，但雙眼晶亮的年輕婦人，面上表情警惕中帶著些許不忿，打量了他好幾眼，才開了口。

「你就是那個穆川吧？我告訴你，雖然阿柳自願收留你，但你別想對她打什麼歪主意，等你傷好了，就馬上滾蛋，以後別再纏著我們阿柳。還有，今日官府來人，說是明天就能查明白你的身分，要是讓我們知道你不是什麼好人，到時候有你好看的。」

穆川本來表情並無變化，甚至頗為輕鬆，聽見官府來人後，目光微暗，不答反問。

「官府？他們來幹什麼？」

苗翠蘭沒料到他是這個反應，愣了愣，納悶地看他一眼。「你問這個做什麼？我為什麼要告訴你？」

她想一下，恍然大悟。「哦，你該不會真是從憲州流竄來的盜匪，二皇子就是因為捉拿你們才失蹤了對不對？你是怕被官府的人發現吧？哈哈，晚了，官府的人已經知道你的名字，你跑不掉了。」

穆川不作聲，皺著眉，陷入沈思。

苗翠蘭說了一會兒，見他始終不搭理她，自覺無趣，提起手上的籃子，放在窗臺旁的桌子上。

「最後警告你一次，別打歪主意。這裡頭是我爹的舊棉衣和一些雞蛋，便宜你了，趕緊養好傷走人。」

她說完，傲氣地轉過身，離開荀柳家回村。

穆川掃了籃子一眼，目光又透過的木窗望向外頭，眼底多了一抹說不出的複雜……

直到太陽完全落下，院子裡終於有了動靜。

穆川看著荀柳滿臉疲憊地走進屋，慢慢脫下厚重的棉大衣，換上方便的小襖，這才發現桌上似乎多了東西。

「下午有人來了？」

她打開籃子，看見裡面的衣服和雞蛋，將衣服拿出來，丟到穆川面前。

「穿吧。這是我向村長要的，你總不能一直穿著那身破衣服。」

她提起那半籃子雞蛋，準備走出房間。「我去做點吃的。」

然而，她還沒舉步，便聽他淡淡道：「妳受傷了？」

荀柳微微一愣，低頭看看自己的右小腿，笑了笑。「不打緊。不小心踩滑，撞了下。」

確實只是小傷，不過走路的時候有點彆扭，沒想到他居然能看出來。如果不是因為之前那些惡劣的行為，其實他還滿會關心人的。

聽穆川沒再說什麼，她提著雞蛋出了房門。

因為實在太累，晚上她只炒了個筍尖雞蛋，蒸了幾個剩下的饅頭，解決了晚飯。餵過了家裡的小畜牲們後，才上床休息。

照例，穆川仍舊被五花大綁著。

「明天我有事，還要上山，走之前我會留幾張餅給你，將就著吃吧。」吹了燈之後，荀柳背對著穆川道。

許久，她未聽見穆川回答，想轉過身看他是不是已經睡著了，卻聽他低沈的聲音在背後響起。

「妳今日上山，幹什麼去了？」不等荀柳回答，他又道：「妳去了幾個時辰，沒帶背簍，也沒挖筍回來，難道是去找什麼東西？」

這語氣很奇怪，似乎有些刻意，又似乎有些小心。

荀柳心中一驚，沒聽出其他的意思，只想著去找人的目的千萬不能讓穆川知道，不然等二皇子失蹤的消息一傳開，再笨的人都知道她是去幹麼的。

她想了想，敷衍道：「啊，我在山上種了東西，怕被野獸啃了，所以這幾天得看著。」

「哦，什麼作物農閒時還需要打理？不如阿柳歇一歇，等我傷好了，陪妳一起去看。」

荀柳語塞，暗罵自己嘴賤，非跟他解釋幹什麼，直接一句「關你屁事」，不就得了。

「不用，咱們沒那麼熟。等你好了，趁早回自己的屋子，別再來偷我的母雞就行。」

月光下，他的眸子正一眨不眨地看著她，竟看得她有些心虛。

她立即轉頭，忽悠一句。「快睡吧。你怎麼這麼多話，再出聲，我就把你丟進豬圈。」

她也不等他反應，說完便閉上眼睛裝睡。

許是今天運動太多，身子太乏，這一裝，竟真的睡熟了。

這一晚，她作了個夢，夢到許久未見的軒轅澈。她看見他孤零零地躺在雪地裡，雙眼無神，滿身是傷，口中不住喚著阿姊。

她拿著鐵鎬，迎著冷冽的寒風，拚命地往前爬。但不管她多努力，卻始終搆不到他的一片衣角。

等到她終於跑到他面前時，卻見他的身影漸漸透明，散在風裡，耳旁只迴盪著他留下的唯一一句話。

阿姊，妳可曾後悔離開我？

那聲音似是近在咫尺，就在她的耳旁。

她似是陷入這場夢魘之中，無法自拔，只能獨自躺倒在雪地裡，忽覺右小腿處傳來一陣沁涼。

她疲憊至極，連低頭去瞧的力氣也無，只能瞪著眼睛，看著身旁白茫茫的一片雪……

公雞一打鳴，荀柳立即跳起來，這才發現她不是在雪地裡，而是在自家暖和的炕上。

她不由看了身旁一眼，穆川還未醒，仍舊老老實實地被捆著。

但她總覺得哪裡不對勁，這才想起右小腿的傷，別過身，拉起褲腿一看，見傷口已經癒合很多，且還散發出一陣似有若無的藥香。

她有點疑惑，昨天她是在廚房抹了點藥，但不過是最普通的跌打藥，藥效居然這麼好？

她沒細究，繞過穆川下炕，打理完院子裡的事，又烙了幾張餅放在屋內，便又拿著鐵鎬上了山。

她想到昨晚作的夢，身上便一陣陣冒冷汗，找得越來越急。

積雲山脈說大也不大，說小也絕不算小，她用最快的速度找了大半天，才找了兩、三座山頭。

她本不信鬼神，但她卻經歷過比鬼神還要扯的事情，不由開始相信，那夢是不是真的就是某種預兆，或許她在夢裡看到的那一幕，就是軒轅澈死時的模樣。

不，不可能，這五年他們一起經歷多少艱險，他怎麼可能因為這小小的刺殺，便這般容易殞命？

她搖頭，身上的乾糧一口未動，餓得反酸難受，卻一點胃口也無。

看著遠處蒼蒼莽莽的山脈，她忽然覺得，自己果然愚蠢，用這麼笨的法子找人，什麼時候才能找得到？

她沮喪，抓著竹筒猛灌了口水，想起今日洪大海會去鎮上，這會兒應當快回來了，或許能問到關於軒轅澈的消息也說不定。

她想著，拿起東西往回走。剛到家，正好遇上洪大慶等人過來。

幾人的表情都很高興。

「荀姑娘，陳大人的同僚已經查過名冊，穆川並不在上頭，看來之前你們鬧的爭執，多多少少有些誤會。穆川的脾氣是壞了些，做事也不厚道，但念在他沒犯下什麼大錯，又失憶了，大家也不至於非要把人趕走。以後他養好了傷，若還願意留在這裡做個本分人，我們自然歡迎。這次來，就是跟妳說一聲，讓妳放心。」

荀柳沒有多少驚喜的樣子，勉強露出笑容。「好，我知道了，謝謝村長。」

她猶豫了一下，又問：「村長，二皇子留下的名冊，可不可靠啊？」

洪大慶只當她還有疑慮，打包票道：「鐵定可靠，那是二皇子留下來的鐵證，上面不只記了人名，還有每個人的相貌特徵。我們確定那上頭沒有穆川，妳就放心吧。」

他說著，又嘆了一句。「二皇子是真的為民辦事，可惜到現在還沒找到人，看來是凶多吉少了。」

荀柳手心一抖，心沈到谷底。

「荀姑娘？」

荀柳覺得自己的耳朵嗡嗡作響，完全沒注意到洪大慶又說了什麼。直到苗翠蘭上前，用手肘輕輕撞她，才將她從思緒裡拽出來。

「阿柳，妳在想什麼呢，臉色怎麼這麼難看？」

荀柳回神，勉強笑了笑。「可能是這幾天晚上沒睡好，休息休息就好了。」

苗翠蘭聽到「晚上沒睡好」這幾個字，不由往院子裡半開的房門內看去。

這幾日，穆川的身體恢復不少，可以自己下床走動幾步了，不用像之前那樣，上個茅房還需要她幫忙扶他過去。但要完全恢復，仍是需要時間。

苗翠蘭滿臉擔心地把她拉到一旁，小聲道：「阿柳，妳到底要讓穆川待到什麼時候？即便他不是盜匪，但也不像是什麼好人。妳千萬別因為他暫時改了性子，就著了他的道。」

「我知道。妳放心，我心裡有底。」荀柳心裡還藏著其他事情，順著她的話道。

苗翠蘭點點頭，走過去跟自家公公洪大慶說了幾句，兩人準備離開。

「阿柳，時辰不早，我們就不多留了。要是有什麼需要幫忙的，儘管跟我們說。」

荀柳笑著點頭，目送他們離開。

「現在，妳相信我不是歹人了？」

荀柳轉過頭，見穆川帶著笑意，扶著門框站在門口。

比起前幾日，他的臉色好了許多。內傷看起來嚴重，實則沒傷到底子。

她心情沈重，沒心思跟他鬥嘴，從屋簷下的甕裡挖了一小碗米糠，準備餵雞。

穆川走過來，接下她手中的小碗。「我來吧，妳去做飯。我有些餓了，想喝粥。」

荀柳抬頭，瞥他一眼。這人還真不客氣，讓她做飯，她就該做？

但她這次破天荒地沒開口頂他，反而很聽話地轉身朝廚房走去。

那副失魂落魄的樣子，惹得穆川多看了她幾眼……

第七十八章

這個季節沒有多少可吃的東西，洪村的村民們要麼上山挖筍，要麼就是做點醃菜。除非家裡有地窖，可以藏一些蘿蔔和南瓜之類耐放的蔬菜。

之前荀柳挖了個小地窖，但她今日實在無心弄這些吃食，便取出一點醃菜，準備隨便做個粥喝。

醃菜也需要切開過火，翻炒一下。

她切著菜，心思早已不知跑到何處。

她不相信軒轅澈已經遭遇不測。

朝廷必然派人將山內山外搜了個遍，她這幾日也進了深山無數次，卻沒發現一點線索。如果人死了，即便是被野獸啃成骨架子，也不可能一點線索都找不到。

反言之，沒找到屍體，其實算是好事，或許他是因為什麼原因，故意放出失蹤消息，引誘什麼人上鉤？這是最符合他性格的解釋。

但如果她太過樂觀，他真的遭遇了不測呢？找不到屍體，可能是被野狼拖到山洞裡，也可能早已被當地官府找到，但因自身失職，怕朝廷責怪，所以先對百姓隱瞞了實情？

她腦中閃過無數想法，但哪一個都無法說服自己。

這時，她手指忽然一陣刺疼，不由痛呼出聲，低頭一看，是因她太過出神，鋒利的菜刀劃破她的食指，再深一點便要砍斷骨頭。

砧板上滴了好幾滴血，這團醃菜看來是不能吃了。

她還沒來得及反應，便聽廚房外傳來一道急促的腳步聲。

穆川走進來，皺眉捧住她的手指。「妳到底在做什麼？」

她正想說話，卻見他將她的手指含進他的嘴裡。

指尖傳來柔軟溫熱的觸感，讓荀柳有些失神，她明白自己應該要抗拒，應該對這傢伙說，用口水消毒不科學，還容易發炎。腦子雖是這麼想，但話到嘴邊，卻死活說不出口。

不知為何，她總覺得這場景有些曖昧，又有些說不出的熟悉感。

過了一會兒，她的手指終於被抽出來，穆川見她指尖不再流血，扭頭看到旁邊架上的傷藥，便拿過來，用食指挖出一點藥膏，仔細而小心地塗抹在她的指尖。

荀柳回神，想抽出自己的手，目光落在那雙正小心捧著她手指的手上。

骨節分明，白潤如玉，指甲飽滿而瑩潤，她現在才發現，穆川長著這樣一雙好看的手。好看，也讓她無比熟悉。

「穆川，你……」

「阿柳！」

正在她想問出口時，院外突然傳來苗翠蘭的聲音。

她再低頭去看，穆川已經撕下自己的衣角，替她包好手指。
「豬食在哪裡，我幫妳餵。晚飯喝粥就好，不用再做菜了。」
她愣了愣，指指廚房角落裡一口蓋了木蓋子的大缸。
穆川走過去，她盯著他的背影半晌，這才蹭了蹭手上的菜沫，出了廚房。

苗翠蘭看見荀柳和穆川先後從廚房裡走出來，警惕地瞪穆川一眼。
「阿柳，妳可要記得我之前對妳說的話，千萬別著了這男人的道兒。」
她說著，將手上那套厚實男裝遞過來。「這是我爹又叫我送來的，說是給他換著穿。幸虧他遇上我爹這麼老實善良的人，不然誰願意管他。」
荀柳笑著點點頭。「我知道，替我謝謝村長。」
「妳多提防他就行，那我先走了啊。」
「好。」
苗翠蘭走了，晚飯也得重新煮過。
荀柳準備再取出一點醃菜時，忽然想起地窖裡的蘿蔔。
軒轅澈鮮少有不喜歡吃的東西，但蘿蔔是其中一樣。以往在荀家時，每逢葛氏和莫笑做飯，若有蘿蔔，他定然一塊不動。
她往廚房外瞟了一眼，穆川正在豬圈裡餵小豬，但那手法一看就很生疏，以往應當是沒幹過這樣的活計。

鬼使神差地，她將醃菜放回去，從地窖裡取出蘿蔔切絲，炒了一盤臘肉蘿蔔。

將飯菜端到屋內時，她刻意仔細盯著穆川的神色，果然見他眉頭一皺。

「妳又切了菜？」他的目光停在她剛裹上藥的手指。

荀柳不死心道：「你不喜歡吃這個？」

穆川挑眉。「妳還會關心我不喜歡吃什麼？終於喜歡上我了？」

聞言，荀柳不想理他，先端起飯碗，開始吃菜，但眼角餘光一直注視著對面的筷子，直到他欣然挾起了第一口菜。

心裡剛升起的一絲希望被磨滅，盤子中的菜漸漸見底，她也徹底斷了那個大膽的念頭。

穆川似乎看出她心情不好，從飯後一直到睡覺前，未曾主動出口招惹她。

夜深人靜時，荀柳卻怎麼也睡不著。

她慢慢轉過身，想起這些天的遭遇，目光漸漸落到身側人的臉上。

她記得莫笑曾告訴她，這世上擅長易容之人的手藝出神入化，若真有心欺瞞，縱使是親友，也不一定能看出端倪。這些人憑藉的，就是臉上那一張薄薄的皮。

她想到此，見穆川呼吸平緩，輕輕喊了一聲。「穆川，你睡了嗎？」

穆川未回應。

她又提高了聲音。「穆川？」

穆川仍舊睡得正香。

荀柳大著膽子撐起身，在他臉上細細端詳，實在看不出有任何不同，遂小心伸出手，慢慢用手指輕輕戳了戳他的側臉，見他似乎毫無所覺，才又湊近一些，沿著他的下頷看。

然而，她仍舊沒找出任何端倪，指尖傳來的觸感如同真人皮膚一般。

她終於灰心，躺回自己的位置，覺得自己的行為十分可笑。

僅憑一雙相似的手，她就有了這樣荒唐的念頭，看來因為近日思慮過甚，糊塗了。

她還是適合用最笨的法子。

次日一早，荀柳又拎著鐵鎬進深山。

隨著時間一天天過去，她心底越來越焦急，一連幾日下來，人已經瘦了整整一大圈。

這日深夜，她剛從山上摸回家，穆川大步走過來，抓住她的胳膊，莫名發了怒。

「山上到底有什麼好東西，值得妳一趟一趟沒日沒夜去看著，明日妳帶我一起上山。」

「不關你的事。」

荀柳掙開他的手，獨自往屋裡走去。沒走幾步，又被他攔住。

「是不關我的事，還是妳不想讓我知道妳進深山的目的？」

這時，一隻小狗從廚房裡跑出來，見她回來，便使勁搖著尾巴，咬她的褲腿。

荀柳抬起頭，見穆川正定定看著她，眸子裡似乎還藏著些什麼，但她無心探究。

「妳在找人，對不對？」他輕聲問道，聲音略微低啞。

荀柳渾不在意，只以為他是從村民嘴裡得知軒轅澈在附近失蹤的消息，跟那位陳大人一樣，誤會她想攀高枝。但她不在乎這些人的看法，大不了她再換個無人知曉的深山老林，重新來過罷了。

但前提是軒轅澈要好好活著，要好好報他的仇，好好完成他的和親，並順利成為那個她永遠觸及不了的人上人。

「穆川，對我來說，你只是個外人而已，我的事情不需要你關心。我看你的傷也好得差不多了，明天你就離開吧，別再來招惹我。」

「阿柳……」

她正準備甩開穆川，忽覺腳踝一疼，低頭一看，是小狗咬到她腳踝。她心情欠佳，也沒收住脾氣，衝著小狗怒喊一聲——

「小風！」

穆川渾身一震，那僵硬的感覺通過他的手，傳遞到她的胳膊上。

她心房裡像是被投擲了一顆石子，又活了過來。

她慢慢抬頭看向眼前男子，帶著一些懷疑，也帶著一些期待。

果然，他眼底有道微光閃了閃，雖然微弱，但她還是捕捉到了。

穆川笑道：「小風？這是牠的名字？我經常聽妳叫牠們梅超風。另外兩隻，應該叫小梅和小超了？」

梅超風只是她無意取的名字，當初曾想過小風這個稱呼重了名，但也許是為了留個念想，也許是為了故意惡搞，她到底還是沒改。但她沒想到自己當初的一時起意，竟在今日無意中做了引子。

荀柳死死盯著他的眼睛，緩緩點頭。「對，時辰不早了，早點休息吧。」

穆川沒再接話，兩人還是頭一次如同陌生人一般毫無交流，直到上了炕。

這一夜，荀柳失了眠，她背對著穆川，不知他是否跟她一樣，也未曾真正入眠……

次日一早，荀柳仍舊帶著鐵鎬上山，但剛過中午就回來了，如往常一般處理好家務。

夕陽西下時，她又準備提著油燈，帶著鐵鎬入深山。

穆川一整日未與她說話，見狀立即阻止。「白日妳去也就算了，夜間野獸陷阱甚多，還敢冒險？」

荀柳回他一句。「你的傷已經好了，可以走了。」甩開他的手，不管不顧地入了山。

她往深山裡走了許久，一路未曾回頭看。前方道路崎嶇，遠處傳來狼嚎聲，卻沒讓她懼怕退縮。

直到走進一處看似平緩的山林時，她才停下來，眼角餘光掃了附近的幾棵樹，看似無意一般，往其中一棵走去。

當她的腳踏上滿是腐葉的平地時，頭頂忽然響起一道嗖的聲音。

一張捕獸網衝她落下，裡頭還帶著獵戶們故意塞進去打暈野獸的亂石子，眼看就要砸得她頭破血流。

千鈞一髮之時，一道人影飛過來摟住她的腰身，往旁形似鬼魅般的一閃，將她帶離了巨網之下。

「妳當真是不要命了?!」

荀柳平靜地抬頭看他。「你為什麼會移影步？」

穆川並未回答，她又補了一句。「還是你準備再找個藉口，說你穆川也是無極真人的關門弟子之一？」

月光下，穆川定定看了她半晌，低啞嗓音忽然恢復成她熟悉的清潤音色。

「妳白日上山，故意備下了這個陷阱？」

荀柳退後一步，緩緩搖頭。「這是村中獵戶設下的，我只是借用而已。」

「穆川到底是誰？」她強自維持著冷靜。

「死了，他是流竄盜匪中的一人，我提前叫人將其名姓抹去……」

「然後頂替他的身分，演了齣戲來騙我？」

荀柳忍耐不住，情緒終於爆發，上前一步，狠狠揪住他的衣領。

「你為什麼要這麼做？故意失蹤、看我發了瘋地進山找你，很好玩嗎？你有沒有想過，這樣做的後果是什麼?!」
她話音未落，便覺得身子被他一推，壓到了樹幹上。
月光下，軒轅澈的眸子似星光閃爍，但裡頭卻透著一抹她從未見過的怒意。
「妳以為我為什麼這麼做？」
他說著，雙唇竟有些顫抖。「妳要的自由，我給了；我想要的，妳卻從未顧及過。阿姊，這世上無人再比妳更狠心絕情，我只是想要妳陪著而已，哪怕放棄我的身分，哪怕只有這麼短短幾日，妳竟也不願順了我？還是說，我須先將妳變成我的人才行？」
他的表情越發危險，荀柳渾身一顫，想推開他，卻已經來不及了。
她的身子被他一捲，帶到地上，隨即身上一沈，肩膀被死死壓住，柔軟的唇第一次經受蹂躪，腰肢也被緊緊纏著，似要被揉進對方骨血之中。這力度極像是絕望之中的狂歡，什麼後果都不顧了。
破碎的吻從她柔軟的唇瓣往下延伸，荀柳急喘著，驚慌無比道：「小風，你冷靜點，小風……」
她忽覺胸口一涼，馬上要坦露出那片雪白時，不由絕望，乾脆閉上了眼睛。
這時，她身上的人卻停止了動作，腰上緊錮著的力道也鬆了鬆。她正想睜開眼，卻覺身子被他環抱住，頸間感覺到一抹沈重的呼吸。

「若是我真這般做了，阿姊應當會恨我的，對不對？」

他將她揉了揉，力道溫柔而纏綿。「即便阿姊對我絕情，我依然還是捨不得傷害妳呢，阿姊。」

不知何時，天空中飄起纏綿的小雪，荀柳躺在地上，看著雪花落在他的髮間，然後融化不見。

許久，她才啞著嗓子道：「小風，你真的明白自己對我的感情嗎？」

「是我不懂，還是阿姊在故作明白？」

軒轅澈慢慢抬起頭，雙手撐在荀柳的身子兩側。

她不知他臉上到底是用了什麼法子，竟一點破綻都看不出，但那雙眸子在她的眼中漸漸恢復了極淡的眸色。

周圍雪色漸濃，她卻感覺不到一絲冷意，只看見他眸子裡清楚地映著她的面容。

他伸出微涼的手，輕輕撫了撫她的側臉，眼中滿是癡戀。

「十歲那年，我被迫經了人事，只覺世間女子攀權附勢，為達目的，皆可不擇手段。母妃曾對我說，這世上女子多命苦，那丫鬟也是受人脅迫教唆，才犯下如此大罪，即便是她高高在上，看似光鮮，也逃不過同樣的命運。

「但她相信，這千萬人中總會出現一人，勇敢善良，堅韌不屈，敢做世俗所不能做，敢活世間女子所不敢活。這樣的女子，才配讓真正的男子喜歡。

「那時我不相信，直到兩年後遇到了妳……」

他說著，指尖撫上她的眼，嘴角漫上一抹苦澀。

「阿姊，妳為自己找了那麼多藉口，無非是不夠喜歡我罷了。看來，我還並未做到能讓妳不顧一切，是嗎？

「真是不公平，阿姊在這裡活得如此自在，我卻在京城備受思念煎熬，真想叫阿姊也嚐嚐我心裡的苦……

「不過，這幾日我很開心，至少阿姊心裡還是記掛著我的，是不是？」

荀柳盯著他的眸子，抿唇不語，心臟像是被人用手攢著，他每說上一句，便疼上一分。她離開，是為了讓他慢慢忘記她的存在，為何起了反效果？

他細細凝視著她的表情，直到看到她臉上的那一絲心疼，才恍若討到糖吃的孩子一般，繾綣一笑，而後站起了身。

荀柳感覺自己的腰身被人溫柔一撈，隨著他一道起身，被嵌入他的懷抱之中。

「阿姊，我要走了。若妳不高興，我不再出現就是，只求妳莫要再躲著我了，好嗎？」

也許是他的語氣太過小心討好，她竟鬼使神差地點了點頭，待反應過來時，額上已經被他印下了個吻。

「阿姊先走吧，我就站在這裡，替妳看路。」

他鬆開手，替她溫柔地理了理皺亂的衣襟和髮絲，退後一步。

荀柳心亂如麻，仍舊還在恍惚，許久後才挪了挪腳，僵硬地轉過身，往山下走去。

她走著走著，不知道此時該幹什麼，更不知道她到底有著怎樣的心思，甚至懷疑，一直以為正確的決定，是否真是正確的？

他說她對他不夠喜歡，她在喜歡他嗎？

前方燈火微閃，院子到了。

她停住腳步，轉過身，卻見身後密密麻麻的樹林遮擋住他的身影，或許他也離開了吧？

躺在炕上時，她想起這幾日兩人拌嘴的話，恍若黃粱一夢。

第七十九章

積雲山又下了第二場雪。

隨著風雪，吹來一個好消息，失蹤已久的二皇子終於被找到了。

惠帝知曉之後，派了就近的王軍護衛其安全，並協助二皇子徹底揪出這次刺殺皇嗣的幕後主謀。

因為大雪封山，洪村知道這個消息時，已然是好幾天之後了。

在此之前，他們卻注意到另外一件事——那個來路不明的穆川又失蹤了。

荀柳並未多解釋，只說某日她上山挖筍，回來後，人便不見了，她也不知道他究竟去了哪兒。

苗翠蘭只說穆川沒良心，在荀柳家白吃白住這麼多天，連聲謝謝也沒說就走了，說不定又去了別的地方招惹姑娘。

苗翠蘭還勸荀柳，莫要再記掛這不知好歹的野男人，過幾日雪融了，開了山路，邀荀柳和他們夫婦一起去鎮上逛逛。大年三十快到了，正好去採買年貨。

荀柳想了想，沒有拒絕，嘴上找的藉口是要買點東西回來，但她自己心裡知道，更多的還是想打聽打聽軒轅澈完好無損回朝的消息。

很快就到了去古水鎮的日子。

村子裡不少人托他們帶東西，光採買這一項，就夠她和苗翠蘭逛一天了。

二皇子完好無損回來的消息傳到荀柳耳裡，讓她徹底放了心。

荀柳和苗翠蘭買完東西，正好逛到洪大海買賣獸皮跟獸肉的客棧，竟見洪大海和店小二站在門口吵了起來。

「小二，這銀子的數目不對。以前也就算了，如今快到年關，你們不漲價，怎麼反倒降價，還一下子降了這麼多？你們萬掌櫃可是答應過我，起碼按照市價算錢的。」

洪大海一臉著急，小二卻十分不耐煩。

「這可不是我定的，是我們掌櫃定的。再說了，你們打來的東西也不見得有多好，前些天還讓一個客人吃壞肚子，我們掌櫃反倒賠了不少錢。現在能收你們村裡的東西，已經算不錯了。」

「你把話給我說清楚，吃壞誰的肚子了?!」

洪大海說不過嘴皮子溜的小二，見他不想給錢，還想故意潑髒水，便有些衝動地逼上前幾步。

小二卻絲毫不怕，斜斜瞥了他一眼。「喲，怎麼著，無理就算了，還要打人不成？」

苗翠蘭見狀，就要上前掰扯，胳膊卻被荀柳拉住。

「別衝動，妳忘了這家客棧背後有縣令當靠山？若是鬧大了，對我們沒好處。」她勸完苗翠蘭，上前一步，對小二溫和地開了口。

「不知店家說的那個吃壞肚子的客人是誰，當場叫他出來跟我們對質如何？這當官的還知道拿證據說話，現在無憑無據，店家如此出言侮辱，不知道的，還以為是你們掌櫃仗勢欺人呢，對不對？」

周圍的看客們聞言，也覺得是這個道理，附和道：「對啊，這獵戶看起來不像是惡人，若沒有證據，可算得上訛詐了。」

小二沒料到洪大海居然有個這麼厲害會說的幫手，一時有些慌了，又出聲辯解。

「笑話，那都多久以前的事了，我們店裡每日來往客人這麼多，我怎知那人現在在哪裡。但你們賣的東西不好，本來就是真的。」

洪大海和苗翠蘭只是純樸村民，平時聊天嘴皮子溜，但真的遇上事，也無計可施，便一同看向荀柳。

荀柳居然點了點頭。

「你說得對，以前的事情是真是假，也辨不清了，但今日之事卻可以判斷。不如這樣，你將方才收進去的那車貨物重新擺出來，當著這麼多鄉親們的面，咱們一件件查，若是有一件差的，我們這車貨物分文不要，算是送給店家的補償；相反地，若找不出一件差的，你們就必須按照市價結算。」

「這……」小二面色猶豫。

這時，掌櫃走了出來，見門外鬧出如此大的動靜，暗暗瞪了小二一眼，似是在斥責他連這點小事都辦不好。轉向洪大海等人時，又換了一副面孔。

「這是怎麼回事？叫你結個帳，怎麼還鬧出這麼多事?!大海兄弟，是我家夥計做事不對，我重新算帳。你看，這麼多人堵在門口，我們還怎麼做生意，就當給我個面子如何？」

洪大海猶豫了下，看看苗翠蘭，似是想就這麼算了，但苗翠蘭見不得平日最疼她的丈夫受欺負，便阻攔他。

「不成，就像阿柳說的，今日必須一個個查，不然往後我們村子裡的生意也難做。東西不多，要不了多久，大不了我們挪挪步，去旁邊查。」

掌櫃聞言，心中也起了火。今時不同往日，往年他們有縣太爺當靠山，想橫就橫，而現在因為二皇子嚴查官府，青州的官員人人自危，哪裡還能顧得了他們這小小的客棧。

他這樣想著，走近幾人，小聲道：「大海啊，這次是我家夥計做得不對，但你們也不能咄咄逼人不是？不如這樣，我給你們的價錢再高一點，這件事情就算了？」

苗翠蘭趕緊拉住丈夫，不讓他說話，又看一旁的荀柳。

「阿柳，妳主意多，妳來說。」

荀柳道：「掌櫃，我們也不是不講理，你家夥計說，以往有客人吃了用我們的貨物做的菜，吃壞了肚子。你也知道，我們村裡的人多以打獵為生，若是這嫌疑不能去了，往後怎麼餬口？所以還是煩勞你和我們一起點點貨物，不然你把貨物退回來，我們再找別的店家做買賣就是。」

「哎，這話怎麼說的，我怎麼沒聽過客人吃壞肚子的事？」

掌櫃轉臉，對夥計使眼色。

夥計嚥了嚥口水，只能將苦水往自個肚子裡吞。「興許……興許是我記錯了。」

周圍看客噓了一聲。「記錯了就能這麼誣賴人？」

掌櫃立即接話。「我這夥計是新來的，做事衝動還嘴笨，回去我就扣他的工錢。大海兄弟，你看這……」

俗話說買賣不成仁義在，遑論對方背後靠山不小，荀柳對洪大海夫妻點點頭，苗翠蘭便仰著臉開口了。

「那就請掌櫃重新替我們算算帳吧。」

拿到銀子之後，三人了了所有事情，準備離開。

外面的看客們見事情得到解決，沒什麼熱鬧可看，也慢慢散了。

荀柳剛和苗翠蘭坐上驢車，卻覺得似乎有道目光正盯著她，轉過頭往後看，那是客棧的二樓隔間的窗戶，卻沒有什麼人。

她看了許久，直到苗翠蘭喊她一聲，才回過神。

也許，是她多心了？

苗翠蘭見她失神，便問道：「阿柳，妳怎麼了？」

「無事，我們走吧。」

三人離開之後，那扇窗前慢慢出現一道人影，一身玄色斗篷，腰佩長劍，面容妍麗若女子，眼神卻陰詭如蛇。

正是昌王詹光毅。

他透過窗戶，幽幽望向底下即將消失的背影。

包廂外傳來小二的聲音，似是來端茶送水的，他招了招手，身後的侍衛便走到門口打開門，只見正是剛才跟荀柳拌嘴的小二。

「客官，您要的茶水來了。」小二走到桌前，殷勤添茶。

詹光毅揚起一抹看似和善的笑容，問道：「小二，方才在底下吵鬧的那三人是誰？」

小二心中還有氣，聞言立即打開了話匣子。

「別提了，是我們家掌櫃心善好說話，那三人不過是洪村的幾個小小村民，就敢來這裡叫囂，客官莫放到心裡去。」

「洪村？」

「對，就在古水鎮西北方向，是一個深山裡的小村子，沒什麼特別的。客官問這個做什麼？」

「沒什麼，只是好奇罷了。」

詹光毅笑著點點頭，小二也未多想，又招呼了幾句，這才退出包廂。

小二走後，侍衛便道：「主子，可需要我派人去查查？」

詹光毅目光微暗，執起茶杯，慢條斯理地抿了一口。

「先等等，這是一張好牌，得用在最要緊的地方，先看此行談不談得攏再說。」

他話音剛落，包廂外又傳來小二的聲音。

「客官，這就是天字一號包廂，裡頭的客官已經在等著您了。」

「多謝。」

「您客氣了，小店的菜馬上就上齊，還請您先進去坐。」

今日真是奇了怪了，一下子來了兩位這般姿容出塵的人物，也不知是哪家的貴公子，他竟從未見過。

詹光毅看向門口，目光對上來人的眼睛。

來人看他一眼，轉身吩咐身旁的黑衣侍衛。「在外等著。」

詹光毅也對身後的侍衛招了招手，示意他一道出去等候。

兩人相對落坐，詹光毅看向對面的人，白衣飄飄，風華無雙，看似青稚，但那雙鳳眸卻深若潭底，不可琢磨。

近日，他耳邊聽到的驚人消息均是來自這位還未及弱冠的少年，他設計了五年的籌謀，也是因少年而一朝被毀。

若說他最後悔的事情，便是五年前在匪寨過於自負，未能趕盡殺絕，不然必不會有今日之事，更不會出現眼前這個已經跳脫他掌控之外的異數。

他瞇了瞇眼，抬起手，主動替少年斟了杯酒，臉上早已不見試探之色，倒顯得真像是朋友相聚一般。

「沒想到二皇子居然肯賞臉。既是我作東，二皇子不如先嚐一嚐這裡的菜色如何。若不喜歡，大可再換。」

軒轅澈看都沒看那杯酒，嘴角微揚，直入主題。「虛偽周旋是我朝宦官最喜用的一套，昌王既學不到精髓，不如打開天窗說亮話。」

詹光毅聞言，愣了下，卻沒顯露任何不悅之色，將酒壺放下，輕笑一聲。

「我很好奇，這次二皇子答應與我見面，難道就不怕被有心人看見傳出去？」

軒轅澈表情未動，也慢條斯理道：「昌王詭計敗露，如今面臨兩國聯合討伐之戰，卻不在國內主持大局，反與我在這裡密談，難道也不怕亡國滅族？」

「看來二皇子很清楚我這次想與你談什麼。」詹光毅瞇了瞇眼，復又笑道：「不如我們做個買賣如何？」

他說著，身子往前探了探。「五年前雲家反叛的真相，無人比我更清楚。我替你為雲家翻案，蕭世安等人，我也可以助你一併除去。甚至，你若想要那個位置，有我助力，也唾手可得。但二皇子得答應我一件事……」

「替你挑撥西瓊和大漢的關係，甚至反戈相向，替你謀取西瓊？」軒轅澈推開他斟的那杯酒，自己倒了杯茶，端起笑。「這一招甚是熟悉，昌王想故技重施？」

詹光毅神色未變，豔麗的臉上一派坦然。

「麗秋容母子皆為蠢材，蕭黨雖聰明些，但也不過爾爾。兵者，詭道也，自古以來，不過在結盟與反戈之間轉換而已，我只是在尋求更合適的同盟者。難道，二皇子自認還不如這些人？」

他說著，嘴角勾起一抹陰詭的笑容。

「據我所知，惠帝如今相信的，到底還是蕭嵐母子。因為你和西瓊長公主的婚約，他有意順勢讓你入贅西瓊，成為大漢永久的眼線，並未真正將你當皇嗣對待。你背負著雲家的仇恨，於他而言，早晚是根帶毒的刺，二皇子難道甘心於此？」

詹光毅細細觀察著軒轅澈的神色，果然見他在聽到最後幾句話時，鳳眸閃了閃，卻只是抿了抿手中的茶水，淡淡笑了笑。

「昌王何以見得我沒你的助力，便做不到自己想要的？昌王似乎忘了，當年雲家之仇，你也有份。」

屋內氣氛忽然降至冰點，一人垂眸抿茶，一人瞇眼看對方，誰也未開口。

這時，廂房外傳來小二的聲音。「客官，最後一道菜來了。」

詹光毅挪開眼，冷冷道：「進來。」

小二一進屋，便察覺氣氛不對，含糊招呼幾句，便退出去。

桌上的菜已上齊，滿目珍饈，香氣四溢，換成銀子，怕是尋常人好幾年也攢不夠一頓的飯錢。

但此時相對而坐的兩人，連看都不看那些菜一眼。

詹光毅眼底閃過一絲陰光。「看來今日是談不攏了。可我不明白，二皇子既然未打算與我做買賣，為何還要來？」

「誰說我是為了見你才來？」軒轅澈忽然將手中茶杯往窗外一甩。

匡噹！茶杯砸中對面緊閉的木窗，裡面人影一閃，立即消失在窗縫之間。

詹光毅這才發現對面的空房子裡有人在窺視，一想便明白，那人是蕭黨在青州布下的暗哨，軒轅澈是故意見他，做給蕭黨看的。

軒轅澈想反過來挑撥他和蕭黨的關係！

自小到大，詹光毅是頭一次反被人算計，怒意頓起，卻只是陰沈一笑。

「二皇子好手段。只是，若往後的敵人多了我一個，二皇子是否還能如此志得意滿？」

軒轅澈施施然起身，並未將他的威脅放在眼裡。

「還是奉勸昌王一句，聰明反被聰明誤。昌王自負甚久，莫要走投無路，才來後悔。」

他又看了看那桌飯菜，笑意客氣而溫潤。「可惜了這桌飯菜，還是昌王自己品嚐吧。」

轉過身，推開門邁出包廂，消失在走廊外。

門外的侍衛見狀，走了進來，見主子一臉陰鬱的樣子，不敢隨意說話。

過了許久，詹光毅才瞇了瞇眼。「去查查洪村，我倒要看看他是不是真的無所顧忌。」

「是，主子。」

第八十章

回到村子，荀柳下車向洪大海夫妻告別後，回到了自己的小木屋。

此時天色已晚，她隨便收拾一下，餵了家裡的小畜牲們，便上炕睡了。

但這一晚，她怎麼也睡不著，總覺得好像有事要發生一樣。上一次她有這樣的反應，還是在臨沙城大戰的前一夜。

她想起今日和苗翠蘭在那家客棧感覺到的目光，絕非帶著好意。

但她想了想，又覺得可能是想多了。這一個多月下來，因為軒轅澈的事情，她或許思慮過多，有些過於敏感。而且，這一路上，她和苗翠蘭夫婦也未遇到什麼奇怪的事情。

她如此安慰自己，直到天色將明，才慢慢睡熟。

然而，睡了不到一個時辰，院子裡的公雞便響亮一啼，將她叫醒，遂嘆了口氣，認命地起床餵雞。

忙活一上午，她睏得午飯都懶得做，想回屋睡個回籠覺。

孰料她剛想躺下，苗翠蘭過來邀她去村裡吃飯，有一家村民的兒子辦百日宴，又只能撐著爬起來，被苗翠蘭笑嘻嘻地扯下山。

等到喜宴結束，已經是快兩個時辰後的事了。

荀柳向村民告辭，慢悠悠地往山上走去。

本來就精神不濟，她也沒心思去注意周遭的情況，一直到了院子門口，三隻狗哆嗦著衝過來，往她身後鑽，才發覺有些不對勁。

出門時，她明明關上了院子門，為何現在卻是開著的？

她仔細一看，院門上的鐵鎖已經落在地上，且斷成兩半。

瞌睡蟲瞬間跑了個乾淨，她將三隻狗趕到院外，小心地走進院子，拎起鋤頭，慢慢往木屋門口走去。

但走到房門口，門上的鎖卻完好無損，似乎並無人進去過。

她忽然覺得身後一涼，立即轉身看去，發現一道人影從樹上飛了下來。

不，不只一道。

而是一二三四五六七，七道……這是組團來戰的嗎？

為首那人，她再熟悉不過，正是斗篷人詹光毅。

反正也打不過，她乾脆放下鋤頭，往手肘底下一撐，擺出吊兒郎當，心無所懼的模樣，以求能達到震懾對方的效果。

「喲，這不是許久不見的昌王嗎，近來身子骨可好？」

詹光毅妖豔地勾唇，輕笑了一聲。「很好，只不過甚是想念荀姑娘，所以想請荀姑娘去我那裡小住一段時日，好聊聊天。」

「想聊天啊，我這裡正合適。我去幫你們幾位倒水，待在樹上有一會兒了吧？都歇一歇，好喘喘氣。」

她說著，想往廚房走去，其中一人卻側身一閃，提劍擋住了她的去路。

身後，傳來詹光毅的聲音。

「荀姑娘說話還是那般有趣。可惜，這次孤無心陪妳嬉笑耍賴，若不想賠上洪村所有人的命，我勸妳還是乖乖聽話。孤心情不佳，此時的耐性可是很有限的。」

其他六名護衛也應聲抽出了劍。

荀柳見狀，嚥了嚥口水，乾笑一聲。

「心情不佳？我看出來了。既然昌王想邀我去聊聊天，我奉陪就是，不必這麼大動干戈，多費人力啊。」

「哦，荀姑娘賞臉，那我們也別耽擱了，即刻出發可好？」那笑容怎麼看怎麼陰森。

荀柳勉強笑道：「你說了算。」

詹光毅滿意一笑，對身旁的侍衛使眼色。

侍衛舉起手，響亮地吹了個口哨，便聽院外的山林之中響起數道馬蹄聲。

不一會兒，院子門口多了幾匹馬。

荀柳像拎小雞似的被拎上馬，和其中一名侍衛坐在一起。

三隻小狗見主人被帶走，即便害怕，也跑出來衝著他們汪汪亂叫。可惜因為太小，根本沒被他們放在眼裡。

隨著他們一扯韁繩，荀柳只能眼見三隻小狗追著追著被絆倒在地上，最終停在原地，嗚嗚唧唧可憐地叫著，像是被主人拋棄了一般。

她心中難受至極，只希望洪村的村民們能儘早發現她失蹤，幫她照料這些小動物們。

在看見詹光毅的那一刻，她已經明白，這份自由終究還是奢望。自從五年前逃出宮的那一刻起，她就與這種生活無緣了。

但不知為何，比起之前的刻意追求，如今雖然面臨失去，她卻心無遺憾。比起以往，如今的她似乎學會了順其自然。

或許，軒轅澈有一點沒說錯。這幾個月來，她看似退讓，其實根本是在逃避一切。

距離荀柳被帶出洪村時，已經過去了半個時辰。

讓她比較納悶的是，詹光毅幾人似是在顧忌什麼，一路上駕馬疾馳，一刻也不敢耽誤，像在躲避追兵。

荀柳忽然想起，自從軒轅澈走後，她特地留意過洪村人，本以為村中也有暗部中人，但現在看來似乎並沒有，不然詹光毅不可能如此容易闖入洪村，還無人知曉。

以軒轅澈的性格，既然已經知道她的所在，必定會派人守著，難不成暗部的人隱藏在離洪村稍遠的位置？只是不知詹光毅用了什麼方法，居然可以不驚動他們，潛入洪村。如此看來，這法子應該只能暫時引開那些人，如今暗部可能已經察覺，不久後便要追上來了。

她心思飛轉，苦想主意逃脫，但此時被夾在馬上，實在不知道該怎麼辦。

就在他們馬上要縱馬逃出茂密的山林，進入官道之時，她才聽到身後傳來的馬蹄聲。

看來，暗部的人終於追上來了。

嗖！一道暗器飛來，直直射入一人胸口，是袖箭！

荀柳心中一喜，忙往後瞥，她身後果然有數人騎馬追來，雖然都是生面孔，但她認得他們手腕上的袖箭。

但是，還沒等她高興多久，便又聽見一道嗖聲，居然是從夾著她的侍衛手腕上傳來。

她側頭一看，目光一驚，又往周圍掃了一眼，詹光毅的人手腕上也戴著袖箭，且看外型與功能，正是她之前在鐵爐城所做的那一種。

果然是他們！詹光毅五年前便得到這種袖箭，並且搞明白了其中原理，才造出那些戰場上的殺人機器。

荀柳心底憤怒，摻和著痛恨以及其他複雜的情緒，一時之間什麼也顧不得，趁著身後人正應付追兵的空檔，忽然拉下他的手，對準前方詹光毅的後心口，猛地按下袖箭開關。

就算手染鮮血，她也必須除掉這人！

從雲家被抄開始，詹光毅便一直摻和其中，五年多少人直接或間接死於他手，他竟拿了整個天下，下了這麼大的一盤生死棋！

荀柳死死盯著那根袖箭，正要沒入詹光毅的血肉之時，不知是她運氣太差，還是命運使然，詹光毅正好回頭，見背後有人暗算，側身閃過，袖箭偏了一分，只刺入他的肩膀。

她聽到一聲悶哼，然後是極為陰森的冷笑。

詹光毅伸出手腕，射出一枚暗器。那暗器酷似袖箭，卻牽著一根細絲，另一端是三刃有鋒利的倒刺，射入人的胸口，再反拉而出，胸口便被連皮帶肉扯出一個大洞，樣子就像當年她在邵陽城加裝的鐵爪。但她是為了救人，如今他卻用它殺人。

如今全部對上了，西瓊太子顏修寒和其侍衛便是如此死法，果真是詹光毅幹的無疑！

她眼睜睜看詹光毅連殺了好幾個暗部中人，她身後的人也中了一箭，但詹光毅竟直接將他踢落馬背，不管其死活，並縱身越到她身後，伏在她耳旁陰惻惻地笑。

「妳很希望我死？嗯？」

荀柳對他厭惡至極，縱然是死，也懶得再看他一眼。

詹光毅見狀，眼中陰毒越甚。「既然如此，孤也不必對妳這般溫柔了。」

他抽出馬鞭，捆住她的雙手，將她丟在馬下，然後扯著她的雙手，像是拖死豬一般，任由她在地上被拖行。

幸好這是冬日，荀柳為了保暖，穿得極厚。但即便是這樣，山路石子頗多，被拖了不到幾尺，她便覺得後背生疼，雙手也被勒得青紫不已。

她咬著牙，仍舊倔強地抬起臉，對身後負傷仍在追趕的暗部中人高喊。「你們莫追了，留著命回去告訴你們主子，早晚替我砍了這王八蛋！」

詹光毅陰笑一聲，又加快了速度。「妳倒是可以再嘴硬一些。」

荀柳的背後疼得越發厲害，棉襖和褲子被磨得棉絮四飛，連句完整的話也說不出，只能斷斷續續地罵罵咧咧，直到感覺後腦勺猛地一疼，似是被石頭磕到。

暈過去的前一刻，她還在唾罵，這混蛋實在沒品，殺人也不給個痛快的死法。

暗部中人見詹光毅如此對待荀柳，若他們再追下去，恐會危害荀柳性命，不敢再追。

前方是官道，方向是涼州。

「快去給主子報信，他們往涼州境內去了！」

等荀柳再次醒來時，只覺渾身痛得厲害。

她環顧四周，這裡既不是深山老林，也不是馬車上，而是一處頗為雅致的女兒閨房。

之所以確定這是女兒家的閨房，是因為床旁擺放著的梳妝檯，上面琳琅滿目，銀簪、耳墜、玉鐲、步搖，可謂是一應俱全。

她低頭一看，此時穿在身上的服飾，是從未見過的華麗精美，恍惚間，以為她已經被詹光毅那混蛋折騰死，又換了具屍體附魂，重新來過。

她這樣想，有些不甘心，立即起身坐到梳妝檯前，藉著光滑的銅鏡照看自己的臉。

還好，還是她看了數年的那張臉。

但她的衣服和這些首飾，又是怎麼回事？

她想了想，捋起袖子，看了看自己的手腕，上面果然還留著深重的勒痕。

她定了定心，起身走向門口。先是扒在門框上，確定門外無人，門似乎也未鎖的樣子，便伸手輕輕拉開一條縫。

外面是一處極為寬敞的院子，左右各有一道拱門，兩名冷面侍衛站在門外，看似是專門守著她的。

從院內向外看，四周青山環繞，雲霧繚繞，這座寬敞別致的院子居然建造在半山腰上。

看守衛的佈置，想來這院內可供她自由活動，她想了想，乾脆拉開門，一個端著食盤的陌生丫鬟正好從拱門外走進來。

丫鬟見她醒了，得體笑道：「姑娘醒了，奴婢正準備叫您起來呢。這是今日的早膳，您是想在院子裡吃，還是在屋裡吃？」

這個時候，誰還有心思吃飯?!

荀柳直接了當地問：「這是哪裡？妳又是誰？」

丫鬟笑容依然不變。「這是我家主子的別莊，前幾日您隨我家主子一起來的。那時您受了傷昏迷，是由奴婢照顧的。」

荀柳這才明白，她口中說的主子，就是詹光毅那王八蛋了。他沒弄死她，反而讓丫鬟替她打扮得這麼花裡胡哨，不知道又安的什麼心。

「妳家主子現在在哪裡？」

丫鬟咬了咬唇。「奴婢不知。」

「那這裡隸屬何州何縣？」

「……奴婢不知。」

「那妳知道什麼？」

丫鬟猶豫半晌，為難道：「姑娘，您就別問了。我家主子交代過，不能與您多談。」

荀柳想了想，確實也是，一個丫鬟也不會知道多少。

「算了，將飯菜擺在院子裡吧，我就在這兒吃。」

「是，姑娘。」

她雖然不知這裡到底是什麼地方，但從這些人的服飾看來，應該還在大漢境內。這丫鬟一問三不知，周圍又守衛森嚴，她不熟悉周圍環境，即便有心逃跑，也不宜衝動。她倒是想親自問問詹光毅到底打了什麼主意，好見機行事。

然而，正在荀柳設法讓丫鬟答應帶信給她主子要求見面時，下午詹光毅竟主動來找她了，還帶著另一名長相普通的女子。

詹光毅一進院子，便見荀柳躺在院子裡的貴妃椅上，悠哉地曬太陽，且身旁還有個端著果盤的丫鬟，伺候她吃果子，看起來不像是被綁架的人，倒像是出門遊樂的富家小姐。

他挑了挑眉，揮退丫鬟，看著荀柳的眼中略帶興味。「荀姑娘當真心無所懼？」

荀柳不鹹不淡地瞥他一眼。「我害怕有用？昌王就能放我一馬了？」

「不會。」詹光毅勾唇輕笑，忽而走近，拈起一顆青棗，在手中把玩。「不過，孤會考慮給妳另一條生路……」

「打住。」不等他把話說完，荀柳便伸出手打斷道：「我不想聽。反正跑也跑不掉，昌王不如直接告訴我，到底準備怎麼處置我？」

她坐起身。「不過，我提醒昌王一句，你已經見過袖箭了，想必這麼多年，我在碎葉城開的奇巧閣，你早已清清楚楚。你想要的已經得到，我身上沒什麼東西可以被你利用，就算抓我回去，也只是多養一個廢物而已。」

「哦，是嗎？」詹光毅絲毫不以為意，笑意越發詭異。「不知荀姑娘可曾聽過幻術？」

荀柳一愣，那名始終不語的女子聞言，也微微抬眸看向他。

詹光毅笑意越濃。「幻術修煉至最高層，可惑人神志，為我所用。如今荀姑視我如仇，到那時便不一定了。」

荀柳聽了，面無表情。

詹光毅神色微動。「荀姑娘不信？」

「信，我當然信。」荀柳忽然笑得無比燦爛。「只是您應該才修煉到第四層吧？古籍記載，昌國幻術極耗心力，歷代以來修煉至第五層者寥寥無幾，昌王如何肯定自己就能順利登峰呢？自信過了頭，可是會自討苦吃的。」

詹光毅目中暗光微閃。「何人告訴妳這些？」

荀柳衝著他笑。即便只是鬥嘴，但能扳回一局，也滿爽的。

這些當然是以往軒轅澈告訴她的。明月谷內珍藏賢太皇太后留下的數萬古籍，昌國幻術鮮為人知，甚至連昌國人都不一定知道多少，但明月谷內卻有詳細紀錄。

皇宮內院想必也藏著一本，就不知惠帝還想不想得起祖宗留給他的寶貴財產了。

某人大概也猜到了，但她不說，讓他隨便猜去。

詹光毅似乎看穿了她的小心思，沒打算與她在此事上多做糾纏，只出聲吩咐旁邊那名陌生女子。

「重芳，從今日起，妳便在這裡與她同食同寢。需要多長時日？」

女子規規矩矩地行了個禮。「回昌王，半月便可。」

「好，半月後我再過來。」

「等等。」荀柳一頭霧水。「你到底是什麼意思？」

詹光毅的笑意未達眼底。「荀姑娘不是所知甚廣？不如自己去猜一猜。」

他說著，一撩袍尾，轉身離開。

等詹光毅走後，荀柳乾脆將心思放到這個名為重芳的女子身上。

「重芳姑娘是吧？敢問一句，這半月妳要和我同吃同睡，是什麼意思？」

重芳不語，過了一會兒，竟學起她的動作和神態，重複說了一句話。

「重芳姑娘是吧？敢問一句，這半月妳要和我同吃同睡，是什麼意思？」

神態學得恰如其分，只是聲音出入太大。她的聲音比起重芳的，聽上去更為清脆。

她又走了幾步，卻見重芳仍舊學著她的動作，十分怪異蹊蹺。

荀柳又往後退了一步，滿頭問號。「請問這演的是哪一齣？」

重芳仍舊有樣學樣。「請問這演的是哪一齣？」

荀柳渾身一震。重芳第二次模仿她的話，居然連聲音也開始慢慢轉變，若不看其樣貌，再學會語氣，怕是真能以假亂真。

她心中驚顫，不覺往後退了兩步。

重芳也跟著她的動作往後退步。每次學步，都要比之前更像幾分。

這感覺就好像是有人在她對面擺了座大鏡子，重芳就是鏡子裡的她。這副情景若是讓外人看見，怕以為是大白天的鬧了鬼。

荀柳忽然想起之前軒轅澈對她提過的，關於西瓊異人的事，也就是當初他們懷疑充作西瓊太子替身的易容者，難不成就是跟重芳一樣的人？

傳說西瓊有異人，善學音學步，數百年前便以此發家，本在宮廷之中充當藝伎，但後來隨著王朝更迭覆滅，因此流落民間。後來，他們又從易容大家哪裡學來易容之術，族中又有有心人藉此術謀求不義之財，長此以往，便發展成如今這般不可見人的門派。

早年西瓊皇室似養過幾個這樣的能人，當初西瓊太子應是因此找來替身，沒想到詹光毅手底下也有這樣的人。

但他要她的替身做什麼？

荀柳一驚，想到了軒轅澈。

她一直以為，詹光毅抓她，是為了她腦子裡的東西，現在才發覺，她似乎從一開始就想錯了。詹光毅既然能無聲無息地避開暗部眼線，進洪村將她擄走，便一定有更穩妥的法子可徹底引開暗部的人，但他沒有那麼做。

為什麼？

因為他的目的，就是要讓軒轅澈知道她被人擄走。

現在他利用西瓊異人再造一個假的荀柳，若軒轅澈來救她，屆時只需輕而易舉地易容調包，若假扮她的西瓊異人未被揭穿，便如同在軒轅澈身邊徹底留下昌國的眼線，甚至沒人能比這個眼線更能輕而易舉地獲得軒轅澈的信任。

甚至，能輕而易舉地要了軒轅澈的命。

荀柳想著，心裡一陣陣地發冷。

詹光毅到底想幹什麼？若是真的讓他得逞……

她猛地打了個冷顫，抬眸看向一雙眼睛始終盯在她身上的重芳，忽然拔腿跑回屋內，索性躺在床上，攤開手腳，一動不動了。

我看妳怎麼學一條鹹魚說話走路！

第八十一章

重芳跟著荀柳跑進屋，見她這個姿勢許久未動，多少猜出她心中所想，似是跟荀柳耗上了，乾脆面對她坐在凳子上。

就這樣過了一下午，丫鬟端著食盤進屋，看見兩人這副樣子，便將食盤放在桌子上，走到床邊。

「姑娘，該吃晚膳了。」

荀柳緊咬著牙，一句話都不說。

餓幾頓無所謂，就算是餓死，她也得忍著，無論如何都不能讓詹光毅這龜孫子得逞。

丫鬟見她不說話，急得不得了。

重芳倒是開了口。「飯菜留下，妳出去。」

丫鬟知道重芳是幫主子做事的人，不敢多嘴，看了床上的荀柳一眼，行了個禮，乖巧地退了出去。

重芳淡淡瞥荀柳一眼，伸手拿起筷子，竟自己吃了起來。

荀柳隔著老遠便聞到雞腿的香味，肚子不爭氣地咕嚕叫了幾聲，仍舊未動分毫。

「妳抗拒也無用，昌王自有別的法子叫妳聽話。若不想吃苦，最好乖一些。」

重芳的語氣平靜而冷漠，似乎這件事成不成功，跟她無多大關係，那態度就好像是拿錢辦事的劊子手一般。就是不知請她出馬的代價，要比劊子手多幾倍？

荀柳不聽，依然維持鹹魚的姿勢不動。

如此又熬了一夜，重芳絲毫不虧待自己，知道荀柳不打算配合，天色又晚了，乾脆叫丫鬟來鋪好小榻睡下。次日一大早，便起床出門，告狀去了。

次日一早，荀柳是被人狠狠掐醒的。

她正睡得香，忽然覺得衣領被人一揪，脖子被死死掐住，一睜開眼便是詹光毅那張皮笑肉不笑的妖冶臉。

「我倒是小看了妳折騰的本事。荀柳，孤記得警告過妳，孤的耐心有限。」

這次他下了狠手，掐得荀柳喘不過氣。

但有一點他猜錯了，她從不怕死，更別說早死過一次。如今若要她死，才能使他人免於危難，不如一了百了乾淨。

然而，等她做好了準備，詹光毅卻鬆開她的脖子。

荀柳急喘了幾口氣，只見他笑意陰鷙道：「若是真殺了妳，豈不是白做了這些準備，這就太不划算了。讓我猜猜……既然妳不怕死，那是怕別人因妳而死？」

他微微撇開頭，看了身後的小丫鬟一眼。

小丫鬟立時覺得不對，忍不住害怕地往後退，但終究是沒逃開。詹光毅嘴角一勾，伸手往後射出袖箭，再輕輕一扯，小丫鬟的胸口便被拉出一個拳頭大的血洞，撲通一聲倒在地上，抽搐半晌，斷了氣。

在拱門外看守的侍衛見狀，慌張地對視一眼，忙低下頭，不敢出聲。

荀柳閉了閉眼，手心幾欲被指甲掐出了血。

「詹光毅，你這麼做，不怕遭報應嗎？」

詹光毅十分愉悅地輕笑一聲。「這只是個警告。她與妳不過一日之交，若妳再不聽話，下一個便是洪村村民。孤記得，那日與妳一起在古水鎮與店小二吵架的那兩人，你們的關係便很密切，不是嗎？」

「王八蛋！」荀柳再也忍不住，衝著他的臉就是一拳。

這一拳對詹光毅來說，簡直形同玩笑，輕而易舉便被他避開，伸手箝住她的胳膊，往後狠狠一推。

「若不想再有人因妳而死，便給孤老老實實聽話！」

如今荀柳最後悔的事情，就是當年沒能跟莫笑好好練一練拳腳，不然哪怕現在仍然沒有還擊之力，若可以給他一巴掌，起碼也能解解氣。

但現在為了不連累洪村村民，她只能選擇暫時虛與委蛇。還有半個月的工夫，她得另想辦法了。

如此，很快又過去幾天。

如今已是十二月，如果她還待在洪村，應當已經開始和村民們掛上紅燈籠，置辦年貨。然而，現在她還不知自己究竟在什麼地方。

這幾天，詹光毅每日傍晚都會過來坐一坐，有時說上幾句話，也不管她愛不愛聽；有時沈默不語，彷彿只是來觀賞她被人學步的樣子。

那位名為重芳的西瓊異人更是誇張，起初一雙眼睛黏在她的身上，無論白日還是夜晚，就連她翻個身，都照樣學得滴水不漏。她甚至懷疑，重芳是不是一天十二個時辰都沒合過眼。

現在隨著她聲音、動作、神態上學得越發精妙，如今已經不必再看著她模仿，只需用眼角餘光瞥一眼，便能猜到她下一步的動作。

這樣的本事，要不是用來害人，她還真想讚上一句厲害。

但現在無論是西瓊異人還是詹光毅，都讓她覺得非常恐怖。

幾日過去，她卻連一個可行的辦法都未想到。

這日傍晚，詹光毅過來得稍晚了些。

今天，他換下常穿的玄色長袍，換上一身赤色水雲緞對襟闊袖衫，長髮如墨，唇如點朱。若不是那雙桃花眼中邪魅妖冶之色太過濃重，其實真算得上出塵絕世。

怪不得人說昌王貌似妖姬，比傾國佳人還要絕色半分。

這句話其實算不得稱讚，因為昌王詹光毅之母，便曾是昌國一點朱唇萬人嘗的絕美豔妓。因為一晚雨露，十月懷胎，在那髒污之地獨自生下了昌國最受爭議和不公的王子。

現在誰也想不到，便是這樣一個無出身、無靠山的男子，不僅拿下了昌國王座，如今還是西瓊和大漢最為忌憚的人物。

荀柳想，詹光毅的變態或許跟他的身世及童年經歷有關，不然怎會如此嗜殺成性？

她坐在院子裡，看著他在她對面坐下。不久前才掐著她的脖子要她命的人，此刻卻如同老友一般，自顧自笑著，從她面前的點心盤裡拈了一塊糕點。

他坐下之後，她隱約聞到脂粉香味，像是剛從野雞堆裡滾過一圈出來似的。

她雖然沒逛過這裡的青樓，但以往在碎葉城酒家打酒時，碰過客人公然在酒樓裡招妓，味道跟這個差不多。

所以她不用猜便知道，詹光毅這副樣子，是從什麼地方裡出來的。

她忍不住皺眉，往旁邊挪了挪。「昌王看起來好像心情不錯。」

重芳在一旁有樣學樣，她也習慣了，索性當她不存在。

詹光毅輕笑。「是還不錯。」

他抬眸，正好瞥見她往遠處挪位置，也不生氣，笑意反而更濃郁了些。「怎麼，不喜別的女人的味道？」

他忽然湊近了些，眼角上挑，語氣惑人。

「孤曾說過，還可以給妳另一條路。若妳願意，孤可獨寵妳一段時日，如何？」

「不了。」荀柳乾笑一聲。「我消受不起。」

「哦？是消受不起，還是心裡不願？」

詹光毅的身子往後靠了靠，好整以暇地看著她。

「荀柳，有時孤也猜不透妳的想法，五年多為他人出生入死，卻不圖任何好處，就沒有什麼想要的？妳若願意跟孤去昌國，孤可保妳一世榮華，也可以商量賜予妳更大的權利。」

荀柳抬眸盯著他半晌，忽然問道：「我也很好奇你到底想要什麼。詹光毅，你現在已經坐上昌王的位置，大漢與昌國早年結盟，要不是你主動挑撥，如今根本不會惡化成如此局面。西瓊更不用提，小小一個靖安王府，便足以讓他們忌憚十年之久，更不會主動招惹你。

「若你想當三國霸主，但你也應該很清楚，昌國資源稀缺，民生問題尚未解決。五年前戰亂剛止，想必你們才能喘一口氣，繼續打仗對你們造成的影響，不會小到哪裡去。你這般肆意挑事，就不怕有朝一日引火自焚？」

詹光毅聞言，臉上的笑容滯了滯，目光微暗。

重芳的目光在她與詹光毅之間掃了一下，也很有眼色地抿唇不語。

荀柳直直盯著他，許久才見他忽然勾唇一笑，那笑意竟有些說不出的涼薄。

「誰告訴妳，身為君王，便一定要為萬民考慮？」

詹光毅眼梢微挑，略帶殘忍道：「孤行事所為，只不過是因為享受掌握世人生殺大權的樂趣而已。」

他又拈起一塊糕點，慢慢在指尖碾碎成粉末。「就像這世人對螻蟻，孤又何必在乎螻蟻的喜怒哀樂？」

荀柳心中一震，半晌後，自嘲地笑了笑。

也是，前幾日他才用丫鬟的死向她證明這一點，她怎還會對他問起這般有人性的問題？

她嘆了口氣，不知為何，覺得他有些可憐。

「妳為何用這種眼神看著孤？」詹光毅好笑，居然有螻蟻覺得主宰者可憐。

「我只是想，你的過去該有多悲慘，才會養出你這般性格？詹光毅，是你本性如此，還是未曾有人給過你美好？」

這句話一出，荀柳便覺得周圍空氣忽而轉冷，詹光毅臉上笑容未變，但那雙桃花眼裡，明顯已經覆上一層陰鷙的怒意。

「妳在教孤做人？」

荀柳想起那丫鬟的慘死，莫名有些孬了，乾笑幾聲打哈哈。「哪能啊，昌王這等人物，應該是教我做人才對。」

能保命就保命，識相地孬一點無所謂，反正面子也不值錢。

不然，以這王八蛋的性格，怕是還得折磨她一遭才行。

然而，奇怪的是，這次詹光毅什麼也沒做，只冷冷地打量她半晌，起身甩袖，臨走時只留下一句話。

「妳的好弟弟已經追到涼州。孤倒要看看，這位驚才絕豔的二皇子，到底有多聰明。」

他說完，帶著怒氣，大步離開了這裡。

荀柳心中一震，這裡是涼州？她竟在涼州境內？而且小風真的追來了？

月底便是年關，他身為皇嗣，無論如何也得從青州返程回京，如今卻為了她，改道來涼州。若是傳到蕭黨和惠帝耳朵裡，是不是又會引發什麼麻煩？

但她現在沒空關心這個，當下最擔心的，還是詹光毅會怎麼將重芳塞到軒轅澈身邊？

等等，互調身分？

她心裡忽然想到了一個主意……

自從那次惹了詹光毅不高興之後，一連幾日，他未再出現過。

荀柳倒也不急，繼續和重芳同吃同睡同住。直到半月之期將至的時候，許久未出現的詹光毅才現了身。

這次，他什麼廢話也未說，走進院子後，重芳便一改前些日子有樣學樣的樣子，起身衝著他行了個禮。

「昌王，我已經準備好，接下來煩勞您出手了。」

詹光毅點頭，朝一頭霧水的荀柳走去。

荀柳不由退後了幾步。「你想幹什麼？」

這廝該不會是利用完她，準備殺人滅口吧？

詹光毅輕笑一聲。「既要讓假的荀柳獲取二皇子的信任，有些私密之事不弄清楚怎麼行？乖，最後再幫孤一次。」

他的語氣非常輕柔，但手上動作卻是一點都不含糊，直接點腳飛身上前，一把抓住她的手腕，將她帶至身前。

荀柳不覺看入那雙妖冶的桃花眼，立時覺得天旋地轉，在失去意識的前一刻，忽然想起之前軒轅澈曾在碎葉城對她說過的，關於昌國幻術的事情。

幻術修煉至第四層，便可竊取人的記憶。所謂竊取，是利用幻術催眠對方，讓人如同提線木偶一般，老實交代出經歷，並可使其忘卻部分記憶。且事後醒來，也察覺不出哪裡出了差錯。

其實幻術就如同催眠一樣，不過威力更強，效果更為駭人。為干預他人思想，使其如夢似幻，便稱為幻術。

她竟忘了這一點！

她想避開那雙眼，但已經來不及了……

見荀柳目光開始渙散，表情也呆滯了，詹光毅臉上露出一絲滿意的笑容，放開她的手腕，施施然問起話來。

「妳是何人？」

「荀柳。」

「家中還有何人？」

「沒有，只有我。」

「家住何處？」

「上海長寧……不……」荀柳呆滯地搖搖頭。「應該是在西關州碎葉城。」

詹光毅挑眉，有趣，他還是第一次聽見有人對幻術自我否定並修正的。

他正了正身子，開始進入主題。

「荀柳，把妳知道的所有關於二皇子軒轅澈的事情告訴我。」

荀柳繼續呆滯地點頭，毫無感情地開口。「我遇到小風，是在五年前雲貴妃死時的那一夜，我們一起逃出宮……」

詹光毅滿意地聽著，越聽臉上的表情越精采。

一個手無縛雞之力的女子，竟能在短短幾個月內，從京城逃到碎葉城，帶著這麼大的一個燙手山芋，還能活得這般風生水起。

鐵爐城和碎葉城的事情，他已經查到了大概，只是沒有荀柳說得這麼詳細。其中讓他驚詫的是，當年邵陽城劫屍案，居然也是她和軒轅澈所為。

他還真是小看了這個女人。

後面的故事，便有些索然無味了。碎葉城的事情，他都清楚，沒什麼好重複的。

於是，他直接打斷她。「不必說了，我問妳最後一個問題。」雙眼微瞇了瞇。「軒轅澈身後除了西瓊和靖安王府，是否還有別的助力？」

他一直很納悶，當初西瓊太子曾告訴他，被派來的西瓊探子，一批死於靖安王府之手，還有一大批被不知名的組織捅了老巢，一直到死之前，也未查出到底是何人下的手。

詹光毅曾派人查過，但那夥人行蹤十分隱秘，來去無蹤的同時，恍若到處都是他們的眼線。他始終認為這些人跟軒轅澈有關，卻查無可查。

他最忌憚的，正是這一點。

身為軒轅澈最親近的人，荀柳必定知道些什麼。

然而，方才還有問必答的荀柳此時卻不出聲了，臉上的表情抖了抖，額上慢慢沁出汗來，似是在掙扎。

詹光毅目光一暗，上前掐住她的下巴，逼視她的雙眼。「說，他背後到底還有何人？」

荀柳掙扎得越發厲害，本來呆滯的雙眼竟慢慢恢復了神采，臉上露出痛苦之色。

詹光毅無數次施展幻術以來，還是頭一次遇到這樣的情況。

他將真氣運至十成十，不知是不甘心還是憤怒，逼著荀柳看向他的雙眼。

重芳見狀，不由上前一步，勸道：「昌王，這樣她的心脈會被震碎的。」

不知為何，一向視旁人如螻蟻的詹光毅聽見荀柳會死，手中的力氣不覺鬆了鬆。

趁著這個空檔，荀柳猛地彎腰，從喉中嘔出一口血來，目光慢慢轉為清明。

詹光毅冷笑一聲。「妳對他以死相護，卻不知他能為妳放棄什麼。愚蠢如斯，孤倒是大開眼界了。」

「你當然不懂我為何會以命相護……」荀柳喘息著抬頭，抹去嘴角殘餘的血漬。「因為像你這般罔顧他人性命之人，怕是從未被人如此真情實意地對待過。」

她說著，嘴角露出一抹嘲諷。

那嘲諷似是刺進了詹光毅心中，他眸色一沈，捏緊手指，只一瞬，便又恢復到先前那般居高臨下的模樣。

「重芳，方才那些，妳可聽清楚了？」

重芳行了個禮，面無表情道：「是，已經全部記下。還請昌王再施術時，由重芳詢問，如此便穩妥了。」

詹光毅點頭。「明日孤再過來。」轉頭看了荀柳一眼，甩袖離去。

待詹光毅走後，除了學音學步之外，從不跟荀柳廢話的重芳突然開了口。

「我警告過妳，若不想吃苦，就最好乖一些。」

荀柳瞥她一眼，走至桌前坐下，忍著心口的疼痛，慢悠悠替自己倒了杯茶。

「妳不覺得妳說這句話，太假好心了些？昌王到底給了妳什麼好處，能讓妳如此替他賣命？」

重芳不語，荀柳也沒興致再多問。

如此又過了兩、三日，詹光毅每日都會來對荀柳施展幻術。

荀柳雖不知自己到底都交代了什麼，但每次恢復清醒之後，都看見詹光毅臉色不好，便知道自己應該如同第一次那樣，沒交代出什麼要緊的事。

這讓她稍微放心，看來幻術第四層的功力沒那麼大，若遇到心智頑強之人，也無可奈何。但若她想不出辦法阻止詹光毅將重芳送到軒轅澈身邊，那這些秘密早晚不是秘密。

她必須盡快想出脫身之計。

第八十二章

半個月，很快就過去了。

最後一天，重芳也消失不見，直至晚間，荀柳才看見一人從院外走進來。

院內未點燭火，只能就著月光打量那人，從鞋面往上看，穿著打扮竟與她一模一樣。

最重要的是那張臉……

一陣涼氣從心底直往上竄，荀柳不覺從凳子上站起來，見對方一顰一笑，一個眼神流轉之間，熟悉至極。

「妳……」

「我是荀柳。」對方大大方方地對她笑了笑，眼底似有光芒閃爍。

這是重芳……不，應該說是第二個荀柳。

如今已經不能用像來形容，因為眼前這個人就是第二個她。

若真讓她成功接近了軒轅澈……

荀柳越想，心裡越是驚顫，一個字也擠不出來。

反倒是重芳見她許久不語，主動開口道：「明日凌晨，我們出了別莊，昌王會派人直接送妳從涼州繞道嶙州去昌國。」

這時，送晚膳的丫鬟端著食盤走進來。

荀柳掃了一眼，發現今晚的菜色比平日足足豐盛兩倍。

但奇怪的是，她和重芳的飯菜是分開的。

此時，重芳恢復了她自己的聲音，面無表情道：「吃完好好睡一覺，往後二皇子的事情，便與妳無關了。」

她說完，那丫鬟如受命一般，將屬於荀柳的那份飯菜擺到她面前。

荀柳看著眼前的菜色，心底苦笑一聲。

飯菜裡八成是加了料，也許是詹光毅這幾日被她折騰怕了，索性下藥弄暈她，免得路上又出現什麼意外。

「姑娘進去吃吧。院子裡涼，莫要受了風寒才好。」

丫鬟貼心地說了一句，荀柳卻搖搖頭。「就放在這裡。」

冷一點好，保持清醒。

重芳未跟荀柳一起在院子裡吃，而是讓丫鬟將飯菜端到房內。

荀柳正想觀察這當中是哪盤菜有問題，卻見丫鬟又走出來，替她點燈之後，站在一旁，打算盯著她把菜吃進肚子裡。

半晌後，荀柳還是沒動筷子。

這時，屋內傳來重芳冷淡的聲音。

「妳不吃，我有的是法子讓妳吃下去。最後再勸妳一次，不想吃苦頭，就乖乖聽話。」

「姑娘快吃吧，飯菜涼了，可是會鬧肚子的。」丫鬟也跟著附和。

荀柳轉了轉眼珠，因為丫鬟的一句話，心裡有了主意。

她裝作無奈地拿起筷子，每一樣菜都嚐了幾口，一邊吃、一邊觀察丫鬟的神色。直到她把其中一道湯喝下一大半，丫鬟才露出滿意的神情。

荀柳見狀，放下筷子不再動，對丫鬟道：「我吃飽了，都拿下去吧。」

丫鬟沒說什麼，躬了躬身，收拾桌子，端著食盤離開。

丫鬟前腳剛走，荀柳立即站起來，瞥見重芳還在慢悠悠地吃飯，便裝作不經意一般，向茅廁走去。

到了茅廁內，她也顧不得味道難聞，伸出食指猛摳喉嚨，直到吐得胃裡直泛酸水，這才停下來，長舒口氣。

希望這個法子能有點效果。

回到房內，荀柳見重芳似乎並沒有發現她離開過，而是坐在梳妝檯前忙著擺弄東西，才徹底放了心。

到了晚上，她和重芳躺到各自的床鋪上，睏意漸漸襲來。即便她盡力將所有飯菜吐出，但多少還是吃進了一點，只能狠掐自己的手掌心，以保持清醒。

隨著時間慢慢過去，應該已經過了子時，她細細聽著不遠處小榻上的人平緩呼吸，彷彿已經睡熟，才小心地起身。

她走到梳妝檯前，拿起桌上沈甸甸的首飾盒，用外衣包好，緊握在手裡，悄悄踱著步子往床邊走去。

這是她唯一的機會。

之前她想過和重芳互換身分，但沒想到要怎麼做，今日他們替她送來了契機。只要能將重芳打暈，與她互換床位，明日一早，昏迷不醒的重芳便會被當作是被餵藥的她，送入昌國。她只要學著重芳的口氣和神態，暫時瞞過詹光毅，成功回到軒轅澈身邊，如此就後顧無憂了。

她的演技不比重芳高明，但只要能離開這裡，或許就能想到逃脫的辦法。

荀柳這般想著，屏住呼吸，靠近往小榻上的人。

月光透過門窗照在重芳臉上，荀柳看著那張與她幾乎一模一樣的臉，咬了咬牙，舉起手中被外衣包裹好的木盒，要使勁往重芳的後腦砸去。

然而，就在這時，熟睡的重芳猛地睜開眼，眼裡清明一片，哪裡像是睡熟的樣子？

再十餘日，便是年關。

涼州不比青州雪多，但也稀稀落落下了些小雪。本以為如此要晴過年後去了，不想這一日早上，百姓一打開窗，竟見半空飄起鵝毛大的雪花。

即便如此，涼州建明城內仍舊人來人往，熱鬧非常。尤其是城內最為出名的醉望鄉酒樓，內裡更是賓客滿堂，滿樓飄香。

這時，大街上忽然駛來一輛馬車，停在醉望鄉門前。

一道人影推門，緩緩而出。只見他一身月白長衫，上繡青竹紋飾，髮束玉冠，貌比潘安，雖未發一語，但那氣勢實在是無可忽視。堪堪一站，便引得無數人側目，端的是舉世無雙的俊美公子。

小二回過神來，立即上前招呼。「這位客官，您是打尖，還是住店啊？」

公子未說話，他身後的黑衣侍衛道：「之前訂過位置，二樓秋字廂房。」

「哦哦，原來是您，恕小的眼拙未看出來。小的這就帶兩位上樓，請跟我來。」

好不容易將人請上去，小二急忙下樓，但沒來得及招呼其他客人，又聽門口傳來一道低沈悅耳的男子聲音。

「請問店家可在？」

這一句話，引得樓內眾人側目看去，又是一番驚豔。

此時站在門口的是身著玄色暗金流雲袍，腳踩緞靴，腰佩白玉的翩翩公子，比剛剛上樓的公子年紀稍大些，氣質也不盡相同。

若說方才那位氣若松竹，貌若謫仙，那眼前這位便像是人間富貴花，一雙桃花眼勾魂攝魄，豔邪非常。

樓內眾人忍不住猜測，這兩位到底是誰家的公子？如此絕色，竟從未見過。

小二反應過來，連忙抬步上前。「這位客官，快請進。」

那公子彎了彎唇，他身旁的魁梧侍衛上前道：「我們已經與人有約，二樓秋字廂房。」

小二一驚，這兩位居然是熟人，立即點頭。

「小的這就帶二位上樓，請。」

這時，公子輕笑一聲，對小二道：「馬車安置在後院即可，我家車夫不喜熱鬧。」

「好。」

到了秋字廂房，小二帶他們包廂門口，便轉身離開。

詹光毅推開門，見軒轅澈已經坐在屋內，勾唇一笑，抬步進去。

落坐之後，兩人皆是無言。

詹光毅見來人表情淡淡，面上無一絲焦急之色，忍不住笑道：「二皇子似是毫不關心身旁人的死活。」

軒轅澈緩緩抬眸看他。「我只想知道，昌王手上到底還有多少替身可殺。」

與此同時，建明城東區。

莫笑神色冷肅，戴著面巾，和其他幾個暗部中人趴伏在房頂，緊緊盯著下面宅子裡的帶刀護衛。

院內，一處廂房門緊緊關著，一個熟悉的女子聲音正在裡頭拍門大喊。

「放我出去！」

莫笑對身旁同伴使眼色，只見有人甩手，往另一處角落丟了顆石子，果然引起兩個護衛的注意，準備走近去看。

正是好時候！

莫笑帶頭縱身躍下，從背後箝住其中一人的脖子，提劍便是狠狠一劃。對方一聲未出，便殞了命。

另一人也被同伴順手解決，並未驚動前院的人。

莫笑立即衝到廂房門口，提劍砍斷銅鎖。

然而一開門，卻見屋裡的女子持刀飛身向她刺來，她側身險險一躲。幾名同伴見狀，忙上前應付，兩三下便解決了那女人。

莫笑和同伴們對視一眼，從彼此眼中看到了失望。

又是一處假的。

自從到了建明城後，暗部便收到不少消息，搜查好幾處宅子，但到目前為止，皆是詹光毅故意用來迷惑他們的荀柳替身。

這已經是第六處，死了數十人，而真正的荀柳卻還不知被昌王藏在哪裡。

包廂內的桌上上滿了菜，但詹光毅和軒轅澈枯坐許久，也未動筷子，如上次的情景一般無二。

詹光毅忽然笑道：「二皇子這般耗費力氣尋人，不如聽一聽我的建議，如何？」

軒轅澈淡淡看著他不語。

詹光毅也不氣，笑意越深。「一人換一人，西瓊長公主換荀柳。」

半晌，軒轅澈才抬眼，目光微涼。「昌王如何以為，我一定甘心受你脅迫？」

「看來是我猜錯了，這荀柳的價值遠不及西瓊長公主啊。真是可惜，不久前我對她施幻術時，她可是為了保全二皇子，差點丟了命呢。」

詹光毅勾唇笑了笑，只是那笑意不達眼底，更含了絲挑釁。

軒轅澈神色仍是未動，但氣勢驟然冷凝下來，垂放在膝上的手指微微顫著，似乎下一刻便要忍不住動手殺了眼前這人。

但現在不行，未尋到人之前，還不能對眼前的人輕舉妄動。

片刻後，他又恢復了淡然，竟主動抬手拿起筷子，挾了口菜。

「醉望鄉的菜色遠比上次昌王作東的那家更為可口，昌王不如嚐一嚐。」

詹光毅聞言，有瞬間的錯愕，但很快便恢復神色，也學著他拿起筷子吃了一口，表情很滿意。

「是很不錯。」

兩人各懷心思，一個在拖，一個在演，時不時對桌上的菜色評論一番，看上去竟跟真的知己好友一般。

另一邊，莫笑帶著幾人，又找到了另一處院子。

這裡頗為偏僻，沒幾個守衛，兩三下便清了場。但在鎖著的房間裡，他們仍舊只發現了替身，雖然那人的長相與荀柳頗相似，卻是帶了暗器，莫笑不查，差點被對方偷襲。

莫笑失望至極，正準備帶人趕往下一處時，突然發現替身的屍體旁、褥子被掀起來的床板邊沿，隱約有小小的記號。

她湊近，將整塊褥子掀開，看清楚記號的樣子。

那記號像是被髮簪之類的尖銳東西劃出來的，圖案很簡單，也甚是潦草，似乎是在十分緊急的情況下盡力留下。

床板上，簡單抽象的線條畫了輛馬車，馬車的窗戶處還畫了個小小的、圓嘟嘟的人臉，並未畫出人嘴。臉上有幾條橫線，似乎是要表示，人被布條綁著無法說話。

馬車……被綁著的人……

莫笑立即轉頭問同伴。「你們可曾記得，這幾處地方哪裡有馬車？」

幾個同伴都搖頭。「我們並未查完所有地方，一見人不對，便退了出來。不如我們再回去——」

「不對。」莫笑出聲打斷。「不會這麼簡單。替身和正主放在同一處院子，未免也太草率了些。」

馬車……馬車……

以昌王的性格，必定會將人放在出乎所有人意料的地方。而最讓人意想不到的馬車，會是……

莫笑心中一震，立即起身。「快通知主子，姑娘被藏在昌王的馬車內！」

包廂內，時間一點點過去，這一頓午飯竟吃了整整一個多時辰。

詹光毅似乎懶得再跟軒轅澈繼續耗下去，先一步起身。

「二皇子與其繼續做無用功，不如好好考慮考慮我說的提議。時辰不早了，今日就此別過吧。」

他得意非常，似乎很篤定，軒轅澈一定找不到人。

孰料軒轅澈卻絲毫不急，在他走出幾步時，才緩緩開口。

「原本我好奇，為何昌王敢來赴約？即便是有籌碼在身，也未免太疏忽了些。現在看來，原來昌王也為自己準備了替身。」

話音剛落，那抹玄色背影渾身一震，半晌才轉過身，臉上神色看似淡定，但閃爍不定的目光，卻出賣了他的內心。

「二皇子如何會有這般荒謬的猜測，難道孤如此膽小不成？」

他盡力維持表情，卻越說越龜裂。

相反地，軒轅澈只微微抬眸，那雙鳳眸似是能看入他的靈魂一般，下一句說出口的話，更令他驚訝不已。

「方才那句，確實只是猜測，不過現在我倒是確定了。」

那人聽了，一句反駁也無，猛然抬手，幾支袖箭從他的手腕處疾射而出，卻皆被軒轅澈不慌不忙地側身避過。

這時，門外也傳來一道悶哼，似是這替身帶來的侍衛被人放倒，隨後響起莫離的聲音。

「公子，找到姑娘了，就在後院昌王的馬車裡。」

軒轅澈聞言，鳳眸微瞇，再也不用留情，抄起桌上的一根筷子，運起內力一甩，筷子直直插入替身喉間，聲音未出，便一命嗚呼。

包廂外，樓下仍舊滿堂賓客盡歡，並未因為這幾乎可以忽略不計的打鬥聲而騷動。

軒轅澈起身拉開門，對莫離甩下一句「自行處理」，便快步朝著後院走去。

這時，對面三樓某處包廂的門慢慢打開，一雙眼睛默默注視著這一切，又關上門，朝著正在獨酌獨飲，面貌普通的男子走去。

「主子，事情已經成功。」

男子勾唇，輕笑了一聲，飲盡杯中酒。

「如此甚好。這是近日來孤聽到最好的消息，回去有賞。」

那人喜形於色，立即點頭應是。

與此同時，莫笑等人趕至醉望鄉後院。

小二見這麼多人闖進來，還以為是來尋釁挑事的，但在他們掏出一袋銀子後，立即賠笑著讓出了路。

莫笑剛想上前掀開車簾，但卻被一道聲音阻止。

「都退下。」

莫笑轉身，雖然心裡焦急不已，但見莫離在主子身後衝她微微搖頭，這才放下手，和眾人一起退到門廊下。

軒轅澈盯著那輛平平無奇的馬車，緩緩走近，伸手要觸及車簾時，又頓了頓。

這一幕落在其他暗部中人眼中，皆是驚訝不已。他們跟了主子這麼多年，還是頭一次見主子這般小心翼翼。

莫離與莫笑卻絲毫不奇怪。早在數月前，姑娘不告而別時，他們已經見識過了。

如今，這世上怕是沒有什麼人，能比得過姑娘在主子心中的位置。

軒轅澈掀開車簾，陽光瞬間順著縫隙傾瀉車內。

一名女子安靜地躺著，雙眸緊閉，鼻息緩慢，像是睡著了一般。她的雙手雙腳還綁著麻繩，兩隻手腕被勒得青紫。

他鳳眸微顫，替她解開麻繩，而後彎腰，小心地將她攬在懷中，失而復得般，伸手輕撫她的眉眼。

時隔多日，她終於又回到他的身邊。

第八十三章

大雪下了整整一日，到了次日早上，終於停了。

建明城的一處別院中，下人早早便起床打掃院子。廚房裡熱火朝天，也許是沾了馬上就要過年的喜慶，人人臉上都帶著笑容。

莫笑端著飯菜經過走廊，剛走近院子，便被莫離攔住。

「進去做什麼？」

莫笑抬了抬手上的食盤，喜氣盈盈。「自然是送飯。姑娘折騰了這麼多天，應當好好補一補。」

莫離無奈地嘆口氣。「現在不行，公子還在裡頭。」

事實上，是從昨晚回來之後，就一直守在房裡了。

莫笑一愣，這才明白他的意思。「啊，那我待會兒再來。」

昨日主子打發了所有人，不讓她在跟前伺候，所以她並不知道這件事。現在看來，主子是打算藉此機會，和姑娘說明白了？

這樣想著，她竟有些好奇，兩位主子在裡頭說了什麼？

但她剛一回頭，便對上莫離警告的眼神，只能沒好氣地白他一眼，轉身離開。

其實，屋內並非像莫笑想像中那般，因為到現在荀柳還沒醒。

直到外頭院子裡的積雪被下人清理乾淨，日上三竿時，荀柳才慢慢睜開眼睛。

入眼是一張再熟悉不過的俊顏，她以為自己還在作夢，便半撐起身子，伸手掐了一下自己的側臉……

等等，這都是真的？

但是，她為什麼會和小風摟在一起睡覺啊?!

秉著老牛吃嫩草的羞恥之心，荀柳立即掀開被子看了看自己身上，還好她衣衫完整，似乎沒搞出什麼事情。

軒轅澈側過身子，一隻手自顧自在被子上尋了尋，直到攬住她的腰，才滿意一般，一把將她整個身子塞進他懷裡。這動作就好像是做過數遍一般，無比嫻熟。

荀柳忽然想起待在洪村的那段日子，他借用穆川的身分和她同榻而眠的每個夜晚，她好似都作過這樣的夢，晚上有隻熊扒在身上，每天早上醒來，渾身暖烘烘的。

那時候，她以為是炕火燒得太旺了，直到現在才反應過來，敢情這小子一直在暗自揩她的油？

她心底一氣，正準備叫醒軒轅澈好好質問質問，扭頭卻看見他一雙鳳眸下濃重的黑眼圈，準備推醒他的手便停了下來。

這段時間，他應該也因為她的失蹤，整日整夜地擔心吧？

她想起在山林裡他對她說的那些話，心裡隱隱泛酸，手不覺撫上了他的眉眼。

也許是她摸得太癢，軒轅澈慢慢醒轉，睡眼朦朧地看她，嘴角漾起一抹柔得不可思議的笑，用下巴愛憐地蹭了蹭她毛茸茸的頭頂，嗓音帶著一抹膩死人的沙啞。

「阿姊，妳醒了？」

荀柳臉頰爆紅，這個混蛋，這種情況還能若無其事地叫阿姊？

她反抗地伸出手，將他的臉往外推，見他俊美無雙的臉被她推得變了形，仍是沒離她遠一分。

軒轅澈彷彿還覺得逗她頗為有趣一般，又將她往懷裡攬得更緊了些。

「阿姊，妳害羞了？」

「你給我起來，你為什麼會在我床上？」

「阿姊，這是我的別院，我的床。」

「那我為什麼會在你的床上？」

「這就要問阿姊了。阿姊為什麼會在我的床上，還抱著我睡覺？」

「你給我好好說話！」

軒轅澈懶洋洋地撐起頭，看著她低笑。「昨夜是阿姊說冷，主動要求我幫妳取暖。」

「我信你個鬼！」

「蒼天可鑑，我說的是實話。」

荀柳無語地盯著他半晌，總覺得這小子自從用了穆川的身分和她相處過後，彷彿變得更貧嘴了。

她搖搖頭，索性推開他，坐起身。「我有正經事要問你，好好說話。」

軒轅澈見她神色正經起來，也收斂神色起來，語氣中的寵溺卻未減半分。

「阿姊想問什麼？」

荀柳看著他。「重芳到底是什麼人？」

那晚，荀柳本來準備鋌而走險，將重芳打暈之後，與其互換身分。沒想到卻被重芳察覺，還沒動手，便被重芳抓住。

就在她以為自己已經無路可走時，重芳卻主動與她調換身分，並告訴她如何才能騙過詹光毅。

這幾日，詹光毅並未露面，似乎很自信此行不會出現什麼意外，而因為有重芳的配合，事情確實順利不少。

後來，她只知道，詹光毅似乎也找了個替身帶著她去赴約。而為了做給軒轅澈看，她在上車之前被餵藥，此時才慢慢轉醒。

但她有很多問題想不明白，比如重芳到底是什麼人，又為什麼會幫她？

那晚她問過重芳，重芳只說：「我並未幫你們，只是我和他之間有筆血帳要算，妳的身分於我有益。」

這便是重芳對她說的最後一句話。

她不知道重芳代替她去昌國後會是什麼下場，但早晚會被詹光毅發現，屆時怕是根本沒有活下來的餘地。

「她是否早就聯繫過你？」

荀柳將這半個月來所遇到的事情都告訴軒轅澈，許久後才見他微微點頭。

「我並不知妳說的重芳是誰，但幾日前，我確實收過一封匿名信。調換身分之事，我確實知曉，就在詹光毅應約的前一日，我收到最後一封匿名信，她提出與我們合作，願意主動送來昌國的消息，但內容多少由她定，而我們也必須配合她繼續演戲。」

「也就是說，我得繼續在你身邊裝作是假的荀柳？」

軒轅澈聞言，目光暗淡一瞬，嘴角的笑意漸漸轉為苦澀。

「阿姊，從今往後我不會再強迫妳做任何決定，只求妳莫要再故意躲著我。替身的身分不過是配合演戲，就算妳肯，我卻不願，往後我不會再讓妳輕易涉險。」

他說著，抬眸看她。「若妳想回洪村，過幾日我便安排人送妳回去。只是，就當是為了我，阿姊需答應將莫笑留在身邊才行。」

荀柳低垂著頭不說話，似是默認一般。

軒轅澈眸中漸漸攢滿失望和自嘲，慢慢起身下床，套上長靴。但就在他準備起身離開時，衣襬卻被人扯住。

他緩緩轉過頭，看向低垂著頭，辨不清神色的女子，只見她伸出一隻手，似是有些遲疑，又帶著小心地揪住他。

「其實，上次你走了之後，我有好好想過……」

荀柳咬著唇，總覺得這些話難以啟齒。這一世加上一世，她都好幾十歲的人了，沒想到竟真對一個才十七……不，現在已經是十八歲的少年動了心。

她是想過迴避，想過逃離。但事實告訴她，她越是逃離，越是陷得更深。

現在，她不想再繼續當縮頭烏龜了。

若喜歡，便用心去喜歡。就算將來結果不盡人意，至少她認真對待過，不是嗎？

「其實我到現在也不知道這個決定是否正確，因為從我選擇離開的時候，很多事情就已經不受我控制了。我覺得，我好像不只是把你當弟弟對待，如果我說我好像有一點喜歡你，你會怎麼辦？啊……不是，我的意思是……」

她不敢抬頭看他的表情，只能自言自語。「那個，我想了想，以前我是把你當弟弟，但不知道什麼時候，好像就變了。你懂我的意思嗎？你吻我的時候，其實我不討厭，甚至後來還有一點點喜歡……」

老天爺，她到底在講個什麼鬼東西?!

她乾脆自暴自棄地放開他的衣襬。「算了，你先出去，讓我自己捋一捋再說……」

然而，她話音剛落，卻見身前光影一暗，一道氣息忽然被壓過來，身子一倒，兩隻手被迫與他十指交握，一雙幾乎能溺死人的鳳眸直直看入了她的心。

幾乎是帶著無盡的渴望和喜悅，軒轅澈低柔道：「那我便幫阿姊再確定一下……」說著，溫熱而柔軟的唇瓣便尋上了她的唇。

輾轉碾磨，氣息交融，荀柳只覺得自己就像是一潭湖水，融進了對方的溫柔繾綣裡。一顆心撲通撲通狂跳個不停，她不用照鏡子都知道，此時的臉肯定紅得跟蝦子似的。

不知過了多久，軒轅澈才恍若親夠了一般，移開水潤的唇，衝著荀柳彎起眼睛，笑得甚是撩人。

荀柳滿臉羞恥。

好了，本來她還挺確定是因為愛情，現在反倒覺得自己是貪圖美色了。

好罪惡啊……

她立即推開趴在她身上的人。「小、小風，雖然我對你說了這些話，但你畢竟還未及弱冠，平時有些行為，該收斂的還是要收斂……」

她的話沒說完，便覺得唇上又被親了一下。

軒轅澈眨巴眨巴眼，十分無辜。「阿姊是指這個？為何要收斂，阿姊不喜？」

他說著，又湊近了些。「這樣阿姊便怕了？可我本來還想對阿姊做更多，怎麼辦？」

荀柳只覺他覆在她腰上的大手一緊，渾身似是觸了電一般，一股電流猛地往腦門上竄，為了避免失控，她立即起身跳下床，退開好幾步。

「等等，小風，你先冷靜點……」

這小子若是真動了念頭，她這點力氣可扛不住，更別說誰能拒絕得了這麼一具堪稱絕色的美少年軀體，她也怕自己把持不住啊！

軒轅澈低笑幾聲，收斂調笑的神色，下床抱住她，帶著幾欲將她融入骨血的力道，頭深深埋在她頸窩。

「阿姊，我很開心，這一日我盼了太久太久。我曾想過，若阿姊一日未愛上我，我便多等一日；一世未愛上我，也不過百年而已。」

他雙手捧起她的臉，一雙鳳眸閃著奇異的光凝視她。

荀柳第一次見他如此笑，一顆心也隨著他的笑容被慢慢填滿。

「未能確定給阿姊全部之前，我不會碰阿姊，因為我很貪心，也想要阿姊的全部。所以，即便再難忍，我都要忍著。但平日忍不住的時候，阿姊幫幫我可好？」

或許是他眼中的渴望太過濃重，讓荀柳鬼使神差地順著話道：「怎麼幫？」

「阿姊主動親親我……」

看著荀柳當真踮起腳，慢慢湊上紅唇，軒轅澈眸中閃過一絲得逞的笑意。

然而，還沒等他高興多久，荀柳忽然陰惻惻地抬起手，狠狠捏了捏他的臉，直到將他的嘴巴捏得變了形。

「你這都是從哪裡學來的招數？當你阿姊好騙是不是？荀風，我告訴你，即便我喜歡你，但平時我還是你阿姊，敬老尊賢明不明白？」

軒轅澈滿眼笑意，無辜地點了點頭。

荀柳這才放開他的臉蛋，拍拍手，套上鞋，走到房門口拉開門，朝外頭吼了一聲。

「上菜，我餓了！」

等莫笑帶著丫鬟端上飯菜時，已經是午飯了。

丫鬟們下去之後，莫笑和莫離便守在院子裡，但目光卻控制不住地往屋裡瞥。

今日他們的主子很不尋常，莫說那雙眼睛從一開始就直勾勾盯著旁邊正在吃飯的姑娘，光嘴角那足以膩死人的笑容，便讓他們忍不住頭皮發麻。

難道，方才在屋裡，兩人真的發生了什麼事情不成？

這時，自家主子忽然抬手替姑娘拂去黏在她嘴邊的一粒米飯，兩人看得臉上一紅，尷尬地別開眼。

算了，主子的感情事，他們還是莫要操心的好，此刻主子也不喜歡被旁人打擾。

荀柳餓了整整一天，這一頓如風捲殘雲一般，但不一會兒也發現了不對勁，直到軒轅澈伸手替她拂去黏在嘴角的米飯，又見門外的莫離與莫笑扭開臉，才反應過來。

「你總看我幹什麼，你不餓嗎？」

軒轅澈坐在一旁，一雙鳳眸似是黏在她身上似的。「我更喜歡看阿姊吃飯。」

這肉麻的……門外的兩個人又忍不住偷偷別過了眼。

「有病，趕緊吃。」荀柳不容置疑地將筷子遞到他手上。「年輕人不好好照顧自己的胃，等老了有你受的。」

軒轅澈目光越深。「那阿姊替我挾菜。」

荀柳看看桌上的飯菜，以為他挾不著，便乾脆將他喜歡的菜全挪到他前面，很霸氣地招呼。

「想吃什麼自己挾，不夠再上！」

莫笑無語。姑娘，主子不是這個意思啊，情趣懂不懂？

莫離心累。這到底挑明了沒有？怎麼覺得姑娘好像還跟沒開竅似的？

軒轅澈看著眼前那幾盤菜，高高挑起眉，打量荀柳一臉「快吃啊」的表情，好半晌才忍不住低低笑了幾聲，無奈地嘆口氣，伸手挾菜。

看來前路還是任重而道遠呢，但今日的飯菜好像比平日可口了許多。

飯後兩人無事，軒轅澈繼續教荀柳練大字。沒練幾篇，一下午光顧著膩在一起鬥嘴了。

到了晚上，荀柳說什麼也不願讓軒轅澈繼續留在這裡，狠心將他趕出院子，莫笑這才能跟她說上話。

荀柳見莫笑一如往常替她打來熱水漱洗，好像當初在碎葉城那樣，知道憑這姑娘的倔性子，這段時日定因為她的不告而別傷心難過。

兩人無言，等她漱洗完，見莫笑要端著水盆出去，她才開口。「笑笑，妳可還怨我？」

莫笑的腳步頓了頓，微微側過身。「怨，自是怨過的。」

她說著，抬起頭看荀柳。「但我知道，姑娘是不想連累我們。以後，姑娘還會走嗎？」

荀柳愧疚不已，起身走到她面前，摸了摸她的頭。「以後不會了，我保證。」

「那便好。」莫笑由衷地笑。「我很開心姑娘願意回來，但主子應當比我們更開心。姑娘怕是不知，自從姑娘離開之後，主子便很少笑過，尤其是得知姑娘離開那日。」

她頓了頓，又道：「我從未見過那樣的主子，就像是要毀了自己一般。」

荀柳心底一痛，半晌才開口。「對不起……」

「姑娘沒錯，也不用說對不起。在我們看來，姑娘和主子都是一心為了對方，只是主子要的，並不是姑娘以為的而已。主子心中，無人比得過姑娘，莫笑是真心希望你們能好好在一起。以後無論什麼情況，請姑娘不要再拋下主子和我們不管了……」

這會兒，莫笑的語氣才有了一絲委屈。

荀柳愣了愣，暗嘆這丫頭果然還在怨她，忍不住接過她手上的水盆，放在桌子上。

「我錯了。我保證，以後不會再出現這樣的事情。我有好多話想跟妳說，不如今晚咱倆一起睡吧？」

莫笑有些愣怔，沒接話。

荀柳嘿嘿笑道：「其實是我比較怕冷，妳來幫我暖暖被窩，就像以前在碎葉城那樣。」

莫笑見她這副樣子，忍不住笑出了聲，開心應道：「好。」

荀柳也笑。離開了她的炕，晚上睡覺就是冷啊。現在有人暖被窩，舒坦不少。

只是，次日某人聽到莫笑居然比他還輕易地爬上了她的床，無比埋怨，非要她親自下廚，才肯罷休。

第八十四章

年關將至，而建明城離京城不過三、四日路程，軒轅澈與荀柳打算停留兩日再回京。

這日，軒轅澈收到了來自明月谷的急信，說是蕭黨有變。

明月谷就在涼州境內，軒轅澈決定先帶荀柳回明月谷一趟，輕車簡從，一早上路。

離年關越近，天氣越冷，荀柳恨不得把所有保暖的東西往身上套。軒轅澈也由著她，直接派人在建明城最好的成衣鋪子裡買了件狐裘披風，親自替她繫上。

荀柳很喜歡這件毛茸茸的披風，因為是白狐皮做的，十分精緻好看，又想起前世看過的古裝電視劇裡男女主角相似的打扮，忍不住當著軒轅澈的面，念叨了一句。

「好像情侶裝啊。」

軒轅澈追問之下才知道「情侶裝」的意思，當即又差人去成衣鋪子拿了一件一模一樣的男式披風來，還非要荀柳也穿上，拉著她在院子裡逛了好幾圈才滿意。

荀柳無言。以前她怎麼沒發現他有這麼幼稚的時候？

於是，兩人披著「情侶披風」，坐上了馬車。

明月谷位置隱秘，不宜多帶人，軒轅澈與荀柳只帶了莫離和莫笑。

莫離、莫笑趕車，車內只有荀柳和軒轅澈。

自從來了異世，荀柳還是第一次在這種節氣乘馬車出行，回想起以往趕路，不是在逃命，便是在趕往危險的路上。

但這次，她的心境極為不同。

喜歡的人就在身旁，可靠的人就在前方，她第一次如此愜意安心，彷彿就算遇到危險，也無所畏懼。

「阿姊若是累了，可以靠過來休息一會兒。」軒轅澈忽然笑道。

荀柳正撩起車簾，好奇地看著馬車外頭的冬景，回頭見他披著狐裘靠坐著，手上執著一本古籍。車內光線暗淡，更襯得少年肌膚如玉，眉眼似畫，那雙鳳眸深若幽潭，此時凝視她，竟帶著一股無言的誘惑。

她的目光不禁往下，看著他的胸膛，不知是不是故意，披風在那裡打開了一條縫。往裡面看去，雖然有衣料阻隔，卻顯得極為寬敞好靠的樣子。

荀柳承認，她有點動心了。

軒轅澈極善於捕捉她的表情，嘴角的笑意更深了些，索性懶懶將那條縫隙撐開了些，雙手微微舉起，無聲邀請她靠過來。

荀柳的臉紅了紅，偷偷瞄了車門外的兩道人影。

反正，沒有吩咐，莫離和莫笑不會隨意進來，就是挨在一起取取暖而已，應當不妨事吧？都確定關係了，還有什麼不好意思的？反正她老臉早就丟了，不要了。

她想著，先警告一句。「我靠過去，但你不許亂動。」

軒轅澈很欣然地點點頭。

荀柳這才挪挪屁股，舒舒服服地往他懷裡一鑽，順道緊了緊兩側的披風。

哇，美少年的懷裡不僅暖和，還香香的。

荀柳舒服地瞇上眼，讓她身後的人忍不住低聲一笑，暗自運氣，讓她靠得更舒適一些。從他的位置看去，只見她額前碎髮微鬈，睫毛翹起，圓潤可愛的鼻頭宛若玉琢，煞是可人。

待荀柳耐不住睏意，在他懷裡睡去，他才忍不住低頭，在她眉睫上印了一吻。

如此過了大約兩個時辰，荀柳才悠悠醒轉，發覺她幾乎埋在軒轅澈懷裡，手還緊緊揪著他的衣領，髮髻歪斜，披風散亂，簡直睡得形象皆無。

她尷尬地坐起來，慌忙整理自己的頭髮，掀起車簾，才發現已經是傍晚了。

她竟睡了這麼久？

「你怎麼不叫醒我？」

軒轅澈在她醒了之後，放下手中的古籍，好整似暇地欣賞她生動的表情，聞言才懶懶地回答。

「阿姊睡得香，我自然捨不得打擾，可還覺得冷？」

荀柳盯著他胸前被她弄皺的衣領，忍不住紅著臉，上前替他整理好。

「我壓著你這麼久，你胳膊都不痠的嗎？」

「痠。」軒轅澈點點頭，從善如流地伸出手。「阿姊替我揉一揉便好了。」

荀柳無言，怪自己非要多嘴。

話既然說出口，荀柳只能認命替他揉捏，但他那副樣子，根本不像是胳膊痠，更像是享受的樣子。

沒多久後，車外傳來莫離的聲音。「主子，姑娘，我們到了。」

荀柳立即放下軒轅澈的胳膊，湊到窗前，掀起車簾往外看。

此時馬車正停在山中偏僻的土路上，前方不是明月谷入口，而是一處極為普通的農家。

之所以說是普通，是因為這處農家前有果林，後有養牲畜的地方，比起一般的農戶，規模大了點，但佈置一模一樣，看不出有什麼特別的。

這時，屋主似乎聽到了外面的動靜，慢悠悠打開門，一位老婦揚著笑臉走出來。

「是公子來了。老頭子，還不出來迎接。」

「欸，來了，來了。」

一名老人緊接著笑呵呵走出來，兩人應是夫妻，看起來很慈善的模樣。

軒轅澈先一步下車，轉身正想去牽荀柳的手，荀柳紅著臉躲了躲。

「我自己能下。」

荀柳跳下車，見面前這對老夫婦滿臉疑惑地看向軒轅澈，軒轅澈衝著她微微一笑，出聲介紹。

「這是龍叔和龍嫂。他們原是暗部中人，隱退之後，便留在山中替明月谷接送來客。」

荀柳點頭，露出燦爛的笑容。「龍叔、龍嫂安好。」

「欸，這可使不得。」龍嫂忙擺手。「姑娘是公子帶來的人，應當是我們夫妻向姑娘行禮才是。」

「你們既已經隱退，不必再遵守舊禮，一切從簡吧。」

「是，那請公子和姑娘隨我進去休息。馬車交給我們家老頭子，他會找地方安置。」

龍叔笑著點點頭，從莫離手中接過轠繩，往果林裡走去。

荀柳滿心好奇，正準備跟著龍嫂進院子，卻被人扯住手，輕輕一拽。

她疑惑地扭過頭，卻見軒轅澈的手朝她的臉伸來，拇指在她下巴上一抹，白玉無瑕的指腹上沾著一抹口脂印，隨即傳來一聲低笑。

「阿姊怎會睡得如此迷糊？」

荀柳猛地捂住自己的嘴，都怪莫笑，趕個路而已，一大早起來還替她化什麼妝？不知道的，還以為她和軒轅澈在車上幹麼了呢。

幸好現在天黑，什麼都看不出來。

她瞥了前面的龍嫂一眼，見她似乎沒發現後面的狀況，立即偷偷用掌心飛快搓了自己的嘴唇，直到蹭不出痕跡，才抬頭問軒轅澈。

「怎樣，現在是不是沒了？」

然而，她不知這微嘟紅唇的樣子，讓軒轅澈的眸色深了深。

「沒了。」

荀柳沒發現他語氣的變化，自顧自甩開他的手，低聲道了句。「待會兒在外人面前，你可收斂點啊。」

她說完，大步追上龍嫂。

軒轅澈一愣，無奈又寵溺地搖搖頭，也抬腳跟上。

一旁早被當作透明人的莫離與莫笑滿臉尷尬，姑娘未把他們當外人，著實是件好事。但是，為什麼他們一點也開心不起來？

進屋之後，龍嫂做了幾樣家常小菜，一行人吃過晚膳，各自回到房間休息。

明天一早就要進明月谷，此時窗外又開始飄起小雪，聽著雪花落在樹葉上的聲音，她心境平靜，卻睡不著。

她索性起身，見旁邊小榻上的莫笑似乎已經睡熟，輕輕披上斗篷，推開門走出去。

地上和房頂上已經積了薄薄一層雪，在皎潔的月光照耀下，這山中小院竟亮如白晝。

她看著看著，竟有些呆了，沒發現身後有一道人影慢慢靠近，直到她被一雙大手攬入了懷裡。

「阿姊可是睡不著？」

她轉過頭，卻見他只穿著薄衫，站在她身後，立即皺起眉。

「出來怎麼也不穿厚點？」她將他的大手捂在手掌心，一邊哈氣、一邊搓。「我去替你拿條毯子。」

她還沒挪步，被他緊緊抱住。「莫驚動他們，阿姊繼續替我搓一搓便好。」

其實，他有真氣護身，哪能這般輕易被凍壞，無非是想要她多一點的關心罷了。

但荀柳擔心他真的著了涼，想了想，解開身上的披風，學著白日在馬車裡他對她張開手的樣子。

「來，過來暖一會兒。」

這話說得正兒八經，惹得他低笑好幾聲，摟住她纖細的腰，往旁邊長廊欄杆上一提，兩人便面對面坐在欄杆上。

接著，他伸手將她的狐裘披風扯開，緊緊纏上她的腰身，又扣住了她纖弱的背。

荀柳沒想到他還能有這樣的操作，等兩人共用了一整件披風，這才反應過來，老臉猛地一紅。

這姿勢可比白日裡親密多了，她彷彿能聽到自己的心跳正隨著他噴在她頸側的呼吸，怦怦作響。

要是被龍嫂他們撞見……

「小風……」

她憋紅著臉，拍了拍他的肩膀，卻只聽他喟嘆一聲。「果然暖和多了，阿姊。」

因為這句話，她又頓了頓，還是不忍心推開他。

兩人便這般互相依偎著，未說話，月光透過雪花灑在他們身上，竟美得如夢似幻。

「小風，你有沒有想過，回京之後我們該怎麼辦？」

她畢竟只是個身分低微的逃宮宮女，雖然現在有了靖安王府當後盾，但對於皇家來說，仍然放不上檯面。如今他們在這裡可以無所顧忌，但到了京城呢，怕是屆時一切都會身不由己了。

軒轅澈聞言，並未放開她的身子，反而更貼近她，揉了揉。

「阿姊可是怕了？」

荀柳搖搖頭。「這些我早就想過了，之前我是怕，怕因為我給你帶來麻煩，怕你因此負擔太大而力不從心。但我已經做了決定，即便發生這些事情，我也得學會和你共同面對。但是……」

她說著，捧起他的臉，認真看他。「我知道相比兒女情長，你還有更重要的事情得做，我只怕會拖後腿。」

京城渾如泥沼，一步錯，滿盤皆輸。

軒轅澈凝視著她的眸子，嘴角揚起愉悅的笑。

「阿姊從來都不是我的拖累。風雨俱來之前，我會為阿姊豎好屋瓦。」

「不，我不想做那簷下之燕。」荀柳認真道：「我想與你共經風雨，小風。」

廊簷下的女子背對著月光，那雙眸子卻美如星辰。殊不知他心中曾有多慶幸當年遇到她的是他，這般明亮燦爛如日光的女子，幸好只屬於他。

許久後，他輕輕應道：「好。」

「那從明天起，你教我功夫吧？」

軒轅澈還未從前一刻的感動中回神，又猛地聽她說了這麼一句，愣了愣，不由好笑。

「妳想學什麼功夫？」

荀柳答得很認真。「我這把老骨頭，怕是學基礎的也晚了，你就教我最快的那種，讓我學會自保就行。當然，要是能出其不意反擊敵人，那就更好了。」

軒轅澈見她不像是開玩笑，認真琢磨了一下。

「也好，阿姊學些本事總不是壞事。待明日進了谷，我親自替妳挑各類門派秘笈。」

「好。」荀柳見他答應，開心笑道：「時辰太晚了，咱們先回去睡覺吧，明日一早還要進谷呢。」

此時院中雪花漸大，也越發冷了。荀柳搭著他的肩膀，想要跳下欄杆，卻見他分毫未動，抬眼看去，發現他倒映滿院雪色的眸子，幽幽泛著微妙的光。

「阿姊還記不記得以前妳對我講過的異域故事？」

荀柳愣了愣。「你說的是哪個？」

軒轅澈微勾唇角。「有早安跟晚安吻的那個。」

「……你想得美，給我回去睡覺！」

「既然阿姊害羞，那便由我來吧。」

「喂喂，這可是在人家家裡，你給我收斂點……唔唔……」

荀柳還在悄聲細氣地推拒某人的吻，殊不知兩人的對話早已被屋內的四人聽了個清清楚楚，明明白白。

莫離和莫笑不用說，尷尬之餘，還莫名有一絲成功窺探主子私密事的滿足感。

而龍叔與龍嫂看似是普通村夫村婦，但畢竟也曾是暗部裡功夫數一數二的人物，自然能聽得清楚，只是震驚於軒轅澈對荀柳的態度。

之前他們便聽說主子身旁有一位關係親密的姑娘，但他們只知道兩人曾互稱姊弟，今日一見，關係卻不像他們想的那般，看來這位姑娘在主子心中的地位非同一般啊。

不過，他們不覺得是壞事。有這樣一位姑娘陪在主子身旁，倒是件好事。

因為，這次主子回來時的表情，比起往日，似乎愉悅開心許多呢。

次日天一亮，荀柳等人便收拾好東西，準備進谷。

明月谷四周被瘴氣環繞，夜間瘴氣最濃，連動物也無法進入，所以昨晚他們只能在谷外歇息。今日也不能乘坐馬車，得步行進去。

幸好路程不遠，昨夜下的雪也未積得多深，待走到山谷外，荀柳才發現這裡地勢的特殊之處。

這裡說是山谷，其實不如說是一處扇形峽谷。根據莫笑對谷內的環境描述，明月谷的出現，應當就是因為那條瀑布，許多年前河流從高處落地，日積月累沖刷出扇形地貌。不知什麼時候，河流水源驟減，瀑布變窄，河流變成小溪，這片扇形土地便露出來，只剩那汪深潭一如當初。

數百年後，扇形峽谷草長鶯飛，蟲獸遍地，還有了不少毒木毒蟲，才形成如今景況。

至於瘴氣，她只在前世電視劇或小說中見過，還沒見過真的，心中十分好奇。

這時，走在前面的莫離停下來，轉身對大家道：「公子，到了。」

軒轅澈點頭，從袖中掏出一只白玉小瓷瓶，倒出兩粒藥丸，自己含了一顆，又遞給荀柳一顆。

「前面就是瘴氣林。阿姊，含著它。」

荀柳接過藥丸，塞進自己嘴裡，跟著他們往前走了數百尺，發現瘴木林裡果然不同與外面的世界。

雖說冬日看不見多少野獸活動，但乾淨到鳥兒都沒有，便有些駭人了，遑論她還不小心瞥到好些動物的屍骨，空氣中也瀰漫著一股渾濁的霧氣，應該就是他們所說的瘴氣。

若是沒有方才那顆藥丸，他們怕是也會和這些死去的動物有同樣的下場吧？

她越走越覺得這林子裡安靜得過了頭，卻見前面伸來一隻手，一雙鳳眸正含笑看著她，心底一暖，將手遞到軒轅澈的手心裡，繼續往前走。

第八十五章

四人走了大概半個時辰，發現茂密的樹林變了樣子。

青灰色的樹木逐漸減少，瀰漫在山谷中的渾濁瘴氣也慢慢變淡，前面出現一片漫無邊際的石林。

莫離帶頭停下，看看身旁的莫笑和軒轅澈。

軒轅澈拉了拉荀柳的手，提醒道：「阿姊，跟著我的步子走，萬不能走錯。」

荀柳似懂非懂地點點頭，只見莫離和莫笑帶頭邁步，步伐十分奇怪，明明石林裡是一片空地，他們卻故意繞著彎子踏步。

不一會兒，她便明白了，因為她發現不少人的屍骨，想必這石林是明月谷中的人特意為了阻擋外人設置的機關，一步走錯，便會留命於此。

如此又走了大概兩刻鐘，荀柳幾乎要被這複雜的步伐繞暈時，才終於聽到不遠處傳來的嘩嘩水流聲。

前方一片開闊，雖然還是樹林，卻比外頭的瘴木林正常許多，且更讓人驚嘆的是，這裡的樹木枝葉竟是粉色的，且冬日還散發著勃勃的生機，絲毫未有枯萎的跡象。遠遠嗅去，樹幹還有著一股說不出的清香。

「這是赤香木，四季不枯，其味清香，能解瘴氣。方才我們口中所含之藥，便是用它製成。」

荀柳正疑惑，便聽身旁的軒轅澈如此解釋，明瞭地點了點頭。怪不得這麼毒的瘴氣谷內還能住人，原來是因為這些樹木。

但看這規模，赤香木林應當是谷內人刻意種植的吧？據說暗部是賢太皇太后所創，現在看來，當年能找到這樣的地方，應是費了她老人家不少心思呢。

穿過赤香木林，荀柳終於看見亭臺樓閣的影子。讚嘆之餘，忍不住再次欽佩當年設立暗部的賢太皇太后。

冬日中，兩座山峰緊依而立，一道銀河從峭壁上傾瀉而下，帶起銀光萬點。瀑布下則是一汪深潭，深潭連著一條清澈小溪，小溪兩側，碧瓦飛簷，樓閣重重，兩側樓閣以數道吊橋相連，無數人影穿梭其中，煞是壯觀。

還不等她仔細觀賞，卻見一道人影從遠處迎上來，只見他鬚髮皆白，一身流雲闊袖袍，眉眼帶笑，目光淡泊如水，一副仙風道骨的模樣。

莫離與莫笑一見來人，便低頭行禮。「見過無極真人。」

荀柳一驚，這就是無極真人？

她身側的軒轅澈也跟著叫了聲。「師父。」

無極真人撫鬚笑了笑，目光掃過兩人交握的手，落在荀柳身上。

「這位便是荀姑娘吧？貧道聞名已久，可惜今日才有緣一見。」

荀柳忙客氣道：「不敢，得見無極真人，才是晚輩之幸。」

無極真人笑著對她點點頭。「荀姑娘請自便，貧道有些事情，需與澈兒借一步說話。」

他說著，對軒轅澈道：「澈兒，你先隨我來。」

荀柳看軒轅澈一眼，見他對她笑了笑，鬆開手，隨著無極真人離開。

「姑娘，我帶妳去歇息吧。」莫笑上前。

荀柳望著離開的兩道背影，對莫笑與莫離微微一笑，跟著他們往重重樓閣走去。

另一側，幽幽潭水旁，無極真人撫鬚，複雜地看著眼前的少年。

「你已經決定了？」

軒轅澈唇角帶笑，微微點頭。

無極真人凝視他半晌，最終長嘆了口氣。

「也罷，情之一字，好也不好，這世間之事本無絕對，未必無你們一條坦途可走。只是，回京之後的事情，更要謹慎幾分了。」

軒轅澈眸光沈定，聞言問道：「師父，蕭世安可是已經有了動作？」

無極真人微微點頭。「澈兒，為師曾對你說過，一定要苦等時機。如今無論何事，你我都需先隱忍，你可明白？」

「徒兒明白。」

「明白就好。此次回京，你需先做一件事……」

原本荀柳還對明月谷內的景色頗為好奇，但獨自待了一會兒之後，便覺得沒什麼意思了，想著軒轅澈現在正和無極真人說什麼？是否與她有關？

如此抓心撓肝等到了夜晚，才見他出現在走廊盡頭。

「阿姊在等我？」

少年長身玉立，嘴角含笑，身影襯著明月谷內皎潔的月光，煞是好看。

荀柳很坦然地點點頭。「我想和你一起吃晚飯。」

軒轅澈低笑一聲，走近幾步。「那好，我陪阿姊一起吃，正好我也餓了。還有……」說著，伸手遞給她幾本書。

荀柳低頭一看，見第一本封皮上面只寫著幾個字——奇襲術。

「這是我方才為妳挑的功法，雖有我教妳，但還需妳自己領悟長進。閒暇時便看看書，待我忙時，便可自己練一練。」

一聽是她要練的武功，荀柳立即來了興致，吃飯時也打開書看，卻沒看出個所以然來。

軒轅澈見她這般喜歡，無奈笑道：「不如待會兒我們就開始吧？」

「可以嗎？你不忙？」荀柳兩眼放光。

她這副宛若小女孩看到心愛布偶般的表情煞是少見，惹得軒轅澈連連低笑了好幾聲，終忍不住伸出手，輕撫她的臉頰。

「不忙，這幾日我有足夠的時間陪阿姊。」

荀柳開心至極，一口氣將碗裡的飯扒完，對他笑道：「我吃飽了，現在開始吧。」

晚間，明月谷內無風，離水潭不遠的赤香木林裡，兩道人影相貼而動。

男子握著懷中女子持著短劍的手，挪步如電。女子偶爾會發出幾聲驚呼聲，但即便身子笨拙，一個動作練習了無數遍，也未曾喊一句苦。

「小風，我覺得我好像找到了門道，不然你讓我自己試試？」

軒轅澈挑眉，低頭看看懷中自信滿滿的女子，淺笑著放開手。

「阿姊請。」

荀柳正兒八經地動了動肩膀，學著剛才的動作，猛地側身扭腰，向前戳刺。

奇襲術其實是利用人的關節動作盲點進行偷襲，雖然比不過其他功法，但貴在出其不意。最重要的是，它不需要多強健的體格，只要能準確地動作，便已經能勝過不少半吊子功夫的普通人。若是再加以靈活運用，能一招斃命比自己強十倍的敵人，也不無可能。

荀柳順利完成一個動作之後，高興地跑到他跟前蹦躂。

「小風，你看，我是不是做得很不錯？就是你們練武之人說的什麼……學武奇才！我是不是有點像？」

聽到她這般自吹自擂，軒轅澈忍不住笑出聲，無奈又寵溺地點點頭。

「阿姊說的極是。可惜阿姊之前心不在此，不然武林又多了一位高人，實屬喜事也。」守在林子外的莫離與莫笑無語。主子，你可真會捧場啊。

荀柳頓時有些飄飄然，一鼓作氣提起短劍。「打鐵趁熱，我再學幾招給你看看。」

然而，她剛準備後退，後腳跟卻不小心絆到樹根，身子隨即往後倒去。

軒轅澈目光一凜，飛身過去，輕鬆撈起她的腰身，往自己懷裡一帶。

荀柳撲進他懷裡，半晌才回過神來，嘶了一聲，看向緊握著短劍的右手。

軒轅澈立即拉起她的手，皺眉道：「可是受傷了？」

上面並無傷口，荀柳搖頭。「好像有點抽筋。」

軒轅澈目光一鬆，抽出她手中的短劍，伸手向後一甩，短劍便直而準地插進掛在一旁樹上的劍鞘裡，然後抓起她的右手，攥入手裡揉了揉。

「可還抽筋？」

荀柳搖頭，臉色微微發紅，總覺得這幾日他對她的溫柔小心有些過了，好像她是個瓷娃娃似的。

十八歲的少年談戀愛，都這麼肉麻的嗎？
她感覺自己的日子好像是被誰摻了蜜，甜得有點發膩了。
她抽了抽自己的手，卻沒抽開，便道：「不抽了，你鬆開我。」
軒轅澈似是極喜歡她害羞的模樣，因為這時候她才能拋去以往長姊的包袱，像是個真正沈迷於男女之情的普通姑娘。
他欣賞夠了，才鬆開她的手。「阿姊可想離近些看看月亮？」
荀柳扭頭，只見月亮正懸掛在半空，有些迷惑。「離近些？還能離多近？」
軒轅澈抿唇一笑，什麼話也未說，攬著她的腰縱身一躍，藉著赤香木林的枝葉，運起輕功，帶著她飛向谷中最高的樓閣。
荀柳並不是第一次被他如此抱著飛來飛去，但以這樣親密的關係還是第一次。
樓閣屋頂上能看見大半谷中景色，尤其是那些燈火通明的樓閣，竟似星辰一般美麗。
她順勢倚靠他的肩膀，坐在屋頂，頭頂便是明亮皎潔的月亮，只希望這樣的時刻能長一些才好。
但她知道，一旦兩人入了京城，這樣的機會怕是少之又少了。
接下來，軒轅澈時不時會被無極真人叫走。難得的空閒時間，兩人便膩在一起，不是練字畫畫，便是練功。

其他的暗部眾人無人敢上前打擾，荀柳也未對暗部的事情太過好奇。身為暗部扶持的新主，軒轅澈能帶她進來，已經算是賦予特權，若她還不知趣地問這些不該問的事情，對他來說並不是一件好事。

兩天過去，他們不能再耽擱了。在大年夜之前，軒轅澈必須趕回京城。於是，一行人告別無極真人，出了谷。

龍叔和龍嫂早已將馬車和路上需要的乾糧和水備好，四人一出明月谷，便直奔京城。之前為了救荀柳，軒轅澈只帶了暗部中人，對留在青州的皇家隨從和外界謊稱身體不適，拒不見客。為此，莫離飛鴿傳信給留在青州負責掩護的同伴，讓他們帶領皇家隨從一同出發，待路上再找機會會合。

隊伍會合之後，荀柳便恢復了二皇子救命恩人的身分，二人自然不能再同坐馬車，還無所顧忌地膩在一起。

大局未定之前，他們的關係，只能繼續隱藏。

一連趕了幾天的路，兩人未曾見上一面，即便要說話，也只能由下人代傳，或是相互隔著車簾交談。

這讓荀柳覺得十分不自在，即便是以往在碎葉城當姊弟時，也未曾這般拘束過。

但她知道，軒轅澈不願在人前與她過於親近，是不想讓她被蕭黨為難。就算無奈，為了不成為他的拖累，她也甘願忍著。

十二月二十九日晚上，他們終於到了京城。

次日便是大年三十，京城千家萬戶門口都掛上了喜慶的紅燈籠，即便天氣寒冷，但晚間鬧市不休，小兒成群結隊抓著糖人和冰糖葫蘆，在熱鬧的街巷中奔跑嬉鬧。

這次軒轅澈進京並不張揚，特意提前吩咐地方官員不用勞師動眾，隊伍選了側路，繞過夜市所在的主街區行去。

即使如此，側街的熱鬧也可見一斑，荀柳將車簾掀開一角，觀看市井的熱鬧，心裡說不清是什麼滋味。

自從她來到這個世界後，便在京城生活了整整四年，卻一直被困於宮牆之中，從未認真欣賞過京城的風土人情。現在想想，她當年出宮的第一個念頭，便是好好見識古代一國首都的風貌，如今她見到了，反倒沒多少心情欣賞了。

軒轅澈身為皇子，本應該和大皇子、太子一樣住在宮中，但因其經歷特殊，回朝後爭議不斷，蕭皇后母子更是明裡暗裡與他不合，惠帝便另賜一座府邸讓他居住。

一行人到了府邸時，已經是深夜。

荀柳本以為惠帝收到她和軒轅澈入京的消息，最早應該是次日宣他們入宮，不想宮中早已派了小太監等在門口。

荀柳心中升起十分不好的感覺，這是連梳洗休息的時間都不想給，便要他們直接進宮？

她剛下車，正好看見小太監湊近軒轅澈的馬車，跟他說話。

軒轅澈表情未變，對小太監十分溫和地點點頭，又說了幾句，小太監便恭敬行禮，坐上宮中的馬車離開了。

莫離走過來，對她道：「姑娘，皇上召見您和公子即刻入宮，公子請您上他的馬車。」

果然如她所想。荀柳定了定神，看了一旁的莫笑一眼。

莫笑安慰她。「我會在府裡等著姑娘。」

荀柳點點頭，跟著莫離，上了軒轅澈的馬車。

一上車，沒了礙事的旁人，荀柳立即問起進宮的事。

「小風，你是不是早就知道，皇上會召我們進宮？」

還在明月谷時，她曾聽莫離和莫笑談起京城的事情，知道蕭黨會在他們回京之後有所動作，但她沒想到會來得這麼快。

軒轅澈看著她，目光微閃，伸出手撫了撫她的側臉。

「有件事，我一直瞞著阿姊，阿姊莫要生我的氣。」

荀柳心中的感覺越加不祥。「什麼事？」

軒轅澈幽幽嘆了口氣。「三日前，錢江、金武和王虎被緝拿進刑部大牢。蕭世安查出了邵陽城劫屍案的部分真相。」

「你說什麼？大哥他們……」

「阿姊不必擔心，刑部尚書為官公允，他們也算於西關州有功，只是暫時被收押，並未受到嚴刑拷打。」

即便如此，荀柳還是一驚。雖然她心中早猜測是蕭黨所為，但一聽到與邵陽城之事有關，心裡還是忍不住震了震。

「那你說的部分真相，又是什麼意思？」

軒轅澈微微一笑。「蕭世安確實查到了邵陽城劫屍案有金武等人的手筆，但當年除了一起劫屍的邵陽城百姓，剩下那幾個見過我們的士兵，早已被暗部除去。孟伯母和邵陽城那邊，我早託人打點好，蕭世安無法從百姓口中獲得真相，唯一的途徑，很可能是認識金武的同僚。我猜，父皇也無法斷定當年之事的真相，所以才會急著傳我們進宮。」

「你的意思是說，他們是要傳我們進宮當面對質？」

荀柳心中一涼，卻見軒轅澈淡笑著點頭，似乎並未覺得前路多艱險一般。

「阿姊只需一口咬定我們是在龍岩山脈裡才遇到金武等人，此行便不會有事。還有出宮的事情，阿姊可還記得，我告訴過妳要怎麼說？」

荀柳喉頭哽了哽，低聲道：「我記得。只說雲貴妃自愧雲家反叛之事，自焚而亡，臨走前將你託付給我和彩芝逃出宮。」

軒轅澈讚揚地點點頭，臉上一派淡然，卻讓荀柳看得心中苦澀。

過了今夜，便是舉國歡慶，全家團圓的除夕。兒子替自己暗查官員貪腐，才剛遇刺殺、傷勢初癒不久，回來後的第一件事不是慰問，不是關心，卻是大半夜召進宮興師問罪。這世上的父親，有誰能比惠帝做得更失敗？

她心中冷冷一笑，卻對面前的少年滿是心疼。

或許是見不慣他一提到關於惠帝的事，便故作滿臉麻木淡然；或許是幾天以來好不容易等到的獨處機會，她主動探出身子，抱住他。

「小風，你若是想恨想罵，儘管說出來。在我面前，不必憋著。」

軒轅澈沒料到她會這麼做，見她神色複雜，不禁覺得好笑，正要說話，卻又聽她出聲。

「你父皇是個王八蛋，這是不少人公認的事實，但成為王八蛋的兒子，不是你的錯。你犯不著因為這件事難過，有怨報怨，有仇報仇，其餘的權當他是陌生人就好，知道嗎？」

此時夜深，馬車外大街上熱鬧已散，車內安靜非常。

軒轅澈低頭看著埋在懷裡的那顆小腦袋，心裡某處空缺被慢慢補上，許久才伸出手，緊緊攬住了她的肩膀。

「阿姊，謝謝妳。」

若不是妳，或許我早就成了那爛泥中的一尾魚，此生不幸纏身，怕連呼吸都痛入心扉。

第八十六章

大約一刻鐘後，兩人到了巍峨的皇宮大門前。

即使是皇子，進了宮門後，也需步行，莫離便留在宮門口照顧車馬。軒轅澈和荀柳則由太監引路進去。

荀柳記得這裡，逃宮的那一幕恍若昨日才發生，甚至還記得躲在馬車底部遭受盤問時，那心跳劇烈的感覺。

這一晃，竟是快六年了，她居然有重新踏入這裡的機會。

她跟在軒轅澈身後，前方小太監提著宮燈，將他們引到一座高大巍峨的宮門前，抬頭一看，上書三個鑲金大字——泰明宮。

這是惠帝的寢宮，內設有御書房，也是他最常私見朝臣的地方。

此刻殿內燈火通明，守在宮門口的太監見他們來了，立即進去稟報。

荀柳感覺殿內寂靜至極，不用猜，便知是等待他們的大陣仗。

她看軒轅澈一眼，見他目光沈定，先她一步邁進門，便也定了定神，跟著走進去。

一進去，荀柳看到上座有一道明黃的影子，礙於禮數，只能微微掃一眼，便低下了頭。

但殿中的人，她大概也認了個清楚。
上座那道身影自然是惠帝，她還是宮女時，曾遠遠瞥過幾眼，記得他的長相。
只是，相較於五年前那個器宇軒昂的一國之君，如今他面色青黃，身子富態不少，眉眼之間還能看出其年輕時風流倜儻的影子，只是比起年輕時的意氣風發，如今她只在他身上看到了頹敗。
謠傳惠帝近年迷上求仙問道之術，妄想久霸帝位，不想越是如此折騰，他的身體卻越是折騰不起，看樣子已然多多少少染了病。
聽說引惠帝走上修仙問道之路的道士，便是蕭世安私下推薦的，就不知這裡頭還摻和著他多少的心思了。
除了伺候的太監外，站在惠帝下首，身穿官服、蓄著長鬚之人，應當就是蕭世安。
荀柳如此想著，隨軒轅澈對惠帝行禮問安時，也跟著規規矩矩地跪下行禮。
「罪奴柳絮見過皇上。吾皇萬歲，萬歲，萬萬歲。」
她這一句主動交代了自己的宮女身分，令惠帝驚訝地挑眉，哼了一聲。
「妳倒是聰明，在那麼多人跟前咬死不認，如今到了朕跟前，卻肯老實說了？」
「罪奴不敢。」
惠帝打量她半晌，又掃了軒轅澈一眼，臉上依舊看不出喜怒。
「哦？朕看妳的膽子倒是挺大。妳拐了朕的皇子出宮，一路上又做了諸多『好事』，可想過有今日？」

軒轅澈面上無波無瀾。

荀柳心中一凜，明白這便是要進入主題了。

她正了正臉色，裝作不知。「皇上息怒，奴婢確實有罪，但不知皇上說的一路上，指的是何事？」

「小小宮女還敢裝無辜？」一旁的蕭世安嗤笑一聲。「邵陽城百姓早見過你們在城門聯合金武等人劫雲峰屍體，還不從實招來！」

蕭世安果然狡猾，明明未拿到證據，卻故意套她的話。若不是軒轅澈提前做了準備，真可能被這王八蛋得逞了。

她心裡嗤笑，臉上卻滿是恐慌地搖頭，一副不可置信的模樣。

「這位大人，邵陽城是什麼地方？我從未去過。奴婢確實知曉雲峰，但奴婢與他無親無故，為何要冒死劫他的屍體？遑論當年奴婢帶著二皇子一路逃亡，五年前二皇子不過是十二歲的少年，他如何能跟奴婢一介女流做到這般駭人之事？」

她說著，眼角含淚，對惠帝重重磕頭。「還望皇上明察。」

惠帝靠在帝位上不語，一雙眼睛卻暗湧鋒芒，似乎在斟酌兩人誰說的是真的。

蕭世安見狀，面色越冷。

「還在狡辯？金武等人已被押入刑部大牢，早對此事供認不諱。柳絮，若妳肯說實話，皇上仁厚，或許還能從輕發落，不然的話……」
他語氣裡盡是威脅，荀柳心底卻越發堅定，佯裝著急。「皇上，我真的沒有啊，您不相信奴婢，還不相信您的兒子嗎？」
她看向一旁的軒轅澈，只見他低垂著眼，神色受傷而哀苦，不知是不是跟著她演出來的。她心中一疼，眼角淚意真切了幾分，字字帶著悲憤與委屈。
「自雲家反叛之事發生後，貴妃娘娘時常暗自垂淚，喃喃自語。奴婢記得她死時那一日，曾對奴婢與彩芝說，蕭副統領想要二皇子的命……」
「妳在胡說八道什麼?!」
「蕭愛卿。」
蕭世安神色一驚，剛準備阻止，卻被惠帝伸手一攔。
聽她提起雲貴妃時，惠帝莫測的神色才有了一絲鬆動。
「妳繼續說。」
荀柳垂下眼，哀傷道：「貴妃娘娘託付奴婢和彩芝帶著二皇子逃出宮，還曾對奴婢們說，只希望二皇子一輩子當平凡人，莫要再踏入宮中一步。
「這些年來，二皇子雖與奴婢顛沛流離，卻從未怨恨過皇上。奴婢只是一介女流，不懂皇家之事，只是奴婢不明白，二皇子已經小心翼翼地做人，為何還要遭受這麼多坎坷？
「金武兄弟是奴婢和二皇子躲逃在龍岩山脈中遇見的，他們那時渾身是傷，奴婢和二皇子見之不忍，確實照料過他們幾天，便因此義結金蘭。後來，我們到了西關州，遇到靖安王，才有了後來發生的事情。奴婢發誓，句句屬實，絕無欺騙。」

「皇上，老臣……」

蕭世安見惠帝神色似是被荀柳說動，心底一急，忍不住上前一步，但他還沒來得及說完，便見惠帝投來一個不耐煩的眼色。

國之首相，又是盤踞在朝中的天子第一近臣，蕭世安自然明白此次先機已失，心中衡量片刻，雖然不甘，但還是選擇退一步，讓到一旁。

也怪族中門下那些人無能，這麼久了，竟連一樣真憑實據也未弄到，好不容易抓來三個嫌犯，近年卻一個比一個功績大，口中也一致咬死，不承認與軒轅澈和荀柳共同犯過事。

雲家果然是他一生之敵，當年疏忽留了一根野草，今日便處處扎得他心口犯疼。

此時，惠帝腦海裡浮現出那個曾經豔絕京城的笑靨。

經荀柳提醒，他似乎才發現，竟許久未曾想起她了。他記得，當年他還是皇子之時，與她月下相擁的心動喜悅。

他看向一旁的軒轅澈，見他眉目間與她越發神似，但眼前的這雙眼睛就像當年她死之前，對他充滿了哀怨與恨意……

恨意？

惠帝心底一驚，立即細細看去，卻見那雙鳳眸裡只有愁悶與哀戚，那抹恨意似是他方才眼花看錯了。

他沈默片刻，目光來回打量下頭三人，又落在軒轅澈身上。

「澈兒。」他忽然開了口。

軒轅澈上前。「兒臣在。」

「她說的可都是真的？」

「回父皇，是真的。」聲音仍舊溫潤非常，讓人品不出任何戾氣。

惠帝細細觀察著他的表情，又問：「那父皇再問你一句，當年你舅舅與昌國勾結，叛國謀逆，朕派人絞殺他，抄他九族，你覺得朕做得對是不對？雲峰，該不該死？」

荀柳瞳孔一縮，十指緊扣手心，逼自己別去看他的臉。

惠帝，軒轅敬，他竟能對自己的兒子狠心至此？

親母慘死，九族被滅，世人都道不公，他卻因為自己的私慾，要逼著兒子當面認同他的欺世盜名？

她怕自己忍不住要站起來殺人，十指扣得越來越緊。

他心裡很疼吧，一定很疼……

荀柳眼角泛淚，緊咬著唇不說話，直到聽見他輕，卻擲地有聲的聲音。

「父皇無錯。雲峰叛國，該死。」

語氣明明堅定，但她卻聽出掩藏其中的，那一縷麻木至心的隱忍。

星辰浩瀚的夜空中，明月升至中天，又漸漸西落。

直到黎明將至，泰明宮的殿門才終於緩緩打開。

軒轅澈一襲白衣，抬腿邁出殿門，臉上看不出任何表情。

太監湊上來，引他們出宮。

荀柳慢慢跟著，心裡卻像是堵了塊石頭，極其難忍，但又不得不忍。

她還記得方才惠帝在殿內所言。

此次青州一行，軒轅澈帶回兩樁與太子有關的事。其一是太子剿匪功績為假，憲州流竄出來的盜匪，是他收的尾。其二則是青州官商勾結，貪污腐敗，並私自買賣官位，其中似乎還牽扯到東宮。

這兩樁事幾乎全捅到了惠帝臉上，他卻態度淡淡，交給蕭世安全權處理，甚至提都沒提一句要嚴查此事是否與東宮太子有關。

這般護犢子，卻對另一個兒子如此無情，只因蕭世安無憑無證的幾句讒言，便將他們半夜召進宮中盤問。

她本以為他有了靖安王和西瓊的庇護，在惠帝面前多少會贏得一絲重視，不想，他在宮中過的竟是這樣的日子。

前方不遠處便是宮門，莫離牽著馬站在門前等著他們。

軒轅澈溫和地道謝，太監惶恐回應後離開，才見他上了馬車，並向她伸出手。

她愣愣看著他骨節分明的手半晌，然後伸手緊緊握住。

對方似是察覺到她的不對勁，進了馬車後便問：「阿姊可是嚇著了？」

荀柳未回應。

軒轅澈眸光一暗，轉眸看向車窗外。「對不起，阿姊，不久前，我才保證過，會保護好妳。如今卻反過來，要妳為我卑躬屈膝。」

他料到了蕭世安的動作，也提前精心部署，但方才在殿內，當那人問起那句話時，他才恍然明白，若是那時他盤算錯了怎麼辦？但凡有一絲疏忽，都可能會讓她陷入危險。

如今，他竟有些後悔提早將她帶回來了。

這時，一隻手拉住他的袖子。

她撲進了他懷中，親密無縫，悶悶的聲音從她的臉與他的胸膛之間發出。

「不只小風想保護我，我也想保護小風啊。」

即便背後有這麼多助力，卻比不過親爹的一句傷人之話。惠帝在防著他，在防著這個早已被遺忘的兒子。

那些場面上對他的誇獎，比起對於太子的真心維護，幾乎微不足道，甚至更顯虛偽。

她本以為經歷了這麼多苦難的他不會在乎，但方才在殿內的那一瞬間，她卻清清楚楚看到他袖口露出半截微顫的手指。

即便他看起來再厲害、再漠然，但他的心也是肉長的，怎能一點感覺也沒有？

她心疼，但什麼也做不了，最多不過事後說說這些安慰的話而已。

車外街巷清冷，只有馬蹄跑動的聲音，車內安靜至極。

許久後，才見他微微抬起手，輕觸她的頭頂，另一隻手攬住她的肩膀，力道越收越緊，直到他的眉眼皆埋在她馨香溫暖的髮中。

「阿姊什麼也不用做，只要永遠陪著我，就好了。」

荀柳聞言，悶悶嗯了一聲，讓他的手臂更緊了緊。

莫離坐在外面趕著馬車，不想聽，卻還是多少聽到了車內的聲音，抬起頭望向天邊漸漸泛起的魚肚白。

黑夜總是會過去的，不是嗎？

終於迎來了大年三十。

但京城也出了幾件大事，第一樁便是太子怠慢剿匪，謊報功績，致使盜匪從憲州流竄至青州境內，禍害了不少百姓。

此事不算大，卻也絕不算小，朝中上下，尤其以新黨為首的官員連連上奏，要求給兩州百姓一個交代。

為此，惠帝不得不處置太子和其一干下屬，該降職的降職，該發配邊疆的發配邊疆，唯獨太子只是減俸祿，挨了頓罵而已。

第二件事就比較嚴重了，青州官商勾結，貪污腐敗，私自買賣官職之事，被二皇子暗中查明上奏，一夜之間竟端了大半個青州官員的府邸。

此事一出，滿朝憤懣，尤以賀子良為首的新黨。他們大多數是寒門出身，最為這等貪腐之事不齒，皆自請年後去各州暗訪，勢要肅清大漢官場亂象。

不過，也有人發現了不尋常。

這兩樁皆是為國為民的好事，但不知為何，雖然惠帝賞賜了無數金銀財寶給立了大功的二皇子，但按慣例來說，立下大功的皇子，理應賜予實權。

惠帝不但一字未提，反倒將此次青州的後續事宜從二皇子手上拿出，移到蕭世安手上，讓朝中上下猜忌不已，不知惠帝到底是什麼意思。

二皇子回宮後，他們還以為太子多了一位勁敵，現在看來，惠帝似乎並不是很看重這個失而復得的兒子呢。

另一邊，也有人將目光放到跟二皇子有關的新人物身上，便是大年三十早上被冊封為朝陽郡主的平民女子荀柳。

說起荀柳，她身上令人稱奇的傳聞倒是不少。

比如受雲貴妃之託，帶二皇子逃出宮，一路為躲仇家追殺，穿過危險重重的龍岩山脈，又結識了三位英雄好漢，後來被靖安王看重，收為義女。接著，她不但幫靖安王治好了西關州大旱，還助西瓊平定內亂。

這樁樁件件的傳奇，聞所未聞見所未見，受到坊間不少說書先生青睞，不到幾日便編成更為離奇精采的故事，流傳開來。

第八十七章

荀柳收到聖旨時，才剛和軒轅澈回府不久，聽到這個朝陽郡主的稱號，半晌沒反應過來惠帝葫蘆裡賣的是什麼藥。

除了相應賞賜的金銀珠寶外，惠帝還送了一座頗為大器的府邸。傳旨的小太監臨走時特意交代，即刻便可入府居住，連東西也不必收拾，該有的早已打點好。

荀柳送走小太監後，忍不住問旁邊的軒轅澈。「這是什麼意思？為何要封我當郡主？」

軒轅澈眉頭緊鎖，表情並不是很愉悅。

這時屋外傳來腳步聲，一道熟悉的聲音響起。「還能是什麼意思？那府邸想必布滿了惠帝的眼線；封妳當郡主，怕也不是出於好意。」

荀柳循著聲音看去，只見謝凝……不，應該是顏玉清，此刻穿著一身緋色宮裝，淡眉紅唇，纖腰楚楚，煞是美麗動人。

以往見慣了顏玉清不修邊幅的模樣，此時看到她這般精心打扮，竟有些微微的不習慣，彷彿身上也多了絲微妙的變化。

「妳怎麼會在這裡？」荀柳的話說到一半，忽然反應過來。「等等，妳說惠帝是想派人監視我？」

顏玉清勾了勾唇，一副這還用猜嗎的樣子。

然而，她似乎並未打算跟荀柳多說，而是轉頭看向軒轅澈。「他呢？」

軒轅澈掃了她一眼，道：「他答應放人，不再追責，現在消息想必已經傳到了刑部大牢……」

他的話還沒說完，顏玉清便提起裙襬，轉身離開。這風風火火的性子，跟以往萬事不關心的謝凝實在出入太大。

荀柳迷茫地問：「你們在打什麼啞謎？」

軒轅澈彎唇一笑。「阿姊沒看出來嗎？她說的人是金武。」

「啊？」金武跟顏玉清？

荀柳腦子裡突然通了一根弦，震驚不已。「你是說，他們兩個……」

這劇情，她還真的沒想到，不過心裡因此有一絲絲的開心呢。

其實在回京的路上，軒轅澈已經向她解釋了婚約的緣由。

當初在西瓊答應婚約，雖然是權宜之計，但到了京城，因朝中和市井對他的推崇，使得惠帝對他產生忌憚，怕他始終記著雲家之事，而懷恨在心。再加上蕭黨從中作梗，那幾個月，他和新黨在朝中如履薄冰。

後來，他看出惠帝有意將他派往西瓊，為了消除惠帝的戒心，只能和顏玉清繼續將戲演下去。

即便是這樣，她還是忍不住介意，忍不住猜想兩人在西瓊的那段時日共同經歷了什麼，就算他心中毫無想法，但顏玉清呢？

她不想失去這個朋友，更不想因為感情讓自己變得嫉妒難看。

但現在看來，純粹是她自己多想了。

想到這裡，她忽然渾身一僵。

糟糕，她年紀大也就算了，談個戀愛，連性格也變得如此小心眼了嗎？這樣下去，可怎麼得了？

她悄悄扭頭看向身旁的軒轅澈，正好撞上他那雙似乎已經看穿她心思的鳳眸。

「阿姊剛才可是吃醋了？」他終於愉悅地彎了彎嘴角。

荀柳老臉一紅，恍若見不得人的小心思被拆穿。

「心智不成熟的女人才會吃醋，你要是真勾搭上別人，我就一報還一報，去看看那些清倌長什麼樣，說不定真能相中幾個喜歡的。」

這句話讓軒轅澈的鳳眸一暗，翹起的嘴角不但未平，弧度反而更大了些。

荀柳只見一道黑影直直壓過來，那張笑臉怎麼看怎麼陰森，忍不住往後退了退，聲音微微發顫。

「你……你想幹什麼？」

軒轅澈捉住了她的手，聲音柔得不能再柔。「不知道阿姊說這番話，是故意為了氣我，還是真心所想？不知這世上除了我之外，阿姊還喜歡什麼樣的男子？不如改日我帶阿姊親自去象姑館看看如何？」

荀柳嘸了嘸口水，只能乾笑幾聲。「我當然是為了故意氣你的。那種地方，我這種良家姑娘怎麼會去呢？是不是……」

「阿姊可得記住今日所言。」軒轅澈笑著放開手。「阿姊在府中多住幾日，再搬去新府吧，至少等過了年。他安插的人，雖然暫時不能動，但能動的還是得處理乾淨些。且今日是大年三十，中午我想吃阿姊做的飯。」

荀柳見他神色恢復正常，鬆了口氣，聞言不禁無奈道：「行，我去幫你做。」

等荀柳出去之後，莫離這才進來，向軒轅澈行禮。

「公子。」

軒轅澈神色轉淡。「去通知賀子良，可以動手了。」

莫離目光微閃，語氣卻萬分堅定。「是。」

根據大漢皇家慣例，大年三十的晚上，朝官和皇親國戚要去宮裡赴宴。

軒轅澈不必說，而荀柳也因為朝陽郡主的頭銜，勉強擠入皇親國戚的行列，自然也要跟著進宮。

晚宴男女不同席，進宮之後，她便需要自己行動了。

這讓荀柳有點慌，倒不是怕這種場面，而是一想到要見到蕭皇后，就有點發怵。畢竟她在宮中生存的那四年，可是實實在在見識過那位的手段。

所以，一坐上車，她的臉色就不太好，甚至還有著一股胭脂都掩不掉的菜色。

這表情惹得軒轅澈好笑地挑了挑眉。「阿姊不想進宮？」

「這還用問嗎？」荀柳嘆口氣，將手肘靠在車窗上，撐著下巴。「這頓不是飯，是鴻門宴啊。」

軒轅澈低笑幾聲，伸手將馬車側面的小抽屜打開，取出一個油紙包遞給她。

「宮中規矩甚多，吃上飯菜時，怕也是深夜了。這是來客樓的點心，味道很不錯，阿姊先墊墊肚子。」

荀柳接過油紙包，只見裡面放著好幾種糕點，都是她喜歡吃的口味，心裡一暖，拈出一塊，卻是先遞給他。

「你也一起吃，你可是正在長身體的時候。」

聽到「長身體」三個字，軒轅澈看著那塊點心，眉梢挑得更高了些，卻沒否認。

「阿姊說得是。但現在我沒什麼食慾，除非……」

「除非什麼？」

他眼底掠過一絲笑意。「除非阿姊餵我。」

「愛吃不吃！」

荀柳猛地收回那塊點心，塞到自己口中，但等拿起下一塊時，又瞄到了某人一眨不眨的眼神，暗嘆一聲真是欠了他的，便將那塊點心遞到他嘴邊。

軒轅澈彎著唇角，湊近身子含住那塊點心，也順便將她的小半截指尖含進嘴裡。舌尖一捲，便刮得荀柳全身一陣酥麻，待反應過來時，卻只看見他眼底那一抹得逞的笑意。

「阿姊餵的點心，果然美味。」

荀柳老臉一紅，正準備回嘴，但未來得及收回的手忽然被一雙大手覆上一拉，整個人帶著一包點心全被納入某人懷中。

頭頂傳來一絲喟嘆，而後一隻大手緩緩撫順她的一頭長髮，車窗外月色正好。

「阿姊，過段時日，我帶妳回洪村看看可好？」

荀柳一愣，不由抬起頭看他。「回洪村？」

他點了點頭，順勢啄了啄她還沾著點心渣的紅唇，撫著她的長髮看向車窗外。

「待有些事情解決完，我亦不想再等了。」

荀柳不語，但她心裡明白，應該是蕭黨不想再等了。

即便他不受惠帝重視，即便他暫時威脅不到太子的地位，但只要他還留在朝中，對他們來說，永遠都是一根刺。遑論惠帝的身體時好時壞，因為過度沈迷求仙問藥，說不定什麼時候便一命嗚呼。惠帝就相當於一根平衡桿，若是這根桿子沒了，便是真正靠能力較量的時候，蕭黨怕的就是這一點。

這些年來，軒轅澈羽翼已豐，背後有數道勢力依靠，朝中更是有新黨扶持，早已脫離蕭黨的控制。蕭黨是想趁著如今惠帝還能壓住他，乘機解決掉這根刺。

只是，她不知道軒轅澈準備如何反擊。權謀之事她不太懂，自從入了京，她也做不了什麼，唯一能做的，便是保護好自己，不給他添亂。

兩人各懷心思，如此很快到了宮門口。

從這裡，荀柳不能再繼續跟軒轅澈一起走了，男女各有宮人帶路。

分開後，荀柳倒是碰見不少來赴宴的女眷，但一個都不認識。因為她是今日早上才受封，想必也沒多少人認識她，所以一路上只見女眷互相打招呼，唯獨她老老實實，目不斜視地往前走。

荀柳被帶到準備設宴的朝霞宮內，已經有不少女眷入席，正主蕭皇后還未來，所以殿內的女眷們交頭接耳地說著話。她趁著眾人不注意，找了個最靠後的角落坐下來，只盼著這頓飯早點結束。往後這皇宮，她寧願一次都不來了。

旁邊的女眷見她入席，因為不熟識，以為她是哪個朝官的家眷，只笑著點點頭，算是打了招呼，又跟旁邊熟悉的姊妹湊頭聊天。

荀柳覺得無聊，撐著腦袋數人頭。

當她數到八十多號的時候，蕭皇后到了。

眾女眷立即起身行禮，她也跟著站起來，垂下頭的同時，偷偷側臉去看。

一道正紅色的曼妙身影從宮門處走來，兩側數名宮女垂首服侍跟隨。蕭嵐頭戴鳳釵，腳踩雲緞，即便經歷數載歲月，五官仍舊美麗如初，只是比起往日，她周身氣質又添了一份屬於一國之母的端莊大器。

其實光看她的外表，大多數人只會覺得這是極其和善的女人，但能從後宮三千佳麗中爬上皇后的位置，這樣的人怎可能和善？

蕭嵐入席之後的一舉一動，確實如荀柳所想，極盡溫和端莊，寒暄幾句，便讓眾人入坐，隨後和幾位品級高一些的婦人說起話來，這時候才開始慢慢傳菜。

荀柳看著這上菜的動作堪比烏龜，整盤菜看起來雖然精緻，但分量實在是少得可憐，怪不得軒轅澈說，得提前墊墊肚子。

然而，就這比不上餵雞的分量，旁邊的幾個女眷動了幾筷，居然便說飽了。

半晌她才想起來，京城似乎確實流行女子纖瘦為美。

這真是……荀柳一時不知該從哪裡開始吐槽，還不如她在家烤幾盤羊肉串呢。

她正嫌棄這裡的菜色，卻聽上座的蕭嵐道：「今日新受封的朝陽郡主，可也來了？」

她心裡一驚，剛拿起的筷子頓在半空，很想當作自己沒來。

但蕭嵐好似不打算放過她，又盈盈笑道：「難道是漏了人？看來，本宮需好好問問這些宮人是怎麼辦差的。」

這不明擺著非要她站出來嗎？

荀柳嘆了口氣，放下筷子，站起身行禮。「皇后娘娘安好。」

蕭嵐挑眉看她，連帶著滿場女眷都齊刷刷看過來，不少人私下議論，似是在互相打聽這朝陽郡主是哪號人物。

蕭嵐盯著她不卑不亢的姿態，目光閃了閃，笑了起來。

「朝陽郡主是皇上親自封的郡主，為何要坐得那般靠後？快上前，讓本宮好好看看。」

拒絕肯定是不能拒絕的，就是不知道這貨心裡憋著什麼招數，荀柳心裡這樣想著，卻應了一聲，走上前去。

「抬起頭來。」

她老老實實地抬起頭，目光裡既無敬畏，也無不尊，只是平淡如水。

有意思，這姑娘出身低微，眼神卻不一般。

蕭嵐慵懶地抬了抬手。「果然是個頗有靈氣的姑娘。來人，賜座。」

宮人們立即擺桌擺凳，仍是從前頭已經坐滿的一排座位裡騰出位置。

這就尷尬了，正對著這麼多人，荀柳不能像剛才在後頭那樣大快朵頤，只能學著她們細嚼慢嚥，一舉一動又拘束、又做作，簡直難受至極。

這也就算了，關鍵是，從坐下之後，她壓根兒沒有工夫吃飯。

一名貴婦人見她落坐之後，便好奇道：「皇后娘娘，不知這位是何人？妾身等人，竟從未見過。」

一旁幾個品級高的女眷見蕭嵐對這位朝陽郡主如此關照，以為兩人沾著些親故，見有人起頭問了，便也跟著湊趣。

「是啊，這般清秀的姑娘，我等看著，便討人喜歡呢。」

離荀柳較近的人，乾脆直接打起招呼，她左一句、右一句地客套，心裡卻快笑傻了。

果然古往今來的人性都一樣，不知這些人若知道她是蕭皇后的死對頭，會是什麼表情？

果然，蕭嵐見場面如此，也未阻止，等到眾人覺得關係打得差不多時，這才慢悠悠、笑吟吟地解釋。

「本宮也是今日才知曉，朝陽郡主來頭可不一般，她便是當年以一人之勇，帶二皇子逃出宮的貴人，如今更是靖安王的義女，西瓊長公主的摯友。不過，今日她是第一次以此身分來宮中，妳們可得多照顧她。」

她說著，端起茶杯，慢慢抿了一口，不動聲色地掃視底下的人。

殿中氣氛一滯，方才不少主動搭話的婦人面上尷尬不已，一時不知該如何接話。

凡是對朝堂之事有所了解的人，誰不知如今二皇子是太子的頭敵，遑論當年雲家反叛牽扯出來的一連串事情。如今蕭皇后最恨的，應當就是當年二皇子未能與雲貴妃同喪火海，而這荀柳便是壞了她好事的人。

這哪裡是關照，不如說是故意將荀柳挑出來警告她們，此女誰也不可近才對。

荀柳心裡更是明鏡似的，不在乎身旁人怎麼看她，反正她也沒打算結交這些所謂的貴婦與千金。

蕭嵐看到底下的場景，放下手中的茶盞，又道：「本宮聽聞朝陽郡主已年二十有二，卻還未訂下婚約。這般優秀的女子虛度年華，可怎生是好，不知朝陽郡主可有中意的郎君？」

荀柳不語，看她到底想幹什麼。

果然，蕭嵐又微微一笑。「若是沒有，本宮便多管閒事，作一回主……」

「多謝皇后娘娘好意。」荀柳忽然直直站起身，行了個禮。「荀柳已有心儀之人，就不勞皇后娘娘費心了。」

當她不追劇嗎，這不就是電視劇裡常見的戲碼？這種場合，若是換成一般的古代小姐，就算心裡有人，怕是也不敢當著這麼多人的面直接說出來，正好順了蕭嵐的意，將婚事拱手交到她的手上。到頭來，外人也不會覺得是蕭嵐使了什麼心思，還當她寬厚待人，連區區一個郡主的婚事也關心備至。

蕭嵐的手段還真是高，如此工於心計。

但蕭嵐遇錯人了，她荀柳偏偏臉皮厚，不怕說。

果然，只見蕭嵐臉色微微一僵，半晌後才淡淡盯著她，笑問：「哦？不知郡主心中屬意何人？」

荀柳心中訕笑，當她不會還嘴？

「荀柳理解娘娘的一片好心，但娘娘問這話，荀柳實在不知如何回答，不說是犯上，說了便是替那人找麻煩，因為那人的心不在荀柳身上，荀柳也不願強求，更不願給其他男子添堵。還請娘娘成全荀柳的心思，往後莫要再為荀柳的婚事費心了。」

此話一出，全場鴉雀無聲。

這是……在怪皇后娘娘多管閒事？

有人小心翼翼地看了看上座，只見他們脾氣溫和的蕭皇后頭一次臉色發青。

蕭嵐也是萬萬沒想到，這個看起來好對付的蠢貨，居然這般牙尖嘴利，幾句話堵得她上也不是，下也不是。

「妳……」

荀柳不等蕭嵐說完，跪下行了個大禮。

「荀柳該死，荀柳出身低微，沒什麼見識，說話也粗鄙得很。但方才那些話，是荀柳的肺腑之言，聽說皇后娘娘待人寬厚，才如此出言不遜，請娘娘恕罪。」

她說著，又委委屈屈地擦了擦眼角根本不存在的淚水。

「娘娘關心荀柳，是荀柳的福分。若是娘娘願意賜婚，荀柳叩謝娘娘大恩。」

這話說得要多憋屈就有多憋屈，要多不甘心就有多不甘心，但偏偏她表情實誠，看得出來是真的敬畏蕭嵐。

蕭嵐暗自咬了咬牙。

前頭的話，說都說了，她如何能繼續強人所難?!

半晌後，她只能忍著心中不悅，裝作寬宏大量地笑了起來。

「原來是這樣，妳這孩子的性子倒是直爽。罷了，既然如此，本宮不好再管閒事，往後妳若是反悔，可再來告訴本宮，本宮定為妳尋一門好人家。」

荀柳叩首，滿面感激。「謝謝皇后娘娘寬宏大量，娘娘的大恩，荀柳定銘記在心。」

「好了，快起來吧。」

「是，娘娘。」

荀柳感動地抹了抹眼角，坐回自己的位置，面不改色地繼續吃飯。

她這套動作，外加表情，看在外人眼裡，實在不知該說她是性子直，還是腦子缺根筋。偏偏又讓人挑不出錯來，只當她是出身低微，真的沒什麼見識罷了。

不過，也有人因為荀柳方才的話，對她有些改觀。

即便沒什麼見識，也沒什麼眼色，卻能當著權貴的面，勇於表達心中所求，言語中對那男子也盡是體諒和維護。這般直來直往，又敢愛敢恨的性子，讓不少處境相同的女子，心中生出了一絲羨慕。

第八十八章

晚宴便這般過去了，但是荀柳沒吃飽。

上了車，她只能又撿起那包點心，正想往嘴裡塞時，卻被軒轅澈笑著攔下來。

「阿姊再忍一忍，我已經提前吩咐府內開小灶，回去好歹吃些熱食。」

荀柳眨巴眨巴眼，哦了一聲，便放下那包點心。想起蕭嵐方才在晚宴上說的話，便仔細與他說了一遍。

軒轅澈聽見蕭嵐竟想在她的婚事上做手腳時，眸色一暗，但聽到她設法堵回去的話，忍不住低笑出聲。

「今夜蕭嵐怕是要夜不能眠了。」

「她最好夜夜都失眠才好。」荀柳無所謂道：「我就是不想順她的意，正好藉著這次徹底堵死她的路。不然她若真算計我的婚事，不知又要惹出多少麻煩。」

軒轅澈聞言，目光一柔，伸手撫了撫她黏在粉頰上的髮絲。

「阿姊不必為我如此小心，這些麻煩交給我便好。」

「不。」荀柳伸手覆住他手背，燦爛笑道：「我說過，我也會保護你，用我的方式。」

夜色下，軒轅澈看向她的笑眼，眼底漸漸溢出光，半晌才輕聲笑道：「好。」

過了除夕夜，次日新年伊始，京城家家戶戶走街串巷。

軒轅澈身為皇子，自然是要一早進宮請安。

荀柳無事可做，正好金武等人昨日被放出大牢，如今正住在客棧裡，便帶著酒菜，和莫笑一同過去。

前日惠帝確實答應不再追究金武等人之罪，其中不只因為他們對於相救二皇子和平定西瓊戰亂有功，想必也因為靖安王府的關係。王軍將金武與王虎從西關州軍中帶走時，靖安王可是親自發話，上了奏摺，懇請惠帝公正裁斷。

幸好惠帝雖是昏君，卻極為愛惜名聲，他未要了金武等人的性命，但革了金武與王虎的職。往後，金武等人不過一介平民，對他構不成威脅，傳到民間，百姓還會讚他一句寬厚。

荀柳覺得，這算得上一件好事。如今靖安王府已經沒了兵權，金武和王虎若是繼續留在軍中，反而要諸般忍受，不如暫時避一避風頭為好。

因為是大年初一，她本以為客棧裡應當沒什麼人，但她萬萬沒想到會碰見顏玉清，和金武站在二樓廊上。

店裡只留了個看門的小二，此時正趴在櫃檯上打瞌睡，所以並未發現兩人就站在離他不遠的地方，兩人也沒發現荀柳和莫笑正在樓底，只顧著四目相對，卻無人說一句話。

荀柳幾乎是一瞥到那兩道熟悉的身影，便立刻拉著莫笑，往旁邊退了退。

顏玉清穿著男裝來這裡私見金武，想也知道，這種情況不好出去打擾。

莫笑打量著自家姑娘扒著樓梯，耳朵使勁往上湊的姿勢，臉上一片無奈。

姑娘，妳還可以再明顯一點。

樓梯上，顏玉清看著金武，許久才道：「你決定要走了？」

金武回視她，往日爽朗的臉龐，今天卻有些異常的沈悶，輕輕點頭。「是。」

短短一個字，卻刺得顏玉清心口一疼，但她的自尊卻不允許她此時露出一丁點的心傷，便暗暗捏了捏手指。

「至今，你也沒有一句話想對我說的？」

金武仍舊表情冷漠。「沒有。」

「好。」顏玉清慢慢撇過頭，眼底露出一絲難掩的自嘲。「保重。」俐落地轉過身，直接朝著樓下走。

荀柳避之不及，正好對上她受傷的表情，兩人均是一愣。

顏玉清什麼也未說，繞過她，往客棧外走去。

「姑娘……」

莫笑見狀，不由喊了一聲，卻見荀柳抬步上了樓。

金武還站在原地。

即便他臉上什麼表情也沒有，但荀柳了解他，若是真不在乎，就不會有這般反應。

「三哥。」她輕輕喊了一聲。

平日裡機警的金武頭一次反應這麼遲鈍，半晌後才扭過頭。

「小妹？妳什麼時候來的？」金武看見她，十分高興，想想自從西瓊一別，兩人也有數月未曾見過了。

他說著，走上前幾步，仔細打量她，臉色又一變。

「這幾個月，我們可是快找妳找瘋了。妳究竟是怎麼想的，怎麼學起別人隨隨便便離家出走？前幾個月是不是發生了什麼事？」

雖然他此時的表情實在稱不上愉快，卻讓荀柳心中一暖，見金武似是打算說個沒完，頓時哭笑不得。

「三哥，今天可是大年初一，我是來向你們拜年的，這些事留到以後再教訓我可好？」

金武愣了愣，看看她身後的莫笑，又看看她手上提著的食盒，深深嘆了口氣。

「算了，無論如何，回來就好。」

荀柳高興地笑了。「大哥跟二哥呢？我帶了些酒菜，昨日除夕我們兄妹沒能在一起過，今日中午再好好聚聚。」

「他們去尋能出京的馬車了，我們正打算準備好後，跟妳辭行。」

「這麼快便要走了，怎麼不多待幾日？我們兄妹三個還未能好好聊一聊呢。」

聽到金武說要走，荀柳心裡已有底，但沒想到會這麼急。

「我們也想。」金武搖搖頭。「但我們三個的身分不比當初，往後小妹最好莫與我們這等戴罪之人走得太近。切莫忘了，妳如今的身分也不同往日了。」

荀柳未接話，明白他說的話有道理。至少在大局已定之前，她無法做回當初那個肆意行事的荀老闆。

見她面色沈鬱下來，金武又朗朗笑了一聲。

「況且家中另有急事，妳應當不知，嫂子月前早產，大哥家中添丁，正急著趕路回家照顧媳婦跟兒子呢。」

「嫂子生了？」荀柳一愣，這才想起她離開時，葛氏已有身孕，如今算一算，確實是該生的時候了。

她這一走，卻是錯過了不少事呢……

「如今我和王虎沒了官職，也打算和大哥一起回碎葉城尋個活計，往後……」他說著，忽然頓了頓。「怕是不會再來京城了。」

荀柳想起方才顏玉清臨走時臉上的表情，忍不住道：「三哥……」

然而，她的話還未出口，卻聽身後響起王虎的聲音。

「小妹！」

她轉過身，看到錢江和王虎正站在樓下，驚喜地看著她。

「大哥，二哥……」

兩人見到她，免不了又是一番詢問和關心，荀柳一一應答之後，才終於和三人坐到房間裡，邊吃邊說。

「我們本來也猜是二皇子替我們說話的，沒想到那日妳竟也隨他一起進了宮。」錢江嘆了口氣。

王虎聽清前因後果，忍不住罵道：「皇上當真是瞎了眼，從雲大將軍出事那時起，我就知道他會是個昏君，如今卻越發昏庸了。」

「這話往後憋在肚子裡。」金武嚴肅道：「你可別忘了我們如今的身分，雖幫不上他們的忙，但至少莫要亂說話，讓人抓住把柄。」

王虎知道金武說得有理，忍了忍，乾脆灌了一大口酒。

荀柳無奈地笑了笑，錢江看著她，又問道：「小妹，我倒想問妳，這段日子妳到底去了哪裡？又為何要不告而別？妳知不知道，自從妳走後，靖安王派人將西關州翻了個底朝天，尤其是小風，那幾日我真是頭一次見他那般……」

就算他不說，荀柳也明白。自從她回來後，莫笑已然對她形容過無數次。

她和軒轅澈的關係，沒打算瞞著他們，但現在還不能說，這也是為了他們好，便乾笑了幾聲。

「都過去了，以後有機會再和你們解釋。你們打算什麼時候出發？真不能再留幾天？」

三人互看一眼，眼中自是有些不捨。

錢江道：「我們打算下午便出發，還是少留在京城為妙。小妹，妳和二皇子在這裡需萬事小心，往後何時想回來，提前寫封信便可，家裡的大門隨時為你們打開。」

話是這樣說，但這次分開後，何時能再見，卻是難了。

荀柳想到葛氏，想到她還未來得及見到的小姪子，想到院子裡的那些花花草草，心中萬分不捨。

「看來，我是留不住你們了。大哥，麻煩你到了碎葉城，幫我給義父帶個口信，等日後有時間，我便回碎葉城看你們。」

「好。」

荀柳笑了笑。「你們過了未時再走吧，我讓笑笑去採買些特產回來。我的小姪子出生，不準備點禮物帶回去怎麼行。」

一提到兒子，錢江非常高興，哈哈笑道：「妳臨走時，已經留下不少財物了，妳嫂子還一直覺得對妳過意不去呢。」

「那不算什麼，對我來說，你們遠比身外之物重要。」

三人互看一眼，目中不捨之色越濃。

因為不想顯得氣氛太過低迷，荀柳便先站起身。「大哥與二哥慢慢吃。三哥，我有些話想單獨和你聊聊。」

錢江和王虎並不覺得奇怪，畢竟他們一向比較親近，有些話要交代，也不是什麼稀罕事，只應了聲好，繼續吃飯。

金武神情複雜，但還是起身，跟荀柳走出了房間。

出了房間，荀柳差守在門外的莫笑去買東西，兩人便靠著欄杆，望著底下空無一人的客棧大堂。

「三哥，你對顏玉清怎麼看？」

金武眸光微閃。「方才我們說的話，妳都聽見了？」

「你知道她喜歡你，對嗎？」

金武扭頭看她一眼，忽然苦笑。「小妹，妳什麼時候開始關心這些事情了？」

「因為我不想讓你後悔。」她直直看向他的眼睛。「三哥，顏玉清和小風的婚約另有原因。既然你心中對她並非無情，為何不試一試？你甘心這樣就走了？」

金武沈默許久，才淡淡道：「妳以為我不知道這些？可有些事情，並不是妳我願意，便能心想事成。她是西瓊長公主，即使沒有這樁婚約，我和她之間橫著的阻礙也太多……」

「三哥，我已經有了心儀之人。」

金武的話突然被打斷，還是這樣一句沒頭沒尾的話，錯愕地看荀柳。

「妳……」

「三哥不是問過我，為何突然不告而別？」荀柳的表情十分平靜，似乎在說一件再普通不過的事情。「因為我發覺自己喜歡上了一個不該喜歡的人。」

「六年前，我被迫捲入宮變，帶著一個十二歲的少年逃出宮。其實我也猶豫過，為何要攬下這般麻煩的事情，吃力不討好，還可能隨時會喪命。但那時我看見他腳磨得起了泡，卻咬牙忍著，跟在我身後，那副生怕被丟棄的模樣，讓我始終沒忍心丟下他。那也是我第一次被一個陌生人這般依賴。

「這少年依賴我，卻不信任我，到現在我還記得那天早上他從山洞裡醒來看我的眼神。我心想，這個孩子正在遭遇人生中最難的一段日子，若沒人陪著他，應當撐不下去。」

她說著，忽然微微一笑。「後來，與其說是我陪他，不如說是他陪我。以往我習慣獨來獨往，從至親離開後，便再也未認真體會過心之所繫的感覺，也不知道從什麼時候起，他便成了我生命中最重要的存在。

「我以為我一直能將他當做弟弟看待，可有時候命運就是這麼喜歡捉弄人，我花了數月逃離和試圖遺忘，也為自己找了無數藉口，但其實只不過是我怕陷進去後，得不到好結果，便想在沈淪之前完全抽身罷了。說到底是膽怯，是不敢。」

她的目光緩緩移向金武。「就像現在的你，三哥。」

金武渾身一震，忍不住往後退了一步。「妳和二皇子……」

荀柳點點頭。「我喜歡他，雖然剛越過膽怯這道坎，但往後的日子只要他不棄我，我便陪他走到底。但是你呢？今日顏玉清獨自來找你，她既敢問出那句話，便是已經為你邁出了第一步。而到如今，你還在膽怯嗎？」

這句話讓金武呼吸一窒，低頭沈默。

荀柳見他許久不語，慢慢轉過身。

「替我跟大哥和二哥說一聲，我就不進去了。東西採買好，我會差人直接送到客棧。三哥，方才我的話，是希望你能認真考慮，莫要像我一般走了彎路，往後後悔就來不及了。」

她說完，抬腳往樓下走去，剛走到拐角處，便看見一道頎長的身影默默站在樓梯口，那雙鳳眸含著溫柔笑意，不知在此處站了多久。

「我聽下人說阿姊來了這裡，順路來接阿姊回去。」

她愣了半晌，繼續抬步往下走，忽然摟住他的腰，把自己埋進他溫暖的胸膛。

「笨蛋，根本就不順路，當我好騙嗎？」

但她心裡很歡喜，很歡喜……

下午，荀柳派人將採買好的東西送到客棧，卻無緣當面送別，因為惠帝連幾天的時間都不打算給，當天下午便差使太監，送來了四個貌美如花的宮女。

「奴婢賞春，聽夏，聞秋，忍冬見過郡主。」

四個端莊妍麗的美人杵在她眼前，端莊矜持的姿態，竟比她還像個郡主。

荀柳滿頭黑線，看向一旁的小太監。「皇上實在不必如此客氣，我身側已經有人伺候，用不著這麼多人。」

「郡主說笑了，這是皇后娘娘親自替您挑選的，皇上也稱好呢。您是皇上親封的郡主，自然不能怠慢了。」

皇后娘娘啊，那更沒辦法拒絕了，畢竟可是精挑細選的奸細呢，就是不知道到底算是哪一邊的人了，呵呵。

荀柳還沒說話，一旁正端著茶盞品茗的軒轅澈卻淺笑著開了口。

「阿姊，既然是父皇和母后的心意，那妳便收下吧。去了那邊之後，有人照應，我也放心些。」

「二殿下與郡主關係真是好呢。若無事的話，我就先告辭了。」

即便知道是奸細，也不能不留。荀柳無語半晌，只能交代莫笑將四個美人帶下去，明日一早和她一同搬去新府。

「明日我就要走了，現在蕭嵐把她們塞進來，往後我們應當也不會再有單獨說話的機會了吧？」

這樣一想，她更不捨得走了。

「阿姊捨不得我？」軒轅澈笑了幾聲，目光直勾勾地看著她。「不如晚上阿姊邀我共度最後一夜良宵如何？」

「你胡說什麼？」荀柳紅著臉瞪他。「別總是口無遮攔的。」

「口無遮攔什麼？我指的是共賞月色，暢談良宵。」軒轅澈懶懶支著下巴，滿目笑意地看她。「阿姊以為是什麼？原來阿姊如此迫不及待了，那今晚我也可以勉為其難……」

「你給我閉嘴！」荀柳暴怒，上前堵住他的嘴，卻被他拉進懷裡坐下，且還是雙腿岔開，正對著他的曖昧姿勢。

她想到房門還沒關，扭頭往後看，同時想要掙脫，卻又見他拂袖一揮，一股勁風襲去，門便啪的一聲，被關得嚴絲合縫。

「明日阿姊便要走了，吾心甚是傷懷，需要阿姊安慰……」軒轅澈說著，一張俊臉便想往她柔軟的懷中埋去，卻被一雙小手抵住。

荀柳凶神惡煞，死死抵著某人的臉。「我看你不需要安慰，應該需要修理才是。」光明正大地在她房間裡占她便宜，這廝的臉皮真是越來越厚了。

軒轅澈的臉就這麼被她壓得變了形，還依舊不忘裝作憂傷地嘆了口氣。

「阿姊甚是無趣也。」

「無趣個頭啊，我問你正經的，你到底打算怎麼辦？我這一去，就等於成了籠子裡的金絲雀，以後想見你也難，更別說跟你回洪村了。你是不是已經有了計劃，不能告訴我？」

話說到這裡，軒轅澈的表情才正經起來，卻未放她脫離他的懷抱。

「此事並不是故意想瞞著阿姊，但阿姊確實知道得越少越好。阿姊放心搬過去，只是暫還要忍耐一段時日。我答應阿姊，過不了多久，一定會帶妳回洪村。」

荀柳看著他的臉。因為近日來的奔波，他瘦了許多，不知這樣的日子多久才能結束。

她嘆了口氣，伸手覆在他的側臉上。

「無論如何，你要保證自己好好的，知道嗎？」

軒轅澈彎了彎眼角，拉下她的手心輕吻。「我明白。」

如此過了一會兒，他又道：「阿姊真的不考慮與我共度良宵……」

「你還是閉嘴吧。」

雖是這樣，但荀柳還是陪著他坐在院子裡，兩人膩到了凌晨才分開。

第八十九章

次日一早，荀柳便在莫笑以及四個美貌丫鬟的陪同下，搬到郡主府。

雖然惠帝心懷叵測，但面上卻極為大方，這院子的規模，莫說是她一個小小的郡主，說是王爺府都不為過。

從門口到她居住的主院，荀柳竟足足走了半刻鐘，中央竟還砌了座湖，湖周假山林立小亭幾許，雖然比不上軒轅澈住的地方，但就這規模，怕是放在整個京城，也是極為少見的。

她一個在前世連套公寓都沒混上的博士生，如今居然住得起這麼大的府邸，一時間讓她有種恍如作夢的感覺。

但是，如果沒有她身後的這四個丫鬟就好了。

荀柳無奈地嘆口氣，在轉悠幾圈之後，終於忍不住對四個丫鬟道：「我說，我上個茅房，就不必跟得這麼緊了吧？我需要伺候的時候，會叫妳們的。」

帶頭的賞春立即站出來道：「郡主不可，禮不可廢。您如今已經是皇家中人，身旁需有人隨侍。」

荀柳看了看身側的莫笑。「我旁邊這不是有人嗎？」妳們莫不是眼睛不好？

賞春頭也未抬。「郡主，京城不比別處，皇后娘娘選奴婢幾個隨侍，也是有指點您行止姿態之意。這些禮數，奴婢們雖不敢說精通，但比起行為散漫的人，還是懂一些的。」

荀柳愣了愣，不用看都知道，此時莫笑的臉色該有多難看。

有意思，蕭嵐怕不是還記著那次在晚宴上她回嘴的事，故意派這幾個丫鬟來找碴的吧？蕭嵐是覺得藉著惠帝的名義，她就不敢對她們做什麼？

呵，那可小看她了，畢竟前世追了那麼多年的宮鬥劇，可不是白追的！

莫笑正因為賞春說的話憋著氣。倒不是因為她被貶低，而是這些人面上看著恭順，實則態度高傲怠慢，對荀柳更是沒有半點尊敬。

姑娘是這般好的人，她豈能容著她們放肆？

她正想上前斥責，沒想到荀柳先她一步開了口。

「我不太明白妳們說的意思。讓妳們來指點我的規矩？皇后娘娘是嫌我沒有規矩？」她這話說得委屈，臉上更是不敢置信，似乎是不相信一向寬厚待人的皇后娘娘竟對她這般苛刻似的。

賞春一愣，隨即反應過來，解釋道：「皇后娘娘不是這個意思。如今郡主成了皇家人，有些言行舉止，自是要謹慎些。」

「哦，我明白了，上次我在晚宴上對皇后娘娘出言不遜，娘娘定然是生我的氣了。我本來就出身低微，行止也粗魯慣了，腦子又笨，怕是想學也學不好。當初蒙皇上隆恩，我才當了郡主，其實我心裡也覺得不太好，本來我跟妳們一樣，只是出身貧賤的小宮女，這才當了郡主沒幾天，便惹娘娘生氣，妳們也一定看不起我吧？」

她越說越委屈，越說眼眶越紅，最後竟當著四個丫鬟的面，抹起淚來。

「不如我改日還是去找皇上，請他將這郡主的封號收回吧，不然若是給他和皇家丟了臉，可怎麼是好？」

賞春等人聞言，大驚失色，臉上更是青一陣、白一陣，顏色煞是好看。

她們站著的位置，正是人來人往之處，不少下人來回走動，看似目不斜視，實則到處都是惠帝的耳目。

她們雖是惠帝派來的，實際上卻是皇后娘娘的人。這話若是傳到惠帝耳朵裡，讓他知道她們膽敢怠慢他親自賜封的朝陽郡主，怕是腦袋不保。

賞春目光一轉，鎮定下來，順勢一跪，頭重重磕在地上。

「請郡主息怒，奴婢萬萬不敢。奴婢方才所言，絕沒有這個意思，還請郡主明察。」

「那妳們剛才說要指點我……」

「奴婢失言。郡主行止無錯，並不需要任何指點。」

荀柳繼續抽抽搭搭，讓旁邊的莫笑忍不住暗自發笑。

「但是，我見別人家的公主跟小姐也沒這麼多人跟在身後看著，她們說讓奴才們下去，他們就老老實實地下去呢。」

「奴婢們越矩，奴婢們這就下去。但還請郡主體諒，至少多留一人在身側伺候，不然傳到皇后娘娘耳朵裡，責怪奴婢們懶惰怠慢，奴婢們可就萬死難辭其咎了。」

荀柳想了想，覺得她們讓步得夠多，點點頭，指著四人之中比較話少的忍冬道：「那就留她吧，其他人都下去。」

「是，郡主。」

這回，賞春什麼也不敢多說，領著另外兩人離開這裡。忍冬不愛說話，大概可以忽略。總算是清靜了，荀柳嘆了口氣。

然而，郡主府裡的事情傳到蕭嵐耳朵裡，讓她的面色十分難看。

「本宮倒是小看了她，居然一而再地駁了本宮的面子，用的還是同一種招數。」

「娘娘，接下來我們該怎麼辦？」

「無妨。」蕭嵐冷笑著撇了撇唇。「她只要莫給本宮添亂，隨她折騰，反正左右脫不出本宮的手掌心。」

這時，殿外傳來一道熟悉的腳步聲。

「母后。」

來人身穿一身金色蟒袍，頭戴金冠，腰佩寶劍，眉目之間酷似年輕時的惠帝，但那目光之中卻含著滿滿的野心和狂妄。比起惠帝，他就像是一塊滿是稜角的金石，張揚地露著自己的鋒芒。

自小他文韜武略，極善於從惠帝身上奪取父愛，即便那些討好的法子都是其母所教，但若除去他的狠戾，在眾皇子之中，確實最是出類拔萃。

看見兒子回來，蕭嵐的臉色立即好轉，上前替他攏了攏衣領，慈愛無比。

「這幾日，你又跑到哪裡去了？可別忘了你父皇交給你的任務。」

軒轅昊自負地笑了一聲，轉身在凳子上坐下，口氣漫不經心。

「兒臣剛見過父皇。」

「哦，你父皇對你說了什麼？」蕭嵐也跟著坐過去。

「父皇有意提前讓我攝政。近日來，他的身子是越來越差了。」

「什麼？」蕭嵐喜不自禁。「他真的這樣說？」

她以為要等到這一天，至少得花好幾年。看來父親尋來的幾個方士，還是有些作用的。

「即使如此，這幾日你更要往你父皇那裡跑得勤一些，知道嗎？」

軒轅昊好似無趣一般。「我還以為有個軒轅澈，這位子至少能奪來得有趣一些，誰知跟那大皇子軒轅弘一樣，也是個廢物。」

「這話，你在我跟前說可以，千萬莫要對外人說。軒轅澈心思叵測，莫小瞧了他。」

「母后，您多慮了。」軒轅昊眼底掠過一絲嘲弄。「等我攝政，有的是法子對付他。」

蕭嵐見兒子一臉無畏，想勸些什麼，最終仍沒說出口。

也罷，他自小沒受過多少挫折，往後坐上帝位，又有她和父親幫襯，應當不會出岔子。

如今軒轅澈已經失了帝心，即便他有靖安王和西瓊撐腰，但靖安王失了兵權，如今也不過是個擺設。而西瓊小國內亂剛平，自不必說，等惠帝為他和西瓊長公主訂下婚期，他早晚不過淪為一介異國質子而已。

現在軒轅昊即將攝政，帝位唾手可得，屆時該鏟除的一個都不會留下，她蕭嵐還怕誰？她想著，嘴角的笑意更深了些。

「也好。不過，你要記住，往後千萬莫要再像青州案那般魯莽，凡事先與我和你外祖父商量後再行動，你可明白？」

軒轅昊眼中閃過一絲不耐。「我怎麼知道他們會擅自動手，且人還沒殺掉。」

無緣無故被捅了一座這麼大的金庫，他還想找人撒火呢，誰知道這些人就是這麼蠢，被軒轅澈激了激，便露出這麼大的把柄。

這件事情，光是外祖父就對他嘮叨了好幾遍，聽都聽煩了。

蕭嵐見他面色不耐，似是一句話也未聽進去，無奈地搖搖頭，笑道：「罷了罷了，我不說你了，往後你自會明白，這世上只有母后和你外祖父對你才是最好的，今晚留下來陪母后一起用膳吧？」

「我要吃母后親手做的羊羹湯。」

「好好好，都聽你的。」

自從荀柳搬到郡主府之後，便幾乎沒出過門。

不過，身為名義上的皇家人，若是宮中設宴，她也得去走個過場。每當這時候，她都希望能見上某人一面，但整整一個月過去，卻一面都沒見著。

有時，她能遠遠瞅見他的馬車，但話都說不上一句，車子便錯開了。

她想過，索性由著這些丫鬟去跟，在外人眼裡，她與軒轅澈本就關係甚好，去見一面又怎樣？

但又想想，就算去了，兩人也說不上什麼話。分別之後，反而更添寂寞，便作罷了。

其實她待在郡主府裡，也不算沒事做，每日吃飽喝好，逛逛花園餵餵魚，偶爾顏玉清那個同樣閒得出奇的女人會跑過來跟她鬥鬥嘴，日子倒也過得飛快。

最重要的是，那日她和金武聊過之後，他並未跟著錢江和張虎離開，而是當晚潛進大使府，拉著顏玉清，在房頂上互相坦白了心意。

顏玉清開心了，但滿懷的春意不能向旁人吐露，只能來煩她了。

「我說妳，怎麼也不出去結交結交其他的千金小姐，打聽一些朝中情報，整日待在府裡，不膩嗎？」

顏玉清說著，百無聊賴地吐出一口瓜子殼。

荀柳撐著下巴，靠在桌子上，聞言忍不住翻了個白眼。「說得好像妳挺忙似的，有本事別天天來我這裡蹭吃蹭喝，大使府又不是沒有。」

「那不一樣。」顏玉清面無表情地又抓起一把瓜子。「大使府太無趣，來這裡好歹還能看到一個老女人為情所困的蠢樣。」

「老女人說誰？」

「老女人是妳。」

荀柳無言，這廝竟不上當。

她憋了憋，最終一把抽開桌子上的瓜子碟，往湖裡一潑。「吃我的東西還損我！」

然而顏玉清卻不慌不忙地將手中瓜子嗑完，又招呼下人們上了一碟。

「妳可知近日朝中發生的事？」顏玉清忽然正了正臉色。

荀柳一愣，心立即沈了下來。一提起朝堂上的事情，她什麼鬥嘴的心思也沒有了。

她在府中的日子雖然過得清閒，但朝堂上卻是水深火熱。這短短一個月，便發生了不少事情。

先是惠帝身子不適，自新年後便未上過朝，每日只召賀子良和蕭世安等大臣在寢殿議事，看來身子骨終於熬不下去了。

因此，便有不少傳言從宮內流出，說是太子攝政的時日怕是不遠了。

依大漢律法，在未攝政之前，即便是皇儲，也不得私自插手除了皇帝交辦之外的政務。而一旦開始攝政，便意味著可以行使大部分皇帝的權利，甚至可以代替皇帝上朝問政。

攝政相當於登基的前兆，也就是說，惠帝的身體已經到了不得不考慮讓位的時候。

軒轅澈那邊，她卻無法知道他的想法。事實上，近日她聽到的好幾樁消息，都對他不利。除了太子攝政之外，這一個月內惠帝無暇政務，蕭黨開始恣意為難新黨，連管教府中下人不嚴這種藉口，都能拿來當彈劾新黨朝官的理由。

自從上次從泰明宮出來之後，惠帝對軒轅澈的態度極為冷淡，怕是難以信任他。她擔心再這樣下去，怕是還沒等到太子繼位，軒轅澈便要被蕭黨打壓得動彈不得。

她想著，不由嘆了口氣。

「我當然知道，但如今我幫不了他什麼，更不知他心中是如何盤算的。如今只能憋在府裡，儘量不去給他增添麻煩。」

「妳不找機會去見他一面問清楚？」顏玉清看著她道。

「不了，我信他。」

然而，沒過半個月，荀柳最擔心的事情還是發生了。

大漢惠寧十七年二月，月餘未上朝的惠帝終於上了朝，卻當著文武百官的面，昏倒在龍座上。

又過了幾日，一道聖旨宣告百官，太子攝政。

自那日後，朝中新黨輪番被查，約半數被品行不端、私行犯上等罪名彈劾，罷官問罪。

二皇子處境艱難，幾乎不再出聲，沒過多久，竟直接稱病，不再上朝。

荀柳聽到這個消息，心裡著急不已，再也忍不住，藉著探病的理由，帶著一干下人趕到二皇子府。

府裡的下人們倒是很有眼色，一見是她來了，很殷勤地迎進府內不說，還找藉口將她身後的四個丫鬟全部引開，只留下莫笑。

到了內院之後，莫笑止步於院門外，不再跟荀柳進去。

「姑娘，主子在裡頭等妳，我在外頭守著，妳快些進去吧。」

荀柳點頭，正想抬腳，卻看見莫離端著一碗湯藥走來，頓時著急了。

「他真的病了？」

莫離看看自己手中的湯藥，正想說話，卻見荀柳風一般搶走他手上的湯藥，扭頭便往院子裡走。

「你們都給我守在外頭！」

什麼一切盡在掌握之中，她還以為稱病不上朝也是他的計謀之一，敢情這小子真把自己憋病了！

早知道，她還管什麼麻煩不麻煩的，早些過來看看就好了。

荀柳氣極，只想見到軒轅澈之後，先好好罵一頓再說。

然而，當她踹開房門，看見滿臉病容的某人時，滿口斥責的話卻一句也說不出口。

床上的少年只披著外衣靠坐在床側，以往束起的黑髮，此時只稍稍用玉簪半挽了個髻，垂在頸側，右手執著一本古籍。面色如玉，卻透著一抹青白，唇色更是白得嚇人。

他似是聽到門口的動靜，扭頭看來，見是她的身影，淡如湖水的眸中才泛起一絲漣漪。

「阿姊。」軒轅澈笑得好看至極。

這一聲「阿姊」，讓荀柳的心軟了軟，最終還是沒罵出一個字，端著藥碗走到他身旁，伸出手貼上他的額頭。

果然很燙。

「月餘未見，你怎麼把自己搞成這樣？不是答應我，會好好照顧自己的嗎？」

軒轅澈的眼睛一眨不眨地看著她，笑道：「正是因為思念阿姊，才得了風寒。阿姊是不是在心疼？」

「不心疼，我才懶得管你。」荀柳故意板著臉，將湯藥遞到他手上。「快把藥喝了。」

軒轅澈看著那碗湯藥，面不改色道：「手使不上力。」

「喝不喝？」都這樣了，還有閒心跟她耍賴？

軒轅澈盯著她半晌，無奈地搖了搖頭。「阿姊真是依舊不解風情呢。」

他說著，嘴角微勾，直接接過那湯碗，湊近唇邊，一口氣全喝下去。

荀柳見他這樣，倒覺得有些於心不忍了，接過藥碗。

「我去讓笑笑拿些蜜餞過來。」

然而，她還沒邁出步子，便覺手腕被人一抓，連人帶碗被帶入了某人懷裡。一張俊臉壓了過來，唇齒交融，湯藥的苦澀在兩人唇舌之間散開，惹得荀柳忍不住皺緊眉頭。

她剛想伸出手推搡，他卻先一步放開她，低笑道：「不需要蜜餞，有這個便夠了。」

荀柳被苦得吐了吐舌頭，皺著眉瞪他。「看來你這病是好了，還有力氣占我便宜。」

軒轅澈笑彎了眼，看著兩人之間的被褥。「阿姊，藥渣灑了。」

荀柳一愣，低頭看去，果然見被子上濕了一大片，上面黑乎乎的，可不就是藥渣。

她立即起身，把藥碗放在桌上，抱起被子往凳子上一放，又輕車熟路地從外間的櫃子裡抱出一床新的被子，走了過來。

「冷不冷？我讓下人去點幾個暖爐吧？」

荀柳一邊鋪被子、一邊道，卻不知她此時彎腰鋪被子的動作，使得領口鬆散，從軒轅澈的位置看去，正好能看見她形狀美好的鎖骨，和滑膩的肌膚……

發現他許久未出聲，荀柳抬頭去看，卻猛然撞入一雙幽深的鳳眸之中，那眸子裡帶著從未有過的奇異神色，竟讓她有些移不開眼。

軒轅澈定定地看著她，忽然伸手撫上她的側臉，但並未止於此，她感覺那指腹掃過她的耳垂，又從耳垂掃過她的側頸。

那張臉越離越近，帶著與方才完全不同的氣息，一道極為沙啞的嗓音在她耳側響起。

「我想讓阿姊替我暖，怎麼辦？」

荀柳渾身一顫，不覺往後躲了躲，然而他的另一隻手卻扶著她的後腦，逃脫不得。

她試圖讓他冷靜。「小風，你還在生病……」

「但是我忍不住了，阿姊。」軒轅澈隱忍道：「誰叫妳這個時候偏要來惹我呢？」

他的眸子閃過一道絢爛的光，似是某處心念被破除枷鎖一般，帶著與往日全然不同的氣息和力道，將她壓入了柔軟的被褥中。

「小風……你不要這樣……」

密密麻麻的吻讓荀柳有些慌，也分不清這驚慌裡是不是還摻雜著一絲期待。但無論如何，現在可不是幹這種事的時候。

然而，她叫了幾聲，不但沒見軒轅澈停下，反而更熱烈了些。

她象徵性地掙扎幾下，閉著眼，紅著臉，心想反正該確定的都確定了，要是發生點什麼，也算順其自然吧？

她剛做好準備，正打算陪他一起沈淪之時，他撕衣服撕到一半，忽然停下來，抱住她不動了。

荀柳睜開眼，卻聽耳旁傳來低啞而自責的聲音。「這場病真是厲害，我差點又做了讓阿姊不高興的事。」

荀柳一怔，想起她剛才的心思，老臉一紅。「啊，對，你這次真是太過分了。」

然而不說這句還好，說完卻讓她身上的人頓了頓，慢慢撐起身子，對上了她的眼睛。

軒轅澈似是看出了什麼，低低笑了一聲，柔聲問：「是我的錯，竟沒看出阿姊很期待。不如……」

他又貼了過來，氣得荀柳立即抵住他的臉。「期待個頭，給我起來！」

這話更是惹得軒轅澈愉悅地笑了好幾聲，攬著她的身子，在她頸側印了個吻。

「先蓋個章，今日未完之事，等日後再兌現。我真有些冷，阿姊陪我睡一會兒吧？」

他說著，翻身到她身側，再順手將她攬進懷裡，蓋上棉被。

「我的鞋子髒……」

「不怕。」他將她摟得更緊了些。

看來是真的累了，片刻後，荀柳便聽見頭頂傳來舒緩的呼吸聲。

她本還想問問朝堂上的事，但看來一時半刻是問不到了，便等晚一些再說吧。

或許是他的胸膛太舒服，她胡思亂想一會兒，竟也跟著睡了過去。

第九十章

荀柳再醒來時，是一個時辰之後的事情了。

正好到了傍晚，她索性留下來一同用晚飯，這才有機會問起近日來朝堂上的事。

「我不問別的，就問你一句，到今日為止的朝堂之變，是否還在你的計劃當中？」

見軒轅澈笑著點點頭，荀柳才大大鬆了口氣。「那就好。」

心裡的一塊巨石被挪開，她覺得身心舒暢許多，但也不打算繼續問，而是拿起筷子，專心享受美食。

軒轅澈看了她許久，忽然問道：「阿姊，妳想不想當皇后？」

荀柳一驚，立即警惕地瞥向門外，見外頭仍舊是莫離與莫笑守著，放了心，回頭沒好氣地瞪他。

「你還沒鬥過人家呢，八竿子沒一撇的事，說什麼大話？」

這句話讓軒轅澈愣了愣，無奈扶額。

「阿姊，我問的不是這個意思。」他說著，神色認真起來。「我知道妳不喜歡被束縛，如果妳不想……」

「不，我想。」荀柳明白了他的意思，十分自然地探身挾了一筷子肉，放進他碗裡。

「以前我是不喜歡，不管皇后還是郡主，對我來說都沒什麼區別，但若有你，意義便不同。我想做的不是皇后，而是你的妻子。」

她又坐下，笑眼彎彎地看向他的鳳眸。「愛情是平等的，你不需要凡事遷就我，偶爾也讓我為你讓讓步吧。」

雖然她並不清楚他最近到底醞釀著什麼樣的計劃，但他既能問出這句話，看來朝中之事已經到了一決勝負的關頭。

從決定要跟他在一起那一刻起，她便知道他心懷天下，她不會要求他為了她放棄江山，那樣對於一直以來在背後扶持他的人們太不公平，對他自己更不公平。

若愛上他，便要付出一定犧牲，她想，那也是值得的。

軒轅澈定定看著她半晌，低啞著嗓子笑道：「真慶幸阿姊的未來是我的。」

不然越是喜歡她，未來獨行的日子便會越寂寞。

畢竟有男女之防，荀柳吃過晚飯後，不敢再多留，又帶著一眾下人回了郡主府。

此後，朝中形勢似乎穩定了下來。新黨多數被打壓，連賀子良也鮮少在朝堂發話，其他勢力更不用說。

除去二皇子外，朝中還有個大皇子軒轅弘，乃是當年惠帝當皇子時的侍寢宮女所生。因其出身低微，資質更是平平，所以一向不受重視。其他妃嬪所生的皇子，年紀尚小，即便有些資質的，礙於蕭嵐的打壓，也不敢冒頭，自然無緣奪嫡。

如今二皇子處境艱難，明眼人都看得出來，惠帝已然放棄了他。二皇子母族被斬殺乾淨，下令之人還是他的父親，這關係不管如何打磨，也必有隔閡和嫌隙，何況惠帝本就是個喜歡猜忌的人。

現在太子攝政，不久之後可能便要繼位，屆時二皇子焉能有命在？

於是，朝中凡是明白這個道理的中立之人，漸漸倒了風向，甚至不少年輕的新黨官員見勢不妙，也迎風倒去。誰贏誰輸，似乎已經清晰可辨。

荀柳一邊讓莫笑及時打聽朝中動向、一邊老老實實待在郡主府裡當金絲雀。也許是因為主子馬上就要登上大寶，四個丫鬟漸漸怠慢起來，不過她不在乎，若是能怠慢到完全忽略她這個人更好。

她總覺得，現在的氣氛就像是風雨欲來前的安寧，雖然知道軒轅澈應付得來，但還是有些擔心。

果然如荀柳所想，三月初，攝政大半個月的太子軒轅昊終於在朝上發了難。

此事源於一個平民，準確說來，是當年雲家被抄後，僥倖逃脫的雲峰之子雲崢。

當年惠帝下令王軍抄了雲家，除了九族之外的雲家人還在流放地辛苦過活，九族之內，無論男女老幼，上下百餘口人皆於一夜間斬殺。這般強硬的手段，如何還會留下活口，這不僅讓文武百官想不明白，百姓們更是猜測奇多。

但這孩子著實跟雲峰面貌如出一轍，不過才十五歲，仔細盤問下，他口中所言確實無從作假，甚至到了已經荒廢的雲家，也能指出正屋跟側屋的位置，連院中有哪口井，門朝哪面開，家僕姓甚名誰，都記得一清二楚，對自己的身分更是供認不諱。

當此人的身分確定下來時，幾乎震動了整個京城。

凡是經歷過雲家叛亂之事的人都明白，雲家已然成了朝中跟市井最避諱的話題。六年前雲峰及三萬叛軍在狼牙山被剿，接著雲貴妃自焚於長春宮，二皇子莫名失蹤，京城到處都是查辦雲家同黨的王軍。那一年，整個大漢上下籠罩在一片陰霾之中，幾乎大半士族都受到了波及。

痛失愛妃的惠帝下令，嚴禁宮中再提及此事。六年來，即便是蕭皇后，也不敢仗著寵愛再提起舊事，生怕惹了惠帝不悅。

但百姓心中從未忘記雲峰的存在。有人嘴上不說，但心中存疑，因為戰神的赫赫威名，實在讓人難以相信雲峰會叛國。

如今雲崢的出現，就像是在這灘死水裡丟了一顆石子，逼得眾人不得不重新談起此事。不知是心煩意亂，還是真的重病不起，惠帝對此事的態度讓人捉摸不定，連問都沒問一句，直接把此事交給攝政的軒轅昊處理。

此舉正中軒轅昊下懷。三月，久未上朝的二皇子軒轅澈，在朝上接到一樁差事——監斬逃犯雲崢。

聽到消息的荀柳氣得直接從凳子上蹦起來。

「這個兔崽子，居然想出這麼損的招！」

正在嗑瓜子的顏玉清跟著嗤笑一聲。「這兔崽子的陰毒，跟他娘有得一拚。」

荀柳面色難看至極，但想到亭子外還有蕭嵐和惠帝的人看著，忍了忍，重新坐下，繼續問莫笑。

「然後呢，小風怎麼說的？」

莫笑也是一臉凝重。「主子自是未答應，且還……」說著，猶豫了下。

「還什麼？」荀柳探了探身子。

莫笑目光微閃，乾脆道：「且還當著文武百官的面，斥責太子故意刁難，說即便是被罷職，也斷然不會斬殺無辜者。」

這回不只荀柳愣了，顏玉清也跟著一驚。「妳家主子到底打的是什麼主意？」

「他在等……」荀柳喃喃道：「等皇上的反應。」

她雖然不知道軒轅澈到底想幹什麼，但這一步定然不是對上太子，而是故意做給看似漠不關心，實則緊盯朝中動向的惠帝看的。

他到底在布一場多大的局？

荀柳正在擔心皇宮內院之中，惠帝也早聽到了朝中的消息。

「他真的這樣說？」

「是。方才奴才就在殿中，這都是奴才親耳所聞。」

說話這人，正是何公公，是宮中地位最高的宦官，也是服侍過兩代帝王的老人。歲月造就他一張舌綻蓮花的嘴，和一顆八面玲瓏心，若說這宮中真有人能被惠帝全心信任，怕是蕭皇后也比不過他。

靠在榻上，披著龍袍閉目養神的惠帝冷笑一聲，睜開眼。「他終於說出了心裡話，這是在明著怪朕濫殺無辜了？」

他想撐起身，但大病未癒，手腳無力。

何公公極有眼色，立即上前扶著他坐起來。

此時正好有宮人進來送湯藥，惠帝端起藥碗，舉到嘴邊吹了吹，慢條斯理地開口。

「既然他不想做這個皇子，朕便成全他，召翰林學士進宮。」

翰林學士入宮，多是為了擬旨，這是要下什麼旨？

何公公目光微閃，俯首恭敬道：「奴才這便出去差人傳話。」

三月初七，多日未理朝務的惠帝突然在早朝上下了一道聖旨，撤去二皇子軒轅澈身上所有職務和功績，並大筆一揮，定下了他與西瓊長公主的大婚之日，就在六月初八。

這道聖旨一出，朝中上下似乎並不奇怪，只是聖旨上的最後一條，十分耐人尋味。

為兩國盟交，大婚後二皇子需陪同西瓊長公主赴西瓊，共求百年之好。

這不是明擺著要藉大婚的名義，將二皇子送去西瓊當質子？

看來二皇子果真是沒指望了，母族不在，爹又不疼，若真去了西瓊，倒也算條活路。不然，留在京城，待得太子繼位後，早晚是個死。

看看如今風頭正盛的太子黨，再看看二皇子，眾人不禁感慨，真是一家歡喜一家愁啊。

然而，軒轅澈似乎並不在意職權被撤，在收到聖旨的當日，便上了最後一本奏摺，稱自己大病初癒，想帶著西瓊長公主去青州散散心。職務上的事，會在兩日內交給承接的官員。

太子自然求之不得，直接批准。

然而他卻不知，當軒轅澈出行前的頭一天晚上，還有一封親筆信，自二皇子府送到了泰明宮何公公的手上。

何公公立即托著信進殿，惠帝得知是二皇子親筆書信，看都沒看一眼，只說了句。「現在才來反悔，晚了。」便讓何公公處理，再也沒理會。

荀柳並不知道這件事，因為信被送去的前一天，郡主府也收到了來自大使府的口信，說是此次青州出行，西瓊長公主怕旅途寂寞，想請朝陽郡主隨行。外人也不覺得奇怪，畢竟西瓊長公主整天沒事便往郡主府跑，兩人的交情竟比二皇子還親近幾分。

荀柳這才明白，之前軒轅澈說要帶她去洪村，便是藉著這個機會。

也就是說，這次雲崢之事，早就在他的意料之中？

她忍不住滿頭黑線，這小子到底瞞著她多少事情？

當然，如果要去的話，那四個丫鬟自然也不會落下的，畢竟她們的任務就是看好她這個朝陽郡主，順便把情報傳給蕭嵐。

次日，顏玉清的馬車前來接人時，四個丫鬟自然被安排到隨從隊伍裡。

不過，荀柳沒想到的是，金武居然也在裡頭，而且還是一身貼身侍衛的打扮。

「你們是早就商量好的吧？」一起出門談戀愛？

坐上車之後，荀柳忍不住去問漫不經心坐在對面的顏玉清。

「是他自己非要跟來保護我的，我有什麼辦法？」

雖然是這樣說，但顏玉清的臉頰卻十分可疑地紅了紅。

荀柳無語，撩起車簾，看看外頭正警惕地盯著前方馬車的金武，心道怕不是來保護，而是來阻止某人紅杏出牆的吧？

她想了想，忍不住捧起了自己紅潤的臉頰。

也是，畢竟人見人愛的美少年，哪個老女人不喜歡呢，嘿嘿……

出了京城，朝堂上的那些紛爭似乎也一併被甩開了。但荀柳明白，無法真的擺脫，即便他們不在京城，此舉必定還牽連著更大的布局。

這讓她有些心疼，此刻軒轅澈必定負擔頗大，這個時候還能陪她去洪村，是故意不想讓她擔心吧？

一路上耳目眾多，她跟軒轅澈幾乎見不著面，除非是藉著顏玉清，才能偶爾說上幾句話，但也是無意義的故作客套罷了。

如此過了數日，他們終於到了青州境內，不到兩日便會到達積雲山下。因為附近山林居多，少有人煙，軒轅澈便下令，讓隊伍在山中紮營休息一晚，明日一早再繼續出發。

荀柳終於能離開馬車，落地歇息一會兒。她剛想坐在石頭上，便有人來阻止了。

「郡主乃是千金之軀，舉止怎可如此粗俗？」賞春皺著眉，指揮身後的忍冬。「快去替郡主搬凳子來。」

荀柳面色一黑，乾脆起身。「算了，我站一會兒。」

但現在已是三月，天氣開始慢慢轉熱，尤其青州的天氣偏熱，在馬車裡不動作還好，出來走走，便覺得全身是汗。

「笑笑，去替我拿一身男裝過來，這衣服太累贅了。」

「是，姑娘。」

「郡主不可！」這時候，賞春又走上前阻止。「郡主雖是在外，但禮不可廢，尤其是行裝打扮，更是不可有一絲缺漏，讓奴婢們替您去挑吧。還有……」

她說著，看向莫笑。「姑娘的稱呼早該改改，當稱郡主才是。莫姑娘跟著郡主的時日也不短了，怎連起碼的規矩都不懂？」

這句話一出，鎮定如莫笑，也忍不住黑了臉。

荀柳嘆口氣，看著眼前四個嬌滴滴的丫鬟，真是想吐槽都沒地方吐。

「我竟不知，什麼時候主子的行為也要聽奴婢們的吩咐了？莫笑是我替阿姊挑選的人，妳們有何異議？」

荀柳轉身看去，見軒轅澈正帶著莫離站在她身後，那雙鳳眸仍舊笑著，卻叫人感覺到莫名的震懾和寒氣。

顏玉清正在接金武遞來的水袋，見狀也饒有興致地挑了挑眉。

賞春四人聞言，立即惶恐地低下頭。即便是不受寵的皇子，還是皇子，隨便一句話，也能要了她們的命。

「不敢，是奴婢們踰矩了，還請二皇子和郡主恕罪。」

「這裡不需要妳們伺候了，都下去吧。」

賞春四人互看一眼，不敢反駁，點頭應了一聲，退了下去。

荀柳不禁想，對付這樣的人，果真還是需要地位高、氣勢強的人才行。

「阿姊在想什麼？」

荀柳回神，搖了搖頭。「沒什麼。你過來做什麼？」

軒轅澈微微一笑，往她身後看去。

苟柳跟著轉過身，只見身後不遠處的隨從，正在從馬車上卸東西。

她仔細一看，忽然一愣，那不是地瓜嗎？

她轉過頭，見軒轅澈笑得愉悅。「阿姊可還想吃烤地瓜？」

「地瓜是什麼？」顏玉清也帶著金武湊上來。「好吃嗎？」

苟柳不禁笑道：「妳吃了便知道了。正好人多，今晚便吃地瓜吧，我來負責烤。」

第九十一章

這頭荀柳等人架起了篝火，正玩得開心，千里之外的泰明宮卻是另一番景象。

啪！藥碗被打碎在地，惠帝撐起身子，蒼白枯瘦的臉上滿是怒氣。

「這藥足足喝了幾個月，朕的身子卻一點不見好，廢物，廢物！咳咳……」

「皇上，您先息怒。」何公公上前扶起他，趕緊吩咐身後的宮人將地上收拾好，再去熬一碗過來。

「朕不喝！都給朕滾出去！」

宮人們戰戰兢兢，一時不知如何做才好。

何公公見狀，對他們使了個眼色，讓他們都退出去，宮人們這才如臨大赦一般，趕緊往殿外退去。

待宮人走後，何守義這才溫言去勸惠帝。到底是熟知主子脾氣的老人，只幾句話，惠帝的心情便穩定下來，又躺回龍床上。

惠帝雙目瞪著床上的帷幔。或許是大病未癒，平日再強硬的人，也生出頹廢之感。

「朕潛心求道，竟連一絲先機也沒窺到？長生不老？呵……」

他冷笑一聲，又撐起身子，將枕頭砸在地上。「傳朕的口諭，將邱老道問斬！」

惠帝話音剛落，面色忽然憋得青紫，掀開被子往地上一吐，竟嘔出一口黑血。

「皇上！」何公公大驚失色，上前扶起他，用帕子擦去他嘴角的血漬。「奴才這便請太醫和皇后娘娘過來。」

然而，他還沒動作，手便被惠帝抓住。

「不，讓宮人繼續熬藥，裝作與平日一般。」

他仍舊是不甘心，即便要撐到最後一刻，也不願就這般輕易放棄好不容易掙來的東西，不能讓外人得知他已病入膏肓。

「皇上……」何公公老淚縱橫，衝著他重重跪下。「奴才知道，有些話您定不願聽，但奴才自小看著皇上長大，看著皇上這般，心中不忍。今日就算是皇上要殺了奴才，奴才也要將心裡話吐個明白。」

何公公說著，又重重磕了個頭。

「自從邱老道來了之後，皇上醉心求道，服用他研製的所謂仙藥，身子便越發不如從前。以往奴才知道您心有所求，所以一直忍住未說，如今已到了這個關頭，奴才不得不懷疑，您的病，跟那仙藥有關係，只是不知他用了什麼法子，連太醫院的人也診不出個所以然。」

惠帝靠在床側，瞇了瞇眼。「你的意思是……」

若邱老道真有問題，那背後牽扯的人……

何公公又重重磕了個頭。「就當是奴才為了皇上直言一回，懇求您再請大夫診治。」

「說得倒是容易，太醫院都診不出的病，朕找何人醫治？」惠帝頹唐地道了一句。

「奴才知道有個人。」何公公忙擦了擦眼淚。「皇上可聽過游夫子？」

惠帝眼中乍亮，扭頭看他。「那個貪財的民間神醫？」

「對，奴才從一個月前便開始私下打聽，聽說他近日剛到京城，為一戶豪紳治病，不如請他來看一看。若是不成，斬殺便是；若真的有效，那可是天大的幸運啊。」

這句話說到了惠帝心眼裡。

惠帝斂下目光，沈思片刻，道：「明日你親自出宮去尋人。記住，此事不可張揚，尤其是皇后那邊，可明白？」

「奴才明白。」何公公抹了抹淚，像是終於放下心一般。

惠帝看著他，溫和道：「起來吧，這宮裡也就你能設身處地為朕著想了。等此事辦妥後，重重有賞。」

何公公寬慰地笑了笑。「皇上的身子若能好轉，便是對奴才最大的恩賜了。」

是夜，皇宮僻靜的走廊內，兩道身影正往泰明宮趕去。

這時，前方的拐角處，忽然出現一列巡邏的禁衛軍。

兩道身影皆是頓了頓，前一人對後一人小聲道：「莫慌，繼續往前走。」

後面的人穩了穩腳步，繼續跟著他徐徐往前。正要與禁衛軍擦身而過時，帶頭的禁衛軍隊長忽然停下步伐，看了過來。

「何公公？」

兩道身影立即停步，走在前面的何公公轉過臉，從容笑道：「原來是張衛尉。許久不見，張衛尉可安好？」

「宮中太平，張某自然安好。」隊長掃了他身後的人一眼。「何公公身後這人，似乎是個生面孔？」

何守義依舊從容不迫。「這是負責雜役的宮人，一般不可隨意走動，張衛尉未見過，也是正常，我準備帶他去搬些東西的。」

「哦？」隊長又掃了他身後的人幾眼，又想再問，但前方不遠處忽然傳來一道女子驚呼聲，他目光一凜，帶人趕過去。

見禁衛軍被人引走，何公公不敢耽擱，立即帶人離開這裡。

另一邊，隊長帶人到了聲音發出的地方，只見一個老嬤嬤跌坐在地上，身旁是一碗灑了的湯水。

「這可怎麼辦？都怪我這老胳膊老腿的，竟把焦美人的湯灑了……」

隊長見周圍沒什麼危險，便冷漠地帶著人繞道離開。

等他們走後，老嬤嬤才收起驚慌表情，慢慢起身，朝著方才何公公帶人離開的方向，微微一笑。

這名老嬤嬤，正是崔梨花。

泰明宮裡，游夫子撤回搭在惠帝手腕上的手指，凝重撫鬚。

「確是中毒無疑，不過毒引著實少見，乃是數百年前南疆已覆滅的一小國所產，名為尾椎，是當地人從一種稀有毒蜂身上提煉而出。毒量少時，不會要人的命，但時日長了，便會讓中毒者內臟衰竭，似重病而亡。草民只在古籍中見過，難怪太醫院的太醫瞧不出來。」

惠帝雙眸微瞇。「就憑你一人之詞，要朕如何相信？」

「皇上，既然草民敢來，便是帶著必死的決心。這毒不好治，但草民願意試上一試。」

「好，你若真能治好朕，事後要多少金銀財寶都無妨。」

聽到金銀珠寶四個字，游夫子目光一亮，立即行禮。「謝皇上隆恩。」

一個時辰後，游夫子抹去額上的汗珠，小心翼翼地從惠帝後腦穴位拔出最後一根金針。

惠帝眉頭一皺，扶著床沿，往地上嘔出一大口黑血。

何公公見狀，上前衝著游夫子怒道：「皇上怎會如此？你到底是怎麼治的！」

他剛想喚宮人進來，卻被惠帝伸手阻攔。

「等等，朕覺得胸口通暢了許多。」

游夫子聞言，點了點頭，退開一步。「皇上身上的毒，草民已經用金針術消去一小部分，要完全解除，還需再施針幾次才行，但此時龍體負荷過大，這兩日不宜再動用此術。草民稍後開幾張藥方，請皇上服下，過兩日草民再過來替皇上解毒。」

惠帝見此術有效，臉色好看許多，待游夫子寫下藥方後，便命何公公送他出宮。

何公公回來之後，卻見惠帝仍舊坐在榻上，滿臉陰鬱。

「看來，這幾年一直有人鑽了朕的空子。」他冷笑一聲。「明日一早，你親自去傳皇后過來，就說朕想和她一起用早膳了。那邱老道，便先留著吧。」

何公公一愣，恭敬應下。「是。」

兩日後，荀柳一行人終於抵達積雲山，這才知道，軒轅澈在此處也有別莊，雖然不大，但很精緻舒服。

別莊裡大都是熟面孔，其中便有她當初在碎葉城見過的「鄰居」們。而護送的王軍在抵達青州之後，將護衛工作移交給當地的軍營，便回京了。

當地軍營便好處理了，自從青州官員被大批撤換之後，賀子良乘機安插進不少新黨中人，所以比起京城，青州反而成了最安全的地方。

沒了束縛跟遍布的眼線，果然舒坦多了，荀柳也不再端著那些郡主的規矩，直接換上最輕便的衣服，甩開四個丫鬟，和莫笑在別莊裡走走逛逛。

但四個丫鬟卻是敬業過了頭，每次沒等她玩盡興，就會被她們找到，真是煩不勝煩。

「姑娘，不如我去引開她們，多少得讓她們吃點苦頭。」莫笑也快忍到極點了，這語氣聽起來像是要砍人似的。

荀柳嘆了口氣，正想說話，卻有人比她先開口。「不必忍，動手吧。」

她轉過頭，軒轅澈正站在她身後，滿臉溫柔笑意，但目光在掃到遠處正四處尋人的四個丫鬟時，眸子裡卻透著透心的涼。

莫笑聞言，眸中也掠過一絲殺意，微微扯了扯唇，抱拳應下。「是。」離開假山，滿臉笑容地朝賞春等人走去。

荀柳愣愣看著，不知莫笑對她們說了什麼，她們竟乖乖跟著她離開了這裡。

「動手……是什麼意思？」

軒轅澈走近，牽起她的手，拉著她往前走去。

「阿姊可是忘了，我答應過妳什麼？」

荀柳有些遲疑地說：「回洪村？」

她被拉到別莊大門口，莫離正牽了兩匹馬等著。

「等等，現在就出發？這也太快了些，顏玉清跟三哥他們呢？」

她說話時，軒轅澈扶著她的腰，讓她上了馬。「他們自有去處，我們還是莫要去打擾比較好。」

荀柳想想也是，這個時候，三哥怕是巴不得他們離開吧。

她打量一身平民打扮的軒轅澈，有些無語。「怪不得你穿成這樣，原來早打算好了。」

軒轅澈翻身上馬，對她溫柔一笑。「待會兒要經過鬧市，不能像阿姊期待那般，同騎一馬了。」

「誰期待啊！」荀柳紅著臉吼道。

話是這麼說，但真到了無人行走的山間小路，她到底還是沒能抵擋過某人的請求，偎進某人懷裡。

兩人同騎一馬，牽著另一匹馬，直到黃昏，才慢悠悠到了洪村。

苗翠蘭見荀柳回來，十分驚喜，忙拉著她問東問西。

荀柳知道她突然失蹤，肯定給村裡帶來了不小的恐慌，便扯謊說她之前是離家出走，上次是被家裡人找到，強行帶了回去，才未來得及跟他們說一聲。

幸好洪村村民老實單純，聽到這樣的解釋，倒也沒覺得不對勁，又對她帶來的陌生少年起了莫大的興致。

因為軒轅澈身分特殊，雖然洪村人鮮少下山，但為了以防萬一，荀柳還是逼他簡單易了容。但即便顏值降低不少，他那一身卓越非凡的氣質，也讓人無法忽視，幾乎是一進村，便引來無數未出閣少女害羞且愛慕的目光。

「阿柳，這位是誰啊？」苗翠蘭也被眼前少年晃了晃眼，立即懷著八卦之心，將荀柳扯到了一旁。

荀柳也沒想好要怎麼解釋，往後掃了一眼，見周圍不少熱切的目光盯著她，似乎都在等她的回答，忍不住冒汗。

看來，還是當姊弟比較好吧，不然她很可能會被這些嫉妒的眼神活活吞了。

「啊，他是我的……」

「我是阿柳的夫君。」

她的話還沒說完，便覺得胳膊被人一拽，落到了某人懷裡。

等等，剛才他說了什麼來著？

荀柳呆滯地抬頭，發現罪魁禍首正笑咪咪地迎接周圍或震驚，或羨慕，或嫉妒的目光。

「之前阿柳便是因為逃避與我的親事，才來了這裡。不過這都怪我……」

軒轅澈說著，溫柔而專注地凝視懷中的女子。

「是我未考慮到她的想法，硬逼著她接受我，才變成這樣。前段時日，我們已經在家中成親，她是我的娘子了。這次回來，是想向你們道謝，多謝各位之前對我娘子的照顧。」

此言一出，眾人皆發出豔羨的驚呼聲。

村長洪大慶上前笑道：「原來是這樣，不過沒什麼可謝的，我們洪村也承了荀姑娘不少人情呢。」

苗翠蘭聞言，卻神色怪異，等他們準備告辭時，又將荀柳拉到一旁。

「阿柳，妳忘了那個穆川了？妳夫君應該不知道妳和他的事情吧？」

「啊，怎麼說呢，他也算是知道吧……」因為本來就是一個人啊！

苗翠蘭聞言，表情更怪異了，像是第一次才認識荀柳似的。

「行啊，阿柳，我還擔心妳這輩子找不到好男人呢，沒想到居然能搭上對妳這麼死心塌地的。也好，妳這個夫君，比那土匪要強多了。」

苗翠蘭像是真的替她鬆了口氣似的，不禁讓荀柳有些感動。雖然她們才認識幾個月，但苗翠蘭卻是真心為她好呢。

「對了。」苗翠蘭又道：「妳的那些小畜牲們，還養在我這裡。當初妳失蹤之後，我怕牠們餓死，便帶回來一起養著。現在妳回來了，就把牠們帶走吧。」

於是，荀柳和軒轅澈便牽著一頭肥豬、兩隻雞和三條狼狗，一起回到了木屋。

雖然走了將近半年，但小院子卻沒什麼變化。

只是，她種在院子裡的花草和蔬菜都枯萎了。沒人打掃，又逢春天到來，院子裡長了不少雜草，但那棵桃樹卻依然鮮活，因為正值花季，此時開得爛漫。

荀柳想起一事，瞪著軒轅澈。「我聽笑笑說，你把我們種的桃樹砍了，是不是真的？」

軒轅澈挑眉。「阿姊以為，我會養阿姊不要的東西？」

「誰說我不要了！」荀柳氣道：「我養了它五年多，好不容易才長那麼大！」

軒轅澈好笑地看著她，攬住她的細腰，刮了刮她因為生氣瞪眼，高高捲起的睫毛，柔聲哄著。

「那我再賠阿姊一棵可好？就與這棵成雙作對，阿姊想養多久都可以。」

荀柳紅了紅臉，等他的臉慢慢接近時，忽然一把推開。

「對了！」

她噔噔噔跑到當初藏銀票和金簪的地方，費力扒開，果然見瓷罐子完好無損，小心翼翼打開，拿出那根鳳釵和銀票，高興地走向她身後的軒轅澈。

「小風，你看，我還有家底。這是你送我的鳳釵，還記得嗎？」

軒轅澈寵溺地看著她忙來忙去，見她捧著鳳釵，對他笑得跟孩子一般，手便撫上她的側臉，嗓音更是溫柔至極。

「妳可知，我為何送妳鳳釵？」

荀柳懵懂地搖搖頭。

他這才淺淺笑道：「這是舅舅當年送我母妃的慶婚禮，母妃是他此世最珍愛之人，兩人卻無緣相愛。母妃曾對我說，她這一世所愛非人，若有重來一次的機會，必不會再入宮。

「阿姊，這鳳釵是我對妳的承諾，如舅舅之心。若妳願意，我不會再讓妳重蹈母妃覆撤，一生一世珍之愛之。」

清風徐來，揚起少年鬢髮衣角，鳳眸裡的認真與珍視，讓荀柳的心臟忍不住撲通撲通狂跳著。

她慢慢站起身，帶著無與倫比的歡喜，撲進他懷裡，半晌才哽咽道：「我答應你，這一輩子，我都會陪在你身邊。」

軒轅澈攬住她的肩膀無聲笑著，兩人的身影在夕陽下越拉越長，三隻半大的小狼狗圍著三人歡喜地打轉。

幸福，不過如此。

比起兩人的悠閒愜意，京城的氣氛，可就不是那麼令人愉悅了。

太子攝政後，惠帝幾乎不再插手朝事。太子獨斷專橫，一掌權便排擠異黨，鬧得滿朝腥風血雨，人人自危，唯獨蕭黨春風得意。

這一來，也攪和得京城百姓也不得安寧。

原本奪嫡之事跟平民百姓沒什麼關係，孰料太子專橫也就罷了，一上位便急著要政績，招兵買馬，加徵稅收，準備全力進擊昌國。

嶙州重創，後來兩國好不容易結盟，才有了喘息時間。

因為昌國暗中挑撥西瓊之事，去年惠帝發過幾次兵，但只是威嚇而已。年前兩邊僵持不下，昌國主動割了幾座城池，這才暫時停戰。

但太子不知怎麼想的，居然不顧百姓死活嗎？

一時間，市井盡是恐慌，生怕徵兵徵到自家。平日熱鬧繁華的京城大街上，竟遇不到幾個帶著笑臉的人。

太子卻對此絲毫不覺，隨著惠帝身子越差，他越變本加厲，似乎打算直接登基。

事實上，也沒人敢質疑。如今皇家子弟中，可不只有他是鐵定的未來君王了。

第九十二章

然而，眾人不知道的是，此時的惠帝怕已不同往日。

這半個月以來，本來極愛面子，不容許任何人探望的惠帝，竟日日要蕭皇后作陪服侍，兩人似是比以往更恩愛幾分。

蕭嵐倒也樂意這般陪著，不為別的，正是為了兒子馬上就要到手的皇位。

這一日，她照例起早來伺候惠帝用膳，用膳之後，又陪著他在御花園裡散步。

「皇上，我們到亭子裡歇息一下吧？」

惠帝點點頭。「好。」

到了亭內，惠帝拍了拍身旁最近的位置道：「妳坐這裡。」

蕭嵐順從地坐過去，卻被惠帝抓住手，詫異地看他。

惠帝雖握著她的手，目光卻是望向亭外的湖泊。

蕭嵐愣了愣，笑道：「皇上近日對妾身親近不少呢。」

這樣親暱的對待，還是她當上皇后之前才有過的。那時她寵冠後宮，但畢竟每年新人換舊人，陪在他身旁的美人從未間斷。若說他愛她，不如說她最懂得投他所好，因此得到一些旁人得不到的信任罷了。

「是嗎？」惠帝慢慢轉過頭看她，眼裡竟帶著些眷戀和疼寵。「也許是時日無多，朕總想和身側最親近之人多待一會兒。近日來，朕才發現，這些年竟虧待皇后不少。」

蕭嵐心念一動，有些失神。

對啊，曾幾何時，她也是個剛踏入深宮，對枕側之人抱以希望和愛情的女人……

但這個念頭僅僅只是一閃而過，她又揚起最完美的笑容，回道：「皇上能對妾身說這句話，妾身便心滿意足了。」

然而，她這副表情落到惠帝眼中，卻讓他微微瞇眼，但瞬間後又恢復了神情，揉了揉她的指尖。

「昊兒大了，朕也厭倦了宮裡的日子，不如等朕讓了位，皇后陪我放棄這些榮華富貴，去民間做一對平凡夫妻如何？」

蕭嵐一愣，不知該如何應答。

當她想好措詞，準備開口時，惠帝卻先一步笑道：「不怪皇后猶豫，畢竟昊兒心性未穩，總是需要人看顧。」

這話像是給了蕭嵐一個臺階下，立即順著話說道：「是啊，昊兒年紀還輕，需要皇上在旁指點呢。」

不知為何，她總覺得這個話題結束後的氣氛，莫名有些沈悶。

坐了一會兒後，惠帝慢慢起身，鬆開了蕭嵐的手。

蕭嵐見狀，忙想跟著站起來，卻被惠帝揮手阻攔。

「皇后替朕餵餵魚吧，朕有些累了。這幾日辛苦皇后，明日起，晚些過來吧。」

等在亭外的何公公走過來，扶著惠帝慢慢離開。

惠帝的陰晴不定，蕭嵐不是第一次見識了。往常她費心猜度，也能猜個七、八分，但今日總覺得有些莫名其妙，不知惠帝到底是高興，還是不高興。

說他冷淡，這幾日確實比往常體恤她許多，或許是重病纏身，脾氣來得快罷了，至少還願意讓她每日陪著。

她想了想，也沒當一回事，竟真的重新坐下，餵起魚來。

東宮，太子寢殿。

軒轅昊看著底下一干心腹大臣，面色不悅。「聽說，朝中還有不少人在議論我決定出兵之事？」

底下的人面面相覷，其中一人走上前道：「殿下，微臣聽聞確有此事，但多是那些新黨的毛頭小子，不足掛齒。」

「呵，是嗎？」軒轅昊冷笑一聲。「我還聽說民間也起了不少謠言，可是真的？」

那人語塞，眼珠子一轉，連忙恭敬道：「殿下，百姓多喜歡搬弄是非，下官已經派人暗中查探，一旦發現背後煽風點火之人，先殺幾個，屆時他們便不敢再多說什麼。」

「不必。」軒轅昊懶洋洋地換了姿勢，支著下巴，眸底露出一絲狠戾。「他們既然喜歡嚼舌根，想必是平日裡閒著了。既然如此，徵兵便先從這些人家開始吧，也好為國出一份力。若誰敢抗議，再殺不遲。」

他說著，漫不經心地一笑。「這每一條人命都珍貴得很呢，萬不可隨意浪費了。」

最後一句話，讓底下的人同時打了個哆嗦，唯有方才說話的那名文官笑著回話。

「殿下說得是。殿下登基之日指日可待，我泱泱大漢又是中原腹地，昌國、西瓊等小國理應臣服，此舉必會一統三國，名留千史。」

「哦？」軒轅澈勾唇，愉悅一笑。「你倒是會說話。」

那人得了讚揚，胸膛挺得更高了些。「微臣所言，句句屬實。若叫微臣說，就算此時對殿下直呼萬歲，也並無不妥。」

這句話似乎取悅了軒轅昊，他揚唇一笑，竟未反駁。

「這稱呼倒是不錯，往後私下便這般叫吧。」

文官聞言，臉上欣喜之色越濃，就著發兵昌國的事情，又討論了起來。

後頭的談話，站在內殿門外的惠帝絲毫不想再聽下去，冷著臉轉身，衝身後的何公公揮了揮手。

何公公微微點頭，看向正捂著守門宮人嘴巴的兩名侍衛，做了個處理乾淨的手勢，見兩名侍衛點頭，才跟著惠帝離開。

從東宮到泰明宮不遠，但惠帝卻故意繞了僻靜小路行走。

一路上，何公公跟在惠帝身後，一句話也不敢說。因為他知道，此時的惠帝心中震怒，極不喜歡聽任何人在他耳旁聒噪。

但今日的惠帝卻與平日不同，他走到一半，忽然停了下來。

「去請武寧侯過來，朕有幾件事要他暗中去辦。」

何公公立即應道：「是。」

他剛想離開，又有些猶豫。「可是，皇上一個人……」

惠帝擺了擺手。「朕自己走走，無須人跟著。」

何公公回來之後，卻未在泰明宮中看見惠帝的身影，招呼好武寧侯，便順著方才那條小路尋去，走到了一處已經荒廢的宮門口。

長春宮，當年寵冠後宮的雲貴妃居住之地，想當年無數宮人擠破頭也想進來的地方，如今卻早已人走茶涼，一片慘景。

無人知曉當年那場大火到底是如何發生的，即便後來惠帝將此罪強加到蕭朗身上，但他卻知道，這是惠帝心裡的結，彷彿非要為這場大火尋個緣由，才能心安。

雲貴妃死後，惠帝大怒，消沈了整整七日，大肆斬殺長春宮人。那幾日，是本來以為自已免於殃及的長春宮人的噩夢。

這般又過了幾日，惠帝似突然大發慈悲，下令終止斬殺，將所剩無幾的長春宮人貶到冷宮，為此蕭朗才能查到那名叫常安的太監。

而長春宮也被徹底封鎖起來，成了這偌大的皇宮裡，最令人避忌的地方。此刻，這座已經數年無人踏足過的宮殿，大門卻是開著的。

何公公走進宮門，穿過前殿，到了內殿之中。見惠帝果然站在那裡，正用手撫摸著床旁已經燒得半焦的梳妝檯。

梳妝檯上布滿灰塵，昔日照影之人，也早已香消玉殞。

何公公的目光閃了閃，輕聲道：「皇上，武寧侯已經在泰明宮中等候。」

武寧侯司徒廣是近幾年惠帝新提拔上來的武將新寵，為人忠義卻不迂腐，最重要的是他出身寒門，憑藉一身功績獲寵，與朝中各黨派界線清晰，幾無往來。

這些年，惠帝似乎更偏愛無黨派依附的新臣，似乎在有意防備些什麼。

惠帝未起身，影子被透過窗戶的夕陽拉長，竟顯得有幾分寂寥。

許久後，才聽他的聲音沙啞響起。「朕記得，昔日也曾問過她同樣的話。」

那時，他還只是皇子，因母妃不答應聘她為正妃，他便使了性子，趁夜將她從家中帶出來，問她可願放棄一切榮華富貴，與他做一對平凡夫妻？

她淺淺一笑，只應了一句。「君安處，便是妾安處。」

輾轉數載，負了這句話的人，反而是他。

「皇上……」何公公勸道：「貴妃娘娘在天之靈，定不希望您為她感傷的。」

「是嗎？」

惠帝自嘲地笑了一聲，轉身朝外走去，但沒走幾步，又頓了頓。

「澈兒這孩子，自小便重情重義，心性倔強，想來監斬那事，確實難為了他。過幾日，你差幾個人去青州看看，便在那裡等信吧。」

等信？難不成二皇子的處境還有轉圜的餘地？

何公公心中詫異，但面上沒表露半分，很恭敬地應了一聲，便隨著惠帝走出去。

荀柳與軒轅澈收到來自京城的暗部密信時，已經是將近一月之後。

正值四月好時節，山花競相開放，兩人白日便餵餵雞、逗逗狗，再種點花草蔬菜。本來簡單的小木屋裡，也添置了不少東西。

院中那棵矮小的桃樹旁，也多了另一棵高大的同伴。兩棵樹極像是一對相互依偎的情人，每每叫荀柳看見，便心中歡喜。

「阿姊如何才會答應改掉牠們的名字？」

飯後，軒轅澈坐在院子裡，笑著逗弄三隻小狼狗的下巴。

荀柳正在幫剛破土不久的小菜苗澆水，聞言忍不住嘆了口氣。

「你怎麼還記掛著這件事？我不是跟你解釋了，那名字只是巧合嘛。」其實是她覺得好玩，才沒改掉。

「哦，巧合啊。」軒轅澈起身，走到她身旁，看著旁邊正在滿地找蟲子吃的老母雞，勾唇道：「我看這雞倒是挺可愛的，不如以後便叫牠阿柳吧。」

荀柳一愣，還沒反應過來，便又見他朝著豬圈走去，饒有興致地說：「這豬圓滾滾的，倒也不錯，以後便叫小荀。」

荀柳氣得丟下水壺，跑到他跟前，捏起他的臉頰，故作凶狠道：「你敢罵我是母豬?!」

然而這點力氣對某人來說，根本算不上什麼，倒是惹得他低聲笑了許久，才扯下她的手腕，將她摟在懷裡蹭了蹭。

「那阿姊改不改？」

「改，我改還不行嘛。」荀柳將臉埋在他衣襟裡，悶悶道。

兩人膩在一起，院外傳來一道極為刻意的咳嗽聲，驚得荀柳掙開，尷尬地站遠了些。

莫離站在門口，一臉欲言又止，又生怕打擾的表情。

「是莫離啊，進來坐吧。」

荀柳紅著臉去廚房裡燒水倒茶，這殷勤讓莫離一愣。

姑娘害起羞來……這麼客氣的嗎？

軒轅澈一臉從容，見她的反應，嘴角的笑意更深了些，問莫離。「何事？」

莫離正了正臉色。「公子，京城那邊傳來消息，一切如公子所料。只是……」

「怎麼了？」

「暗部前幾日收到來自昌國的消息，是之前安插進昌國王宮裡，負責與重芳姑娘接洽的人遞出來的……」

荀柳端著沏好的茶走出來，卻見莫離已經離開，院中只剩下軒轅澈坐在凳子上，不知在想什麼。

她走過去，將茶水放在木桌上，跟著坐下。

「怎麼了？可是京城又有了什麼動靜？」

軒轅澈搖頭。「不是，是重芳那邊來了消息。」

「重芳？」

荀柳當然記得這個名字，當初她能順利逃出昌王的控制，便是多虧了重芳。

後來，她聽軒轅澈口中得知，原來重芳是前西瓊太子顏修寒從小養在身旁的丫鬟。

說來也是唏噓，顏修寒看似輕浮凶狠，沒想到兒時竟也善良過，重芳便是他從西瓊的難民窟裡撿回來的，自小待她親如妹妹。

重芳為人重情義，為了顏修寒，甘願報在西瓊異人門下，學了學音學步的技藝。不想還沒來得及替主子效命，就得知了主子的死訊。

當時重芳對她說的那句「我和他之間有筆血帳要算」，指的應當就是顏修寒被昌王所殺的事吧。

只是，她卻不知，重芳能傳來什麼樣的消息？

自從上次經歷昌王將她綁走的事情之後，軒轅澈再也不允許她參與任何危險之事，所以她演假荀柳的事情，便由著暗部的人接手。實際上，就是順藤摸瓜控制了昌王在京城布下的暗哨，負責向昌國傳遞假消息。

之前重芳曾說過，會幫他們搜集有用的消息，但快半年來，卻未主動聯繫過他們，這還是第一次主動傳信呢。

軒轅澈點了點頭，抬頭看她，眸光裡多了抹凝重。

「阿姊，韓軍在昌王手上。」

韓軍……荀柳思索半晌，忽然渾身一震。

雲峰麾下玄武將軍韓軍?!

她的聲音忍不住大了些。「他怎會在昌國？」

據她所知，這些年軒轅澈也一直在找這個人。這麼多年過去，只知當初董長青拿到了韓軍親筆寫的訴狀後，韓軍便不知去向。

他們曾猜測，韓軍應當是難忍酷刑，向董長青倒戈。雲峰死後，他沒了用處，董長青也許早就將他殺了。

但她萬萬沒想到，韓軍居然會在昌王手裡！

「當年那三萬將士中，只留下韓軍一個活口。董長青本欲在利用完他之後，把他殺了，卻被昌王所救。重芳信上說，自那以後，韓軍一直被扣押在昌國，成了王宮裡最下等的僕人。昌王似是想故意留下這個最大的把柄，用來挾制蕭黨，所以自鐵礦之事後，蕭黨暗中搜刮的民脂民膏，依然留有昌王一杯羹。」

荀柳恍然大悟。「怪不得經歷這麼多年的戰亂，昌王還有錢招兵買馬；怪不得蕭黨急著讓太子繼位，想必也怕當年之事敗露，反而落得一敗塗地的下場。」

她想了想又目光一亮。「那如果我們能將韓軍救出來……」

軒轅澈輕輕點頭，但臉上的神色卻未歡喜幾分。「比起這些，我更想知道，當年在狼牙山上，到底發生了什麼事。」

是啊……荀柳心中微酸。

當年那個戰功赫赫的雲大將軍，到底發生了什麼事？如今親歷者只剩兩個還好好活在世上，一個是董長青，已經取代雲峰的位置，靠著蕭黨在軍營中混得風生水起。另外一個便是韓軍，經過這麼多年，當年的玄武將軍，想必也早已變了模樣吧？

但無論如何，此人是救定了。

泰明宮裡，惠帝靠在龍座上，看著底下的武寧侯司徒廣。

「青州案果真跟太子有關？」

武寧侯神色猶豫，半晌不敢說話。

惠帝瞇了瞇眼。「朕叫你來，不是叫你裝啞巴的，實話實說。」

武寧侯抱拳道：「是。就微臣所查，青州的官員確實與太子往來密切，不過微臣不敢妄加斷定，畢竟此事經由蕭相爺處理，很多證據已然不足。」

「好啊，很好。」惠帝直了直身子，神色看不出喜怒。「其他的呢？」

武寧侯如實道：「那邱老道的嘴巴倒是挺嚴實，但微臣費了一番功夫，尋到他的老家，如今他的子孫皆在微臣手上，這才說出實話。他根本不是道士，不過招搖撞騙，投人所好倒是很有一套。只是那名為尾椎的毒……」

「繼續說。」

武寧侯低下頭，語氣小心翼翼。「他似乎並不知道那毒到底叫什麼名字，說是有人背後交代的，往下卻不敢多說了，即便是拿他孫兒威脅，他仍舊閉口不言，微臣便暫時放了他，讓他如常行動，並在他身側安插了兩名暗衛。」

話是這樣說，但隨著這段時日惠帝的氣色越來越好，其中陰謀和陰謀背後的操縱者已經昭然若揭，若不是他親眼所見，怕是也不會知道惠帝原來竟是中了毒。

不過現在只有他與何公公知曉此事，對外惠帝依然裝病，絲毫未管朝中之事，似是故意做出太子已經大權在握的假象。

看來，太子還是高興得太早了。

武寧侯心中這樣想，面上卻不敢表露出一絲情緒，許久才聽惠帝緩緩出聲。

「你做得很好，先下去吧。何守義，傳賀子良進殿。」

何公公應了一聲，帶著司徒廣，走出了殿門。

賀子良正等在殿門外，見司徒廣出來，立即上前搭話。

「欸，武寧侯，能否透露皇上究竟有何事召你我進宮，也讓老夫有個準備？」

武寧侯剛應付完上司，渾身輕鬆的同時，也不忘賊賊地笑了幾聲，拍拍賀子良的肩膀。

「這個啊……還是賀大人自行體會吧。」

何公公在一旁笑了笑。「賀大人還是如此幽默。賀大人莫急，這便輪到您了，請吧。」

第九十三章

進殿見到惠帝之後，賀子良恭恭敬敬行了個禮。

「吾皇萬歲萬歲萬萬歲。」

惠帝微微抬眼。「賀愛卿，聽說近日來你一直告假不上朝，可朕見你的氣色，倒是好得很。」

一提起這件事，賀子良臉上的表情就變了變，但依舊坦然。

「回稟皇上，微臣身子無恙，但得了心病。」

「哦？」惠帝饒有興致地看著他。「可是為了太子發兵討伐昌國之事？憑你的氣性，應當在朝上直言勸諫才是，為何這般？」

賀子良微微一笑，目光卻像是孩子賭氣一般。「回皇上，微臣勸過，可太子行事果斷，微臣的話似乎不管用。」

這句話逗得惠帝忍不住笑出聲。「看來你心中有怨，為何不來告訴朕？」

他說著，眼中幽幽泛起了光。「或許朕一句話，便撤了這個太子也不一定。」

賀子良一愣，正了正色，行了禮。

「微臣不敢。太子是皇上挑的繼位者，如今正值血氣方剛的年紀，行事衝動了些，也是正常。再說了，即便微臣心中不滿，也只敢使使小性子，斷不敢有此般想法。」

「那二皇子呢？愛卿以為他和太子，誰更適合繼承皇位？朕要聽實話。」

惠帝緊盯著賀子良，似乎不想從他身上放過一絲一毫的表情破綻。

賀子良思索一會兒，開了口。

「既然皇上這樣問了，那微臣便大不敬，直言一回。太子從小跟您親近，受您管教最多，雖然現在衝動了些，但行事果斷，若有良臣輔佐，將來未必不能做一代明君。

「二皇子流落在外，小小年紀名動大漢，自然也有其出色之處。但微臣以為，他過於重情念舊，從監斬雲崢之事便能看出，他太執著於感情。這一點好也不好，對兄弟親人念舊，登基後必會善待他們。但若被有心人利用，也會釀成極大的禍患。」

他說著，嘆了口氣。「於微臣而言，無論誰繼位，恐怕都要廢一番心思輔佐。但微臣也有私心，若是太子繼位，微臣希望皇上能在此之前削一削蕭家的權勢，不然外戚強壓一頭，太子的未來怕是堪憂。」

惠帝打量賀子良許久，才慢慢收回目光，笑容溫和了許多。

「你這老東西，說來說去等於沒說，不過朝中怕是無人能比你這人精更會說話了。」

他說著，慢慢站了起來。「不過，有一句話你說得不錯，外戚勢強，本就是禍患。這些年來，朕竟忽略了這一點，才由得他們如此膽大妄為……」

賀子良見惠帝未如同傳言中那般已然病重起不了身，非常吃驚，但還沒等他出聲，卻又聽見惠帝慢條斯理地吩咐。

「賀愛卿，朕今日讓你來，是為了讓你替朕起草一道聖旨。」

賀子良微愣。「不知皇上想讓微臣寫什麼內容？」

惠帝目光一暗，語氣平平，出口的話卻驚人至極。

「廢太子。」

等賀子良從泰明宮中出來，已經是凌晨時分。

沒想到，惠帝居然會將宣讀聖旨的任務交給他。

臨走時，惠帝還說了一句話。「這道聖旨，你且先留著。這步走是不走，愛卿在家中等信吧。」

賀子良將聖旨藏於袖中，走出殿門不久後，碰見早起掃地的老嬤嬤。兩人錯身而過時，不經意交換了個眼神，從彼此眼中看到了一抹欣慰。

費心布了多年的局，終於快迎來結果了。

泰明宮中，惠帝少見的一夜未眠。

天色大亮後，蕭嵐比往日提早過來了。

何公公如往常一般，吩咐御膳房準備早膳，蕭嵐則明顯比往日要殷勤許多。

「皇上可有想吃的東西，不如中午妾身親自下廚吧？」蕭嵐服侍著「虛弱」的惠帝，從床上坐起來。

惠帝搖頭。「近日來，辛苦皇后了。既然妳有心，便隨意做些菜色吧。」隨後便再也未主動開口。

蕭嵐見狀，帶著些試探問道：「皇上，妾身聽宮人說，這幾日您頻頻召見武寧侯？」她暗暗打量惠帝的神色，見他並無異樣，似是任由她說，便繼續說下去。

「妾身是怕那些大臣們又因為一點小事讓您勞心。昊兒孝順，不想讓您太過勞累。」

「無事。」惠帝神色如常。「妳和昊兒不必如此擔憂，朕找武寧侯來，不過是想敘敘舊。人之將死，總會想起以前的事情來。」

蕭嵐神色一僵，不高興道：「皇上怎會這麼說？不過是一點小病而已。今日我看皇上的氣色便好多了，往後莫要這般嚇唬妾身。」

這話說得酷似真情實意，但不知是不是看膩了，落在惠帝耳裡，竟覺得再作假不過。不知往日他為何會以為眼前這女人對他死心塌地，以至於被她差點謀去性命，還不自知。

蕭嵐見他不再說話，氣氛莫名有些僵，剛想開口圓場，手腕卻被惠帝一把抓住了。

惠帝直直看向她。「皇后，朕問妳，從妳入宮以來，可曾有事欺瞞過朕？」

這話讓蕭嵐心中一震，莫名有些心虛，嘴角顫了顫，但很快便恢復從容，溫婉笑道：「怎麼會呢？妾身對皇上之心，天地可鑑。」

「是嗎？」惠帝諷刺地笑了一聲，像是累極一般，放開她的手。「朕累了，改日再吃皇后做的午膳吧。」

這句話明顯是在趕人了，這還是第一次，蕭嵐剛來，話沒說上兩句，就被趕了。

何公公正準備派人端早膳進來，正好聽到惠帝的話，恭敬地讓了路。

蕭嵐咬唇看了看床上背對她的惠帝，有些難堪，索性轉身退下。

到了殿外，她招來身側的心腹宮女道：「速去請爹爹過來，就說我有急事要見他。」

惠帝心思叵測，方才那話，定然不是隨意問的，難道是他近日發現了什麼？

自蕭嵐走後，何公公見惠帝心情不佳，便吩咐宮人將早膳擺好，讓他們都退出去。

「奴才服侍皇上用些早膳吧？」

惠帝仍舊看著裡側的龍床帳頂未動。

等何公公走近後，才聽到惠帝喃喃道了一句。「朕後悔了……」

傍晚，惠帝正半躺在榻上看古籍，何公公忽然匆匆走進來。

「皇上，今日果真有一名宮人，私自去見了邱老道。」

今早惠帝剛試探蕭嵐，下午下毒之人便收到消息，看來已經不需要多餘證據證明了。

惠帝神色未動，恍若聽見再平常不過的小事一般，慢條斯理道：「去給賀子良傳信吧。

另外，告訴武寧侯，朕賜予他的虎符，可隨他調配。」

「是，皇上。」

次日一早，多日未上朝的賀子良上了早朝。

文武百官並不覺得奇怪，太子繼位已經是板上釘釘的事，他一個文官，即便心中再不甘，也只能聽之任之。

但眾人沒想到的是，在太子挑選討伐昌國軍隊的將領時，賀子良忽然站了出來，打斷太子的話，不要命地自顧自上前。

奇怪的是，一向負責朝堂秩序的何公公竟也無半點異議，還跟他站在一起。

當賀子良從袖中掏出一道明晃晃的聖旨時，眾人才神色大驚。

惠帝不是已經多日未理朝政，怎麼突然下了聖旨？這聖旨裡的內容又是什麼？

賀子良不顧眾人驚詫和猜疑的目光，慢條斯理地打開聖旨，唸了起來。

「奉天承運皇帝，詔曰：皇后蕭嵐及其父蕭世安等人意圖造反篡位，朕已查實，自今日起廢太子，蕭家一脈罪處九族。念在皇后誕子有功，免其死罪，即日打入冷宮。欽此。」

賀子良還未唸完，滿朝譁然，太子軒轅昊更是不可置信。

「不可能，父皇怎會如此待我?!」

剛剛還在得意的蕭世安也站出來。「賀子良，我看想要造反的人是你！皇上怎會下這樣的聖旨？」

何公公道：「蕭相爺，這聖旨確實是皇上所下，我可以作證。怪只怪你人心不足蛇吞象，自個兒搬起石頭，砸了自個兒的腳。」

蕭世安一驚，不覺想到了邱老道，難道是……

不，昨日他才派人見過他，明明說是一切順利，只需要再加些藥量……

怎會這個時候出岔子？明明一切都要到手了！

他目光一狠，對周圍的心腹和賀子良身後的軒轅昊使眼色。

無論如何，就算今日逼宮，他也不能就這麼認輸！

軒轅昊收到外祖父的暗示，正準備起身，殿前殿後卻湧入一大批王軍，還沒等他動手，便押住了他。

「賀子良！」蕭世安滿目皆是不甘。

賀子良心情甚好地笑著撫了撫長鬚。

「蕭相爺，皇上早就料到你會狗急跳牆，提前命武寧侯帶著虎符，暗中調配王軍。今日早朝開始的第一刻，王軍便悄悄潛入宮中。可惜你聰明一世，糊塗一時啊，皇位還未到手，便步步皆是漏洞，何苦呢？」

「不，這是你們算準的，是你和軒轅澈的計策對不對?!」蕭世安赤紅著眼，憤恨道。

「哎，你說你，我剛教訓你幾句，你就跟瘋狗似的亂咬亂吠。人家二皇子遠在青州陪媳婦兒，跟這件事挨得上邊嗎？再說了，皇上問我話時，我還幫你們說了幾句好話，你這不識好人心的狗東西……」

賀子良語氣越是調侃，蕭世安的臉色便越加青黑幾分。

軒轅昊仍舊不信一直疼愛他的父皇會對他如此狠心，一直叫囂著要親眼見惠帝。但此時不同往日，任憑他再怎麼掙扎，也只有被禁終生的命了。

蕭嵐晚了兩刻鐘才收到被打入冷宮的聖旨，當即跌坐在地，喃喃念叨了幾句，便不管不顧的往泰明宮跑去。

何公公要命宮人去攔，卻見惠帝揮了揮手。「讓她進來。」

蕭嵐頂著哭紅的雙眼和亂糟糟的髮髻跪在惠帝面前，一抬頭看，惠帝哪裡像是命不久矣的樣子，狠狠一愣。

惠帝冷笑。「怎麼，見朕身子復原，不敢相信？還是對你們請來的假道士自信過甚？」

蕭嵐這才徹底明白是從哪裡露餡，此時再狡辯，已是晚了，乾脆哭著哀求。

「皇上，妾身錯了。但昊兒是無辜的，這些事情，他全然不知，心裡一直敬愛您啊！」

既然惠帝並未立刻要她的命，應是還念著舊情，只要軒轅昊沒被廢，她便還有走出冷宮的那一天。至於蕭家其他人，她有心無力，反正當年利用她進宮奪位的人也是他們，如今就算都死了，她也不欠他們什麼。

惠帝是何人，怎能猜不透她的這些小心思？要不是那日在東宮外聽到他的好兒子的所作所為，或許還真信了。

他無動於衷道：「蕭嵐，事到如今，妳還不肯說實話？」

「皇上，妾身說的句句屬實……」

蕭嵐哭得肝腸寸斷，話音未落，下巴忽然被惠帝捏住，狠狠抬起。

往日的枕邊人，如今表情冷漠至極。

「朕給過妳機會。可曾記得，那日朕問妳什麼？」

蕭嵐嘴角動了動，未發一言。

惠帝笑道：「朕問妳，可曾有事隱瞞朕？蕭嵐，朕至今才發現，妳的嘴裡鮮少有實話，往日那些夫妻恩愛，是否也是作戲演出來的？是蕭世安教妳的？」

他說完，狠狠甩開她，拿起桌子上的帕子擦了擦手，似是嫌她髒。

這個舉動落在蕭嵐眼裡，就像是拔出了她賴以希望的最後一根稻草。

她似瘋癲一般，仰面淒厲一笑，收起乞憐的姿態，站起身，嫵媚地理了理亂髮。已近四十的美人，風情猶在。

「皇上對妾身口誅筆伐，但可曾反省過自己的過錯？妾身入宮整整二十一年，唯一佩服過的女人，便是雲初霜。妾身尚會嫉妒，日復一日看著心愛之人每夜攬著新人入眠，就算表面上裝得再大度，心裡卻恨不得飲其血，啖其肉。時日長了，竟連愛是什麼都分不清，爭寵害人的手段卻日益見長。

「雲初霜卻與妾身不同，她愛便愛得純粹，恨也恨得純粹，到了痛苦難忍之時，也敢有付之一炬的勇氣。可無論是妾身今日之沈淪，還是她當日之死，論起罪過，卻都要算到皇上的頭上。」

她說著，慘笑一聲。「皇上可還記得，當年在蕭家對妾身說過什麼？」

惠帝怔然不語。

「皇上，妾身本無心入宮。可當年您明明有了她，卻為何還要向妾身承諾未來呢？」

蕭嵐定定看了惠帝半晌，似乎這一刻才終於拋卻戴了數十年的面具，露出千瘡百孔、潰爛不已的心來。

她踉蹌著腳步，轉身往宮外走去，喃喃自語。

「妾身後悔，當年若是糊裡糊塗嫁了表哥多好……」

蕭嵐走後，何公公進了殿，卻見惠帝坐在龍座上，滿目的疲累和淒然。

「皇上……」

「讓朕一個人靜靜……」

短短數日，榮寵一時的蕭家如同六年前的雲家一樣，樹倒猢猻散。廢太子、廢皇后、抄九族，真真是風水輪流轉。

聽說不可一世的蕭相爺在那日後，如瘋癲了一般，直到被送上斷頭臺時，還在唾罵惠帝昏庸，直至頭顱落地，臉上的不甘也未曾消失。

蕭家九族也如當初雲家下場一般，甚至更為淒慘，男丁均被押上斷頭臺，女眷則被發賣，烙上奴隸印記，這輩子再無任何指望。

廢后蕭嵐卻視若無睹，整日枯坐在冷宮之中，對任何人、任何事漠不關心，恍若一具無情無欲的木偶。

可惜，蒙冤受辱而死的雲峰等人並未親眼看到這一幕。軒轅澈也礙於大局，未能目睹。直到五月初，遠在青州之外的荀柳等人，才得知這個消息。

當她看到軒轅澈打開密信的那一刻時，她便知道，這來之不易的悠閒日子，要先告一段落了。

「阿姊……」

「我明白。」

荀柳不捨地看了這個平靜安寧的小院子一眼，片刻後便下了決心，轉身關上院門。

「我陪你回京。以後我們總有機會再回來的，是嗎？」

軒轅澈定定看著她，笑著點頭，向她伸出了手。

荀柳看著眼前那隻骨節分明的大手，燦爛笑著將手放上去，十指相扣走出去，遠遠地還能聽見兩人說話的聲音。

「你可要交代好留下的人，每日定時餵牠們吃飯。」
「好。」
「還有我的菜。等秋天回來，我還要吃的。」
「好……」

第九十四章

青州距京城不算遠，但與來時的悠閒不同，惠帝派了王軍來接人，要他們盡快趕回去。短短數日，他們便抵達了京城。

回京之後，荀柳還是朝陽郡主，賞春等人仍舊跟在她的身後。但只有她和莫笑、軒轅澈等人知道，這四人早已換了瓤子，實際上是暗部中人。

郡主府中還有惠帝的人，所以她暫時還不能完全解開束縛。

說起惠帝，也很奇怪，朝中蕭黨已散，蕭世安倒臺後，賀子良榮封丞相，還有司徒廣等有功之人，一併加官進爵，不少新黨的人被重新委以重任。

唯有軒轅澈仍舊未恢復職權，恍若惠帝叫他回來，僅是老爹想兒子了而已。

不過，惠帝對軒轅澈親切不少，每隔幾日便召他進宮談談心，似是因為蕭黨的事傷了心，要找另一個兒子來彌補感情似的。為此，他還尋了藉口，將大婚之日又往後推了半年。

雖然這不太符合帝王的一言九鼎，但西瓊王也不敢反駁，顏玉清更是巴不得往後延。

如此又過了大半個月，天氣越來越熱，惠帝因為有神醫游夫子在側，身子康健不少，看樣子似乎再撐個十年八年不是問題。

荀柳想，或許這就是他召軒轅澈回來，卻又不冊封的原因。比起讓權當甩手掌櫃，惠帝果然還是對皇位有執念的吧。

天氣熱，在府裡沒事做，荀柳只能滿腦子瞎猜。最近顏玉清忙著偷偷談戀愛，也鮮少來陪她扯淡了。

這一日，她卻等來了兩個許久不見的朋友。

「荀姊姊！」

「嬌兒，小心妳的身子……」

荀柳遠遠便看見一道緋紅色的嬌俏人影衝她撲過來，待看清了她的面容和她身後滿臉小心的男子後，臉上全是驚喜。

「嬌兒，牧謹言？你們怎麼會在這裡？」

雖然嫁了人，但王嬌兒還是一如既往的天真嬌憨，抱住了荀柳便不撒手。

「荀姊姊還問我呢，妳來了京城這麼久，也不去看看我們，難不成是將嬌兒忘了嗎？」

「我哪敢忘了妳這個小祖宗啊，之前境況不同，見了你們，等於是害了你們。來，讓我看看。」

荀柳拉開王嬌兒，仔細打量她的樣子。「嬌兒，妳圓潤了啊。」

王嬌兒本來可愛嬌氣的鵝蛋臉變成了圓臉，她身後的牧謹言好像也比上次見面時胖了。不過牧謹言本就清瘦，如此反倒更是丰神俊朗。

王嬌兒聞言，不高興地噘了噘紅唇，扭頭瞪自家夫君一眼。

牧謹言無奈笑道：「郡主不知，嬌兒已有四個月的身孕了。」

荀柳一驚，立即去看她的肚子，確實能看到一點點的凸起。

「這麼說，我馬上就有小外甥了？」

王嬌兒呵呵嬌笑幾聲。「荀姊姊可弄錯輩分了。妳現在是我的小姑，往後娃娃出生，妳就是姑奶奶了呢。」

荀柳語塞，她倒是忘了這個。

「還有。」王嬌兒興奮地挽著荀柳的手。「荀姊姊，我們往後就能天天見面了。」

「嗯？什麼意思？」

「我們買了郡主府對面的院子，雖然沒有郡主府的排場，但也算敞亮。再過幾日，便可以搬進去。」

「妳居然攢了這麼多私房錢？」她知道牧謹言肯定沒錢。

王嬌兒又噘嘴。「荀姊姊說什麼呢，這是我夫君掙來的，皇上賞了他不少金銀珠寶。」

荀柳滿頭問號。「我怎麼越聽越糊塗了？到底怎麼回事？」

王嬌兒比她更驚訝。「荀姊姊，妳不知道？夫君是今年的新科狀元呀！」

荀柳無言了，她還真不知道……

牧謹言笑著謙虛。「不過是乘了今年由賀大人監考的便利而已。不然若是蕭黨把控考場，怕是今年又會錯失良機。」

「那也是因為你有真才實學。不過，你不是打算去萬民坊，怎會重新參加科考？」

「我確實是如此打算……」

「因為賀大人覺得我夫君在萬民坊待著太過屈才，還是建議夫君繼續參加科考，我說得對不對？」

王嬌兒不甘寂寞地插話，牧謹言也無一絲不耐煩，只含笑看著妻子耍寶。

「行了。」荀柳帶他們進院子。「別站在這邊，進去坐下說吧。」

三人往裡面走，莫笑突然從院外走進來，荀柳正想叫她去準備茶水點心，莫笑卻一臉凝重，先一步開了口。

「姑娘，剛剛傳來消息，廢太子歿了。」

這話一出，三人均是一驚。

「死了？他是怎麼死的？」

「說是整日酗酒導致的。清晨下人敲門，便見他趴在滿桌的酒罈之間，早已斷了氣。」

荀柳許久沒回過神來，怎麼也沒想到，不可一世的軒轅昊會是這般下場。幾個月前，他還得意地坐在龍座之上，不日便要繼位成為大漢皇帝，但誰也沒料到，短短數月便發生如此劇變。

不知惠帝得知這個消息，又會怎麼想？畢竟是親生兒子，即便他再冷血無情，想必也會有幾分傷心吧？

此時，泰明宮中，軒轅澈正在陪惠帝下棋。

近日來，幾乎每天上完早朝後，惠帝都會召軒轅澈來待上一會兒，有時聊聊時政，有時便會像這樣，兩人對弈一局。

今日惠帝的心情還不錯，看著棋盤上密密麻麻的黑白棋子，忍不住笑道：「又是平局。你當真沒讓著朕？」

「沒有。」軒轅澈微微一笑。「兒臣能和成平局已是艱難，若能勝幾局就更好了。」

這話惹得惠帝笑了好幾聲。「以往對弈，旁人明著暗著都要讓著朕，倒是你這孩子，一點都不隱藏好勝心。」

他說著，又嘆一聲。「這樣才好，那些口不對心的讒言，朕已經聽膩了。」

他看著軒轅澈收回棋子，半晌又道：「澈兒，自從你回京後，朕一直未讓你歸朝，你心裡就沒有什麼想法？今日你可以大膽說實話。」

軒轅澈抬眸迎上他的目光，猶豫片刻，道：「兒臣相信父皇這麼做，有父皇的道理，但兒臣心中確實有一件事情，想請求父皇恩准。」

「什麼事？」

「父皇能否赦免雲崢之罪？」

空氣瞬間陷入凝滯，惠帝微瞇了瞇眼，看向眼前這個無論如何親近，都彷彿隔著一層膜似的兒子，半晌才略微沈下嗓音。

「你竟還在念著這件事。」

軒轅澈神色從容。「父皇，雲家之事發生時，雲崢還是孩童，數年來他從未想過要重提雲家之事，只想當個平凡人。您可還記得，母妃在世時，也十分疼愛他……」

「澈兒。」惠帝不悅地打斷他。「朕不希望再聽你提起任何關於雲家的事情。雲崢乃叛賊之後，必死無疑，這件事情沒有轉圜的餘地。」

他說著，眼底露出一抹狠色。「雲峰的兒子，朕豈能留他。」

軒轅澈看著他，目光微閃，緩緩斂起神色，順從道：「往後兒臣不會再提了。」

惠帝見狀，這才重新露出欣慰的笑容。「這就好。來，再陪朕下一局。」

然而，他沒發現，軒轅澈眸中的那一抹疏離，似是更濃了幾分。

就在兩人準備重新開局時，何公公急匆匆走進來，湊近惠帝耳旁說了幾句話。

惠帝的神色忽然一變，手中的白子啪嗒一聲落地。

「什麼？」惠帝手指微顫，像是震驚，又像是不可置信。

軒轅澈立即站起身。「父皇……」

「無事。」惠帝維持著鎮定，對他揮了揮手。「你先回去吧。」

軒轅澈見他十分抗拒，不再多說，順從地起身出去。

何公公見惠帝驚痛，想上前勸慰，但惠帝想一個人靜一靜，背過身道：「你也出去。」

於是，他只能跟軒轅澈一道走出了內殿。

何公公闔上殿門，刻意探看幾眼，見四周無人，快走幾步，追上軒轅澈，裝作閒談一般，小聲開口。

「蕭嵐愛子如命，得知此事之後，怕是會有動作，奴才該如何做？」

「不必干預。」

何公公頓了頓腳步。「可若危及性命……」

軒轅澈停下來，淡淡瞥他一眼。

何公公低頭應道：「是，主子，奴才明白了。」

看著少年的背影漸行漸遠，何公公忍不住重重嘆了口氣。

他也是暗部中人，也是當年最早追隨賢太皇太后創建暗部的第一批人，不過他真正認可的主子只有先帝。

他幼年入宮，便一直跟在先帝身旁，先帝待他如親人，他也早已發誓要以命效忠。先帝死後，他為了保住暗部，便和當年賢太皇太后身旁的大宮女崔梨花一起留在宮中，只是他在明，她在暗而已。

他原想，大漢盛世，或許待他老死都不必出動暗部，孰料這一切自六年前便開始亂了。

不到一日，廢太子酗酒猝死的消息傳遍京城，有人惋惜，但有更多人罵其活該。

但無論底下人如何議論，惠帝這幾日的傷心顯而易見，剛恢復不久的早朝又接連停了好幾日。有宮人曾見惠帝獨自在東宮遊蕩，還時常盯著太子練習射箭的靶場出神。

因為是廢太子，喪事沒有大辦，惠帝網開一面，允許廢后親自為兒子守頭七。

沒多久後，又有傳言流出，說是廢后整夜坐在廢太子的靈堂裡，滴水未進，一言不發，直到餓得昏過去，才被送回冷宮。

也許是好歹夫妻一場，也許是憐她喪子之痛，惠帝得知此事後，親自擺駕去了冷宮，將廢后接出來，安置在一處偏僻宮苑裡。

荀柳聽到這個消息時，正在二皇子府陪某人喝茶下棋。

多虧了這幾日惠帝消沈，才沒天天占著軒轅澈不放，她才有機會偷偷談談戀愛。

但聽到這樣的消息，她又怕軒轅澈多想。當年對雲貴妃那般無情的人，卻對蕭嵐一而再、再而三地容忍，若是她聽在耳朵裡，也會難受的吧？

她想安慰他，可此時軒轅澈的表情，看起來似乎一點也未將此事放入心中，她不知到底是開口，還是不開口的好。

或許是她的擔心太過明顯，軒轅澈見她捏著棋子，半晌沒動靜，微微一笑。

「阿姊可是在想蕭嵐的事情？」

很好，他起頭了。

荀柳剛想安慰幾句，卻又聽他說：「阿姊不必擔憂，我並不會多想。」

好，原來是她多想了。

她琢磨棋局，將黑子落在其中一個位置上，又嘆了一句。「我是真不知道，他到底真正愛過誰？」

當初惠帝寵愛雲貴妃，卻因雲峰的威名於他有威脅，便毫不猶疑處置了雲家。蕭嵐陪伴他這麼多年，害他性命時，他狠心絕情收拾她。現在解除威脅，又拾起了舊情。

他的愛從未建立在對等之上，對方的一切全由他操縱，不管喜怒哀樂，甚至是尊嚴，他從不在乎。這哪裡是愛，說養寵物都算是誇了。

不知蕭嵐此時的感受是如何，這一刻，她竟有些同情這個惡毒的女人。

「阿姊。」正在她出神之時，軒轅澈忽然叫道。

她抬起頭，見他正忍俊不禁地看著棋局，不由也低頭去看。

「啊？我就這麼輸了？」

「我已經費力讓阿姊多走了幾步，孰料這般還是未能將此局撐過一刻鐘。阿姊，往後妳出了門，可千萬莫與旁人下棋。」

他說著，鳳眸微彎。「不然丟了人，可如何是好？」

「好啊，你敢嫌棄我！」

荀柳丟下手中棋子，起身探過棋盤去捏他的臉，將他的臉捏成鬼臉，兩人笑鬧成一團。

這時，門外傳來一聲咳嗽聲。

荀柳看去，只見莫離正站在門口。

怎麼又是你！

莫離無語。我也很無辜啊。

一回生，二回熟，這次荀柳不害羞了，很自然地放開軒轅澈的臉，恍若無事般坐回凳子上。

「何事？」軒轅澈淡淡道。

莫離走進來，恭敬道：「主子，昌國那邊傳來好消息，韓軍被救出來了。」

軒轅澈還沒反應，荀柳卻開心無比。

「真的？那太好了，有了他，就能為雲家翻案了！他們何時能到京城？」

「大概二十天左右，但還有件事……」莫離頓了頓，又道：「重芳的身分被揭穿了，我們的人未能來得及將她救出來。」

荀柳一愣，追問道：「她死了？」

「這倒沒有。」莫離搖搖頭。「昌王並未殺她，只是將她囚禁起來。」

「囚禁？」

依昌王的性子，被自己人背叛，肯定不會手下留情，難道其中還有什麼隱情？

軒轅澈眸光微暗。「把話一次說完。」

莫離尷尬地看兩人一眼，放低了聲音。

「其實……昌王納了重芳為妃，重芳有了昌王的骨肉。」

「什麼？」荀柳怎麼也沒想到，會是這種隱情。

不對，現在重芳用的可是她的身分！也就是說，詹光毅想娶的，其實是……

她忽然覺得後背一陣陰冷，慢慢扭過頭，果然見某人表情似笑非笑，看著她像是看著出牆的紅杏花。

「這可不關我的事啊……」

軒轅澈無動於衷，慢條斯理地開口。「我想起來，那次阿姊在涼州與昌王待了好幾日，傳說昌王姿容若妖，阿姊就沒動過心？」

「怎麼可能，我又不是磨鏡（注）。」

這話讓在場的兩人同時一愣，荀柳看著他們，納悶道：「我說得不對？你們不覺得昌王長得像個女人？」

她說著，走到軒轅澈身旁，很自然地拍拍他的胸和胳膊。「我就喜歡這樣的。口味養刁了，將就一點都不行。」

注：磨鏡，指古代的女同性戀者。

這句話惹得軒轅澈低低一笑，抓住了她作亂的小手。

「這筆帳，以後再討回來吧。」

莫離無語。主子，你們能不能別當我是透明的？

不過韓軍被救卻是一件喜訊，如今萬事俱備，只欠東風。

是夜，宮內熄燈，只餘夏蟲嘶鳴。

不知過了多久，一道琴聲劃過夜幕，似流水般從一處偏殿裡流瀉出來。只是不知為何，這琴聲似乎有些哀傷，似是藏了滿懷愁緒。

「她夜夜都這般？」

惠帝站在偏殿門外，聽著熟悉的琴聲，問身後的何公公。

何公公點頭。「是，已經整整四日了，一彈便是一整晚。聽服侍廢后的宮人說，她的十根手指都磨出了血。」

惠帝嘆了一聲。「這是她第一次彈給朕聽的曲子。早知如此，何必當初？」

何公公不敢出聲，見他在原地又站了一會兒，卻沒像往日那般聽完便轉身走開，而是伸出手，推門進去。

果然，惠帝進去便看見廢后蕭嵐穿著單薄的衣裳，坐在院中彈琴，容顏憔悴許多。少了往日那些繁瑣精緻的裝飾，一身素白，但這樣的她，看起來卻更惹人憐惜。

見到惠帝進來，蕭嵐神色平靜至極，停下彈奏，起身向他柔柔行了個禮。

「妳的身子可好些了？」

「回皇上，妾身好多了。」似是想起了死去的兒子，蕭嵐剛開口，眼睛便紅了。

惠帝還是第一次見到這樣的蕭嵐，以往的她可以端莊，可以嬌俏，更可以目中無人，但從未像現在這般脆弱過。

這讓他忍不住想起以往兩人相處的日子，差點要上前扶起她。

「昊兒的事，妳莫要掛懷，朕替他選了最好的地方……」他越說，越見她泫然若泣，住了嘴，問起別的事。「這幾日，宮人伺候得可還好？」

蕭嵐抹淚，點了點頭。「回皇上，宮人伺候得很好。」

「那就好。快回去歇著吧，時辰不早了，外面露重。」

惠帝說完，覺得再無可說，準備轉身離開。就在這時，他的眼角餘光瞥到蕭嵐忽然晃了晃身子，竟似要倒下去，不由轉身接住她。

溫香軟玉抱入懷，她身上傳來似有若無的香味，惠帝竟覺得自己渾身躁熱。

他定了定神，正想跟她拉開距離，蕭嵐卻扯住了他的袖子。

「皇上……嵐兒知道錯了，嵐兒不求別的，只希望皇上能再陪嵐兒一會兒。」

她說著，滿臉依賴地看著他，似乎這世上唯有他能給她安慰一般。

這讓惠帝再也不忍心放開手，越是這般，他心裡的那股騷動更強了些，不禁想起兩人以往在床幃之間的那些愉悅。

「那朕陪嵐兒進去坐一會兒吧。」

蕭嵐柔弱地點點頭，似乎這樣便滿足了般，靠著惠帝往屋裡走去。

何公公很有眼色地招呼宮人別去打擾，望著兩人關上的房門，默默嘆了口氣，到底還是惠帝自作的孽。

今晚過後，這大漢便要易主嘍……

第九十五章

大漢惠寧十七年六月，惠帝與廢后歡好時，身中劇毒，所幸二皇子及時帶神醫前往救治，保住了一條命，但醒來後便成了口不能言、腳不能動的廢物。

那劇毒藏在廢后口內，被咬破之時，廢后立刻殞命，渾身裸露。

可憐一代皇后，誰也未想到她會選擇如此死法，看來是因為太子之死，恨毒了惠帝。

除此之外，被惠帝擱置許久的新太子人選，如今迫於局勢，也不得不下決定了。如今，唯有二皇子當仁不讓。

三日後，二皇子軒轅澈受封，六日後正式登基。

典禮前一日，整整下了一整天的大雨，直到次日清晨才緩緩放晴。偌大的京城如同被水洗了一般，空氣裡都透著一絲清爽。

隔天辰時，登基大典正式開始，文武百官、皇家貴族自宮門口一直排到議政殿大門前。

惠帝坐在輪椅上，看著從紅綢路盡頭走來，身穿龍袍、器宇不凡的二兒子，心裡不知是什麼滋味。

這幾日，他憤怒過，悔恨過，但事已至此，他也只能接受眼前這個比較好的結果。

他看著軒轅澈，恍若看到數十年前他從那裡緩緩走來的情景，那時他大權在握，美人在側，是多麼意氣風發。

如今他再回頭看，曾經愛他的女人、最信任他的兄弟，竟都不在了。

孤家寡人，原是這個意思嗎？

他想到數年前下令斬殺雲家人的事，緊緊握拳。

不，他沒錯，即便是最好的兄弟和最愛的女人，也會有背叛他的時候。要不是因為他當初的果決，怕也不會有今日的大漢。

對，他沒錯！

正在惠帝沈浸在回憶裡時，軒轅澈已經走到他的面前。

何公公見惠帝許久未動作，提醒道：「皇上，該遞交傳國玉璽了。」

大漢歷來便有這個規矩，在祭天、告祖之前，倘若先一任皇帝還在世，傳國玉璽便由他親自遞交給繼位者；若先帝不在了，便由朝中地位崇高的閣老來負責，宣繼位者的正統。

惠帝聞言，這才回神，接過何公公手上的玉璽，緩緩交到軒轅澈的手上。他口不能言，便在軒轅澈接過玉璽之後，用手拍了拍他低下的頭，以示慈愛。

「兒臣定不辱命。」

軒轅澈神色平靜，恍若登基在他看來，並不是什麼大不了的事情一般。這等心性，倒是讓惠帝讚賞地點了點頭。

這一步算是過了，接下來便要由文武百官和所有皇家貴族陪同，一起去京郊的臥龍山上祭天告祖。

這個過程，不能乘坐任何代步工具，所有人必須徒步前行，由數千王軍護送。這還沒完，祭天告祖後，新帝要登上城樓，屆時滿京城的百姓都會聚集在城樓下，聽新帝告謝天地萬民。

三項儀式缺一不可，怕是要一整天才能結束。

荀柳身為惠帝親封的朝陽郡主，自然也在隊伍之列。

昨天她還為軒轅澈馬上就要圓夢，興奮得不得了，現在卻無比後悔沒聽莫笑的話，偷偷綁上護膝。

整整十幾里路啊，這麼熱的天，還跟這麼多人擠在一起，她感覺自己都要窒息了。尤其是看到身旁的少婦跟小姐們帶著貼身丫鬟幫忙打扇擦臉的，更是暗罵自己逞能。

正在她這麼想時，忽見一道人影從人群裡鑽了過來，居然是莫離。

莫離打量周圍幾眼，將一樣東西塞到她手上。

「姑娘，這是公子讓我送過來的，待會兒趁著無人注意，妳先綁上。另外，莫笑就在後頭，馬上跟過來，若有別的需要，妳便讓莫笑去跟我說。」

荀柳低頭一看，居然是一套護膝，做工和用料都比之前莫笑替她準備的好很多。

都這個時候了，這傻子居然還想著她，不怕被大臣們發現嗎？

苟柳心中一暖，衝著莫離點點頭。

莫離走後，莫笑果然從後面鑽過來，懷裡還偷偷摸摸揣著一些東西。

「這裡頭是什麼？」苟柳好奇道。

「水和來客樓的點心。我就知道姑娘會後悔，特地去幫姑娘買的。」

莫笑說著，又將點心往懷裡藏了藏。

苟柳滿臉黑線，看來有的能真是不能隨便逞啊。

熬了整整兩個時辰，隊伍終於到了臥龍山。

因為祭臺位置很高，往下便是長長的臺階。新帝祭天之時，隨行的人便要一路順著臺階往下跪，越往下地位越低。

此時苟柳卻羨慕那些地位低的，因為不用爬這麼多臺階，還不用曬太陽。

祭天的儀式極為漫長，一轉眼便到了中午，幸好莫笑提前準備了點心，她便偷偷摸摸吃起來。

孰料來客樓的點心實在做得太香，立即引起好幾個女眷的注意，看向她的目光帶著驚訝和嘲諷。

苟柳見狀，挑出幾塊逐一遞過去，那表情好像在說見者有份。

這些人的目光從不屑，再到遲疑，最後其中一人悄悄伸出手接住，另外幾人便也勉為其難地接了過來，小口小口慢慢吃著。

莫笑無言了。她家姑娘就是強啊，什麼事情都能做得這麼光明正大，積極樂觀。

祭天告祖結束，返程已經是未時之後的事情了。

荀柳隨著隊伍往前走，又走了整整兩個時辰，才到了城門底下。因為城樓上位置有限，文武百官需跟新帝一起上去，她和其他的皇家貴族留在下面就好。

不知為何，她總覺得上了城樓之後，軒轅澈的表情好像有些不同，那雙鳳眸裡似乎正醞釀著風暴。

再往他身周打量，莫離竟然不在。除非有要務在身，不然軒轅澈最需貼身保護的時候，莫離斷然不會私自離開。

難道……

荀柳忽然想起韓軍，看向一旁的莫笑。「笑笑，韓軍這幾日是不是已經到京城了？」

莫笑神色微閃，沒說話，讓荀柳心裡暗驚。

「小風到底是如何打算的？你們是不是都知道？」

之前她特意問過他，想如何為雲家翻案？但他只笑答一句，皆已安排好，屆時必會讓她親眼看到。

他說的看到，不會就是……

荀柳的心臟劇烈跳動起來，忍不住看了看城樓下密密麻麻的人頭。

他竟想……他竟想……

「姑娘。」莫笑望向城樓上，緩緩道：「主子是在用最好的方式，讓雲大將軍和那三萬將士安息，還請您好好看看。今日之後，雲家人便會徹底洗去這戴了六年的冤屈。」

荀柳怔然，不禁也抬頭望向城樓。

身穿龍袍的軒轅澈緩緩走上高臺，六年前出宮時的青澀和害怕已全然褪去，如今站在她眼前、站在文武百官和萬民眼前的，是一位彷彿能安定乾坤的一代帝王。

沒人能比她明白，這樣的蛻變，是他用多大的代價換來的。

六年籌謀，終於換來了今天這一刻。

「還請新皇為萬民賜福語。」何守義端著玉如意，在旁高聲道。

軒轅澈掃了城樓下數萬雙眼睛一眼，接過他手上的玉如意，朗聲道：「朕願遵天意，繼德行，承萬代之基業，報萬民以福祉……」

不少人聽著，開始走神。尤其是女人，目光似乎都放到了新帝俊美無雙的臉上。

這福語實在與歷來沒什麼不同，無非是些場面話而已。當初惠帝也曾保證過會使政治清明，但現在看來，似乎也沒踐諾。

孰料，他們剛走神沒多久，卻聽到了不一樣的句子。

軒轅澈繼續道：「今日起，罷黜貴族科考，優待廣招寒門學子，治各州貪腐，重計賦稅，剿除盜匪。這四項決議已備，文武百官若有異議，可現在提出，不然……」

他說著，語氣重了些。「到了明日早朝，朕若再聽誰出言反駁，朕會親自送他來這裡，與百姓們分辯分辯。」

此言一出，無論是文武百官，還是千萬百姓，都是震驚非常。

百姓們從未見過哪任皇帝會直接在賜福語時決議政事的，但這無疑比那些場面話有用得多，畢竟每一樁都是利國利民的好事，遑論新帝還做了決議，特地在這種儀式上告訴他們。

他們被皇家士族敷衍、剝削這麼多年，還是頭一次遇到這般重視他們的皇帝。

不知道人群裡誰先喊了一聲，一時間，底下響起此起彼伏的歡呼聲，都在稱讚新帝賢明，功蓋九州。

看到這個場面，即便有貴族大臣想提異議，也不敢自己出來找死了。他們就一張嘴，可辯不過成千上萬張嘴。

惠帝在旁邊看著，目光閃動，不知在想什麼。但他現在只是個廢人，即便有什麼話，也無法表達了。

時辰已到，天色已近黃昏，就在眾人以為這個儀式就要結束時，軒轅澈並未走下高臺，而是再次朗聲開了口。

「除此之外，朕還有一件事需在這裡完成。今日官民齊聚，朕有一件事，想請各位論個公道。」

眾人面面相覷，底下的百姓方才受了新帝恩惠，自然是向著他的，但上頭的文武百官就神色各異了。新帝一上位，行事便這般出人意料，此時不知接下來等著他們的到底是什麼。

惠帝似乎想到了什麼，雙目睜大，撐著身子想起身，但何公公卻死死壓著他的肩膀，將他固定在輪椅上。

兩人身後有宮人撐著寬大的流蘇華蓋，文武百官自然看不到這裡的動靜。

這時候，城樓下的階梯上，一名黑衣護衛帶著一人，緩緩走上城樓。

那人面容枯瘦，年紀似是中年，但不知為何，滿頭青絲已成白髮，看上去頹廢異常。

百姓不識，但文武百官卻認得，他就是狼牙山一事的親歷者，雲峰麾下玄武將軍韓軍！

惠帝的面頰狠狠顫抖著。剛才還只是懷疑，現在看見此人，他便能確定，他這個兒子、他親自讓位的新帝，竟準備在登基這天，重翻雲家的舊案！

「想必各位對此人並不陌生，此人便是雲大將軍雲峰麾下的玄武將軍韓軍。當年雲家叛國一案，各位應當還記得，今日朕便要當著文武百官和所有百姓的面，辯一辯當年雲大將軍和那三萬將士到底有沒有叛國。」

「韓軍！」軒轅澈鳳眸驟厲。「你親自將當年狼牙山上的真相告訴他們。」

惠帝渾身顫抖，看著韓軍，心中竟恐懼起來。

文武百官中，凡是當年親歷此事者，也心虛地低下頭，無一人敢上前阻止。

韓軍面色灰白，淒然冷笑一聲。

「六年了，整整六年！草民真不知你們這些道貌岸然的敗類，到底是如何夜夜安心入睡的？若是沒有大將軍，沒有那三萬將士，你們安能繼續享受榮華富貴！」

他激動地冷笑數聲，狀似哭號道：「六年前，本來一切不會變成這樣的……」

眾人聽著他的敘述，起初還心有懷疑，越往下聽，卻越是駭然痛心。

六年前，雲峰帶軍與昌國酣戰數十日，但不知何故，從各州派往的軍糧忽然斷了供應。大戰在即，正是一決勝負的時候，雲峰決定趁著糧餉還算充足，一擊決勝，當夜便與三位將軍率領三萬精兵，從狼牙山繞到敵軍後營，準備偷襲。

孰料情報走漏，昌國軍反將他們圍困在狼牙山，接連致使北部十餘座城池被攻陷。

雲峰利用山中地勢，和三萬將士死守狼牙山，整整幾日無一人傷亡，激怒了昌國軍。

那日起，昌國軍每天抓來陷落城池的大漢百姓，拉到狼牙山下，一排排殺給雲峰跟將士們看，逼迫他們繳械投降。

狼牙山下堆滿屍體，鮮血滲入地下，腥臭混著泥土的氣味瀰漫在山林之間，從第一日的青壯年，第二日的老弱，第三日的婦人孩童……

每當韓軍閉上眼，還能記起當日的情形。那些無辜百姓死不瞑目的眼睛，似在怨恨無能為力的將士們。

看著韓軍淚如雨下，眾人忍著心中驚痛，一個字也說不出來。

尤其是底下那些百姓，想像這般殘忍的場面，便泣不成聲。

韓軍閉了閉眼，繼續道：「大將軍愛民如子，見不得百姓受此難，但要他投降叛國，也絕無可能。那幾日，他便常常一個人坐在山頂上，望著山下的屍海，將拳頭捶得血肉模糊。

「第四日，臥龍將軍董長青提了個辦法，叫大將軍假意投降，待大將軍親筆寫了投降信後，由他帶兵送往昌國軍營，取得昌國軍的信任，便乘機突圍軍營，去朝中報信並求援。」

他說著，抬起眼，嘲諷看著惠帝和四周的文武百官。

「孰料，這封投降信竟成為他誣衊大將軍叛國的鐵證。最後，我們等來的不是援軍，而是討伐我們的王軍！

「後來草民才知道，那突圍的幾十人，只活了董長青一個，他一人能逃開昌國軍追殺，順利出嶙州進京？僅憑一人之言，皇上便派王軍來剿滅我們。當年與皇上生死相依，助你榮登帝位的兄弟，你竟這般不信任?!這麼大的漏洞，但凡你派人來看，便知真相！」

他的聲音戛然而止，似乎話說到這裡，便不想再繼續往下說一般，淚水順著枯瘦蒼白的臉龐，砸入地上。

惠帝渾身一震，只覺無數雙眼睛正灼灼射在他身上，那是千萬百姓的怨怒和恨意。

荀柳隔著城樓，遠遠望著那道身影，心中滿是心疼和悲傷。

韓軍抬起手，擦了擦淚，平靜下來，繼續說下去。

「後來草民才知道，大將軍待皇上如兄長，皇上卻不一定這般想。當年滿朝遍野稱讚大將軍時，大將軍總是對我等說，該讚的是大漢有明君。不知朝中那些功高震主的謠言，到底是誰散播的？可惜皇上從未想要查清楚，因為皇上也如謠言一般，將大將軍看成威脅。」
一時間，滿場寂靜，朝中不少未經歷過此事的新黨朝臣皆捏緊了拳頭。
賀子良滿目悲憫，似是不忍再聽。
這時，忽然有人小聲問道：「那你又為何寫下雲大將軍有罪的訴狀？」
「因為我得留著我的這條命。」韓軍冷笑。「我知道，即便沒有我的訴狀，雲家人也不會有任何活路，但只要我還苟活著，便有可能替他們伸冤。但我沒想到，董長青冒著欺君的大罪，也要殺我。幸好那時詹光毅伺機擄走了我，用來牽制他們。
「這六年，我苟活在昌國王宮，本以為伸冤之事無望，幸好還有回來的機會……大將軍，山子，你們可以瞑目了……」
他說著，咧開嘴笑了幾聲，那神情與其說是喜悅，不如說是如釋重負。
「大將軍無罪！三萬將士無罪！」
底下百姓忽然含淚吼道，吶喊聲此起彼伏，幾欲震破了天。
文武百官和皇家貴族們被這聲勢駭住，不覺往後退了幾步。
唯有軒轅澈仍舊獨自站在高臺上，一雙鳳眸緊緊盯著慌亂失措的惠帝。
「安靜。」他開了口。
百姓們停止喊叫，似乎都在期待這位新帝的決定。

荀柳也含淚看去，只聽他帶著雷霆之勢說下去。

「父皇，除了韓軍這個人證之外，六年前軍餉騾斷、董長青勾結蕭黨和昌王罪行，以及當年走漏情報之事，所有罪證均已查實。還請父皇親自還三萬將士，以及雲家上下百餘口人命一個清白，親寫罪己詔示眾。」

此言一出，所有文武百官均是一驚，不可置信地看著眼前這位登基當日率萬民逼迫親父的新帝。

罪己詔是何物，那可是由皇帝親寫其滔天罪過，向萬民請罪的證據，也是伴隨他永久留在史冊上，抹也抹不去的污點。這對極愛名聲的惠帝來說，簡直比凌遲還要難以忍受。

然而，底下的百姓們又開始叫囂。

「罪己詔！」

「罪己詔！」

「罪己詔！」

萬民乃國之根本，今日罪己詔不立，這登基大典怕是無法完成了，文武百官和惠帝連城樓都下不去。

惠帝滿臉青白，死死抓著輪椅扶手，目眥欲裂，但一個音也發不出來。

現在，所有人都在等他一個答覆。

惠帝掙扎許久，瞪著眼前讓他無比陌生的兒子，回想自他回宮後的種種，忽然明白了。

他現在才發現，他以為單純無害的兒子，早已布下了這個局。

但他就算知道，又能做什麼呢？如今所有人都站在軒轅澈那邊。他除了這具身體，什麼也沒有了。

他想起韓軍方才說的話，腦中浮現出數十年前的情景。

雲峰勾著他的肩膀，爽朗笑道：「阿敬，你比我虛長一歲，不然你當我哥哥吧。往後你當皇帝，我就當那人人敬仰的定國大將軍，誰敢欺負你，我就幫你打誰。」

雲初霜跟在他們身後，溫柔笑著。

惠帝心中一痛，噗的一聲，噴出一口血來。

何公公一驚，剛想俯身看他，卻見他顫顫巍巍地伸出手。

何公公看了新帝一眼，見他微微點頭，便從旁拿過早已準備好的紙筆，交給惠帝。

大約半個時辰後，惠帝這才停筆，蓋上私印。

何公公拿起罪己詔，走上高臺，衝著文武百官和萬民，大聲唸出來。

「朕幼時與雲峰親如兄弟，曾立約盟誓，但因朕心胸狹隘，聽信讒言，枉顧三萬將士性命，致使雲家受冤。當日種種，如今深感自責也……」

底下百姓默默聽著，想起六年前雲家人所遭受的劫難，小聲哭泣起來。

荀柳望向高臺之上，見軒轅澈仍舊站著，神色平靜，但那雙鳳眸卻微微紅著。他的淚怕是早就流乾了，如今只往心裡流。

「……朕今日種種皆是報應，願魂歸地府之後，能親見雲峰，對其懺悔己罪。」

何公公唸完罪己詔。

荀柳發現，軒轅澈輕輕呼出一口氣，心頭壓了六年的仇恨，終在今日隨著那三萬將士和雲家人的冤魂，消失在茫茫濁世之中。

第九十六章

一陣鐵鍊之聲，在寒冷的牢獄中響起。

一人披髮，背對牢門而坐，聽到身後傳來的腳步聲，也未曾扭頭，似乎早猜到來人是誰，冷冷嗤了一聲。

「怎麼，終於來尋我算舊帳了？」

韓軍臉上並無半絲表情。經過這些年的折磨，他早已在仇恨中遲鈍麻木，再做不出比登基大典那日更激烈的反應。

此次，他不是來翻舊帳的，反而說起了毫不相干的話。

「我今日離開京城，明日你行刑，我便不去送你了。」

這語氣平和非常，竟似與老友告別一般，讓董長青一愣，反倒有些怒了，起身望向他。

「你裝成這副大度的樣子給誰看？如今你是巴不得我死，又怎會想著替我收屍?!」

韓軍平淡地看他一眼，自顧自說下去。

「我打算回老家一趟，便去嶙州尋孟姨。你可還記得孟姨？往年山子還在時，她常做蜜果子給我們吃的。聽聞她獨居邵陽城，膝下無人養老。往日山子最孝順，如今他不在了，我這做兄弟的，應該替他盡孝才是。」

「誰要聽這些?!你為何不問我因何背叛你們?為何要與蕭世安勾結?」

韓軍越是如此絮叨家常,董長青便越是暴怒煩躁。

韓軍不語,看著他半晌,道:「我帶了些酒食,晚些讓牢頭送來,你好自為之吧。」說完,便要走了。

董長青像是急了一般,疾步上前,抓住了牢門。

「你不問,我卻偏要說!你可知我為何要背叛雲峰?你們是不是都覺得,他因我年紀最小,最愛護我?可那只是你們覺得而已!

「崇安山剿匪時,我一人拔得頭功,本該請封副將,他卻以我年少,還需歷練為由,按壓不提。後來,攻打昌國大勝,皇上欲封賞,他仍是以國庫虧空為由,直接拒了那些賞賜。

「他明知我董家一脈因出身低微,在朝中備受恥笑,苦等多年,就等著軍功翻身,他卻只在乎那點忠義名聲,故作清高。什麼救世英雄,什麼忠義戰神,那些愚昧無知的百姓們,眼中可曾有過你我三人的半條影子?

「或許你覺得我庸俗,我狠毒,可這些年來,我從未後悔過!惡事做絕,我亦不悔!」

聽聞此言,韓軍停下腳步,毫無波瀾的聲音自牢門外的走廊上緩緩傳來。

「始終不悔?那日你為何讓人故意放走我?你早知軍中混入了昌王的人,不是嗎?」

輕輕一句話,像是突然扼住了董長青的喉嚨,令他愣在當場,再無法開口。

「長青,這麼多年了,你的性子還是未變,越是不敢承認的事情,越是習慣大聲否定。

你以為我這次來是因為可憐你？不，我只是不想欠你人情而已。此生你我兄弟緣分已盡，你悔過與否，也不重要了。

「此生我最後悔之事，便是與你結拜。來世你也莫藉著贖罪的藉口再來糾纏，我們已懶得與你再見。」

韓軍說罷，腳下再無停留，逕自走出了大牢。

牢房內，不知過了多久，才傳來似哀似瘋的一聲淒笑，還帶著最後一絲頑固與倔強。

「不，你胡說，我從不後悔！你們不願見我，我偏偏要纏著你們，來世，後世，世世都不會放過你們，哈哈哈……」

又過了許久，牢房內傳來一聲痛苦的哽咽，就如夜晚寂寞悲傷的困獸一般……

登基大典後，又過了半個多月。

自從新帝在城樓上為雲家翻案，京城整整鬧騰了十幾天才算消停。

六年前，凡是與雲家涉案的有罪之人，皆被赦免。雲家遠親也終於能從流放地回到故鄉，還收到朝廷的補償。

而自那日之後，太上皇便只待在自己的寢宮，不再出門，真當自己是個廢人一般，無力再管朝上的事。

文武百官算是看出來了，他們的新帝頗有手段，滿朝文武加起來大概都不夠他玩的。遑論現在蕭黨已廢，朝中來自寒門的愣頭青越來越多，他們這些舊黨只能縮著腦袋過日子。只要好好幹活不惹事，總不至於還會出什麼大事了吧？

孰料，他們又想錯了。

新帝上朝沒幾天，沒跟任何大臣商量，便獨自跟西瓊長公主解除婚約，等他們知道消息時，西瓊長公主已經帶著新帝的謝罪禮，高高興興地踏上回國的旅程，聽說似乎還拐跑了朝陽郡主的義兄。

有人猜測，難不成是西瓊長公主給新帝戴了綠帽子，他才解除婚約的？

但是，他們又想錯了。

沒過幾天，新帝便連發兩道聖旨，一道是冊封跟著西瓊長公主私奔的金武為長樂郡王，代表大漢與西瓊聯姻，那些謝罪禮可以當作「陪嫁」。聖旨裡甚至還特意提了一句，莫要娶了媳婦兒忘了家，記得常回來看看。

另一道聖旨更令人震驚，居然是封后，對象不是別人，正是當年將新帝救出宮的荀柳！

這道聖旨一下，滿朝譁然，一夜之間，數道奏摺冒死呈上，皆是指責新帝封后的草率和荒唐。

與此同時，數道傳言在百姓之中慢慢傳開，皆是關於這位民間皇后的。

比如六年前，她以一人之力毀掉匪窩，救了如今已是製鐵司能工巧匠的大人們。

比如她絞盡腦汁，治了西關州大旱。如今管道治旱法已經被各州沿用，大漢近年幾乎未再發生旱災。

比如她上西瓊戰場，救了萬軍。此事已經在西關州傳唱開來，軍中依舊流傳著女戰神的故事。

於是，民間開始支持這位女英雄當他們的皇后。

不久，此事便傳入宮中，新黨開始有人與百姓持相同意見。不過半月，那些反駁的奏摺開始減少。

某日早朝，新帝訂下封后大典的日期時，朝中又有人想反駁，新帝只說了一句——

「朕遵循百姓意願為之，愛卿若有異議，不如去城樓上辯上一辯？」

朝中再無人敢反駁。

於是，荀柳糊裡糊塗地被冊封為新后，大婚之日訂在八月初。

為此，她還跑去皇宮問某人為何這般著急，她還沒享受夠單身生活呢！

然而，某人只似笑非笑地回了一句。「阿姊還想讓我等多久？我看這日子也有點晚了，不如再讓禮部往前調一調？」

於是，荀柳灰溜溜地回了府，還自顧自鬧了彆扭。不過，這彆扭在某人眼裡，充其量只算情趣。

荀柳彆扭了半個月，終於迎來了大婚。

大婚當日，舉國歡慶，因為這是頭一位有百姓撐腰的皇后，就算沒有新帝吩咐，宮人們也不敢怠慢半分。在繁瑣的典禮過後，幾乎是將她捧在手裡，送進了新房。

荀柳兩輩子加起來還是頭一次嫁人，但她沒想到嫁人這麼麻煩。早上天沒亮，她就被拖著起來化妝，到現在連一口飯都沒吃，肚子餓得咕嚕叫。但根據禮俗，沒與新郎喝交杯酒之前，新娘不能進食。

她一個人待在屋裡，好生無聊，無聊得摸到撒在床上的桂圓跟花生。

她偷偷聽了聽周圍的動靜，似乎沒人要進來，便摸了幾顆花生，剝開丟進嘴裡吃著。

嗯，味道不錯，就是乾了點。

吃完一小把，還不解餓，她又伸手去抓了幾顆。

孰料她剛剝開一顆花生，準備丟進嘴裡時，門嘎吱一聲被打開了。

一時間，她和開門的人都愣住了，直到她聽見一道熟悉的低笑聲。

是小風。

啊，這就更尷尬了，她倒寧願是宮人呢，誰家新郎官會想看到自己的新婚妻子在這個時候鬼鬼祟祟偷吃花生米啊。

然而，當她聽到數道腳步聲時，就更尷尬了。敢情不只他一個人聽見，後頭竟然還跟著這麼多宮人！

「新帝需先挑蓋頭，然後該喝交杯酒了。」

一道忍笑的嬤嬤聲音響起，讓荀柳一愣，居然是崔嬤嬤，她也在這裡！

但這個時候她無法分心，因為一道腳步聲向她走來，透過紅豔豔的蓋頭，她只能瞥見他緞靴上繡著的金龍，然後便見一桿喜秤伸進她的蓋頭裡，輕輕一挑。

眼前一片明亮，入眼是一張丰神俊朗的男子面孔。

她沒想到他穿起婚袍來，竟這般好看，讓她移不開眼。

殊不知，她這副樣子落在對方眼裡，亦是驚豔。美人杏眼微瞪，紅唇微張，端的是俏皮可愛。因著妝容，更是明豔動人，如山花一般，開上了他的心頭。

崔嬤嬤在旁笑道：「請新帝與新后喝交杯酒吧。」

宮人呈上酒盞，荀柳這才回神，一向大大咧咧的性子，這會兒竟破天荒地扭捏起來。

軒轅澈一笑，拿起兩只酒杯，將其中一只遞給她。

荀柳接過酒杯，與他喝下交杯酒。

「如此便禮成，祝新帝新后鸞鳳和鳴，白頭到老，奴婢等人先退下了。」

軒轅澈點點頭。

荀柳看著宮人們出去，不覺有些心慌。

她的初夜啊，兩輩子她都是個老處女，這個情節她沒經歷過啊……

不然，隨便扯兩句，先緩和一下氣氛？

她正準備說話，卻見軒轅澈起身摘去綁在胸上的大紅綢花，然後很俐落地解開衣服。

她猛地往後退了退。「這、這麼快就開始嗎？」

這話引得他挑了挑眉，忽然湊過來，要幫她脫掉衣服。

「小風，你等等，這種事不能硬來，咱們循序漸進……」她邊說邊往後退，直到背後靠上牆，想退也退不了。

軒轅澈忍不住低笑出聲。「娘子不熱？我只是想幫娘子去掉外衣和頭飾而已。」

荀柳一愣，這才想起，現在正是八月最熱的時候，這麼一想，好像真的有點熱。

但她又想到他剛才叫的那幾聲娘子，覺得渾身跟觸了電似的，立即道：「不准叫娘子，還叫阿姊。」

「哦，阿姊。」軒轅澈很順從地叫了。「那阿姊剛才以為我要做什麼？」

荀柳臉一紅。「今天日子特殊，你說我以為是什麼？不用你幫忙，我自己來。」

她說著，兩三下扒掉自己的外衣。但是頭飾，她便有些犯難了，皇后的髮飾極為複雜，她可不會拆。

於是，她只能向某人告饒。「還是你幫我吧。」

某人低笑一聲，遵命地上前替她拆髮飾。

「小風，明日我想搬到長春宮去，你說好不好？那是你母妃住了半輩子的地方，想必你也很想念那裡吧。我們搬過去，將長春宮好好收拾收拾，往後有了孩子，就讓他們在那裡玩耍。你母妃在天之靈，一定也會很高興的……」

她嘰嘰喳喳說了半晌，覺得腦袋上越來越輕，最後卻發覺身後的人不動了，便好奇地扭過頭。

軒轅澈低啞著嗓子道：「別動。」

荀柳一愣，停住動作，忽然覺得脖子後一陣火熱，竟是他的唇貼了上來。

她驚呼一聲，忙想捂住脖子，但他的吻已經蔓延到耳後，不消一刻，她便被壓進了柔軟的被褥之中，入眼是他那雙帶火的鳳眸。

「小風……」

「都聽阿姊的。但要母妃開心，生孩子的事情可要先完成了。」

這回，荀柳總算明白，方才為什麼他改稱呼改得那般容易了。

平時叫阿姊倒沒什麼，但這稱呼若是用到床幃之間，好生讓人羞臊啊……

這個禽獸！

新帝與新后大婚過後一個月，朝中又經歷了幾件大小事。

其中，新帝向靖安王歸還軍權，但一併送過去的，居然還有附國約。

朝中百官因此又鬧了不小的陣仗，但還沒鬧騰多久，靖安王又派人將附國約送回來，並附上親筆信。

「昔日之言，只為試探皇上真心。西關州之所以有今日，正是因為有您和皇后這樣的帝后，倘若真分了家，大漢便不再完整。臣不願看到這樣的西關州，還請皇上收回成命。」

靖安王的信一被唸出，滿朝文武神色各異，似是重新認識了這位惡名在外的王爺。

不過，此事也算了了。

自軒轅澈登基後，他便將鳳令歸還給崔嬤嬤，明月谷重新隱匿起來。

崔嬤嬤笑道：「看來，這百餘年內，是沒老身什麼事了，暗部終於能清閒下來。如此，我便聽皇后娘娘的話，在長春宮幫她看看菜地，養養豬吧。」

說到養豬種菜，就不得不提起他們的皇后娘娘。

自從新帝與新后大婚之後，夫妻恩愛，幾乎滿朝文武無人不知他們的新帝寵愛皇后到了骨子裡。後宮除了皇后，再無妃嬪，新帝每晚幾乎不回自己的寢殿，總往皇后的長春宮跑。

這就算了，也不知他們的這位皇后到底是什麼毛病，不喜歡養花蒔草，也不喜歡金銀首飾，只喜歡種地養豬和畫圖。

新帝全由著她，還不知從哪裡為她運來一頭豬、兩隻雞和三隻大狼狗，長春宮的後院也特意闢出一片菜地。但這反而贏得了民間的讚美，只說皇后是體恤民情，才會如此。

不過，畫圖確實是個無人能敵的愛好，因為每每皇后畫出新圖，便意味著大漢又多了一樁利國利民的好事。比如青州一帶沿用的水車，就是皇后發明的。

於是，凡是在民間提起荀皇后，連孩童都會歡快地笑幾聲，讚揚這是「仙女下凡拯救老百姓的」，搞得百官縱然想勸諫新帝選妃，也一個個不敢提了。

這些傳言，荀柳毫不知情，每日待在長春宮裡種菜逗狗。

雞豬狗自然是軒轅澈替她從洪村接回來的，連那兩棵桃樹也一併搬過來，種在長春宮的院子裡。

現在想想，她當了皇后之後，似乎沒遇到多少為難的事，到底還是因為背後有軒轅澈在費心，比如關於她的那些英雄事跡，應當就是他故意派人散播的吧？

「小風，三哥和顏玉清再過幾日也要大婚了，我們準備賀禮讓人送過去？」

荀柳靠著窗臺，望著院子裡的兩棵桃樹，笑著問正攬著她的男子。

軒轅澈敷衍地點點頭，手在她肚子上輕輕揉了揉。「後院的菜地不是要豐收了，不如就送那個吧。」

「你到底為什麼這麼討厭三哥？我記得，從小你就跟他合不來。」

軒轅澈勾唇不語，只低頭蹭了蹭她馨香的頭頂。

荀柳嘆氣。「我聽笑笑說，昌王似乎又搞什麼小動作？」

她頓了頓，又道：「要說起這一切的起因，昌王亦是罪魁禍首之一。小風，我知道你並未打算放過他，但他畢竟是一國之主，你到底有什麼打算？別瞞著我。」

軒轅澈沈默了一下，才道：「放心，至少五年內，國本未固之前，我不會動他，他怕是也無心作亂。」

荀柳自然不相信軒轅澈真的什麼都沒做，想起之前重芳的事，頓時明白了。

「你可是又與重芳達成了什麼協議？我聽說昌國西部爆發叛亂，莫不是你與她的手筆？若是被昌王知曉，那重芳她……」

她受過重芳的恩情，有些擔憂。

軒轅澈並未否認，但臉上表情卻無多少擔心。

「放心，重芳比妳想像中要機敏，而且……」他的語氣有些意味不明。「妳可知，重芳馬上便要被冊封為昌國王后了。」

「什麼?!」

荀柳愣了愣，半晌才反應過來。「你是說，昌王對重芳……」

以昌王的警覺，不可能現在還未發現重芳的真實身分，兩人之間難道是發生了什麼出乎意料的事？

他們的愛恨情仇實在太過複雜，也不知如今這種發展，到底是好是壞。

正當荀柳苦思之時，感覺腰上的軟肉忽然一癢，抬頭一看，對上一雙似笑非笑的鳳目。

「妳有閒工夫操心旁人的事，不如先操心操心自己。」

「什麼意思？」

「妳可知妳的癸水已經月餘未來？」

荀柳猛然一驚。

大婚後第三個月，太醫診斷，皇后有了喜訊，這下見縫插針的大臣們徹底沒了脾氣。這位皇后娘娘未免運氣太好了些，連讓他們詬病的機會都不給。

殊不知，此時荀柳正在長春宮裡叫苦連天。

「啊，怎麼這麼快就懷孕了，我還沒做好準備呢！」

「阿姊不喜歡？」

她扭頭看見軒轅澈的笑臉，這是她第一次見他如此歡喜。

「不，我喜歡。」她伸手攬上他的脖子。「你要當爹爹了，小風。」

「妳也要當娘了，阿姊。」

長春宮中，陽光明媚，兩人相視而笑，彷彿世上最美的一幅畫卷。

不知何時，天邊似乎傳來幾道笑聲，含著祝福和喜悅，隨風柔和地繞在兩人身側，保佑著他們一生平安喜樂，如意順遂。

番外一

十二月初，京城下了一場接連兩天的大雪，整個長春宮似是覆上了一層柔軟的棉絮，襯著玉宇瓊樓煞是好看。

長長的長廊上，正有兩人往後院走去，是一名太監引著一個身披狐裘的美麗婦人。走至離後院拱門不遠處，太監便停了下來，笑著指引婦人。

「齊夫人，皇后娘娘就在裡頭，您送來的東西，方才已讓人送進去。老奴還有別的事，便不帶您過去了。」

「好，多謝公公。」

婦人微微笑了笑，目送太監離開之後，才看了看拱門，猶豫一會兒，抬腳進去。

進去之後，她才發現，裡頭的景象不似她所想，沒有奢華的擺設，沒有成群伺候的宮人，偌大的後院只有一片蓋著白雪的空地，還有兩、三間與長春宮格格不入的木屋。

除此之外，有兩個人正蹲在地上，不知在幹什麼。但看打扮，不像是貴人，穿著比她還樸素幾分。

引路的太監不是說，皇后就在裡面？

正當她疑惑時，蹲在地上的人似是聽到腳步聲，轉過頭來，其中年紀較大的那名老婦笑著慢慢起身。

「皇后娘娘，您的客人到了，老身去替妳們沏壺茶吧。」

年輕女子聞言，點了點頭，將手上的小鋤頭放在一旁，跟著站起來。

婦人這才發現，這位她以為不是什麼貴人的女子，居然就是皇后。快兩年未見，她差點沒認出眼前這位面色紅潤的麗人，便是當年碎葉城不拘小節的荀老闆。

荀柳見了她，卻一點都不奇怪，只是微微笑了笑。「齊夫人，許久未見。」看著眼前這張熟悉的面孔，心中不禁感慨，當年不可一世的方詩情，也嫁了人呢。

方詩情這才回神，向荀柳請安。「皇后娘娘萬福金安。」

「在我這裡，不用多禮。」荀柳笑著往不遠處的小亭子走去。「今日不冷，曬曬太陽對身體好，咱們就坐在那邊聊吧。」

方詩情猶豫半晌，但見正主都這般說了，便也侷促地跟著走過去。

這時，崔嬤嬤沏好了茶，為兩人倒上之後，也不打擾，又回了小木屋。

「聽說妳是隨妳夫君入京，往後準備落戶在京城？」

「回皇后娘娘……」

「哎，不是不讓妳多禮嗎？我每天光聽皇后娘娘這四個字，耳朵都要起繭子了。這會兒無人，妳隨意些，不然聊起來也太累了。」

方詩情愣住。不知為何，這話由皇后的嘴裡說出來有些奇怪，卻無端淡去她不少侷促，想了想，遂順從了荀柳的意思。

「是，夫君上一年在西關州的政績不錯，所以便調到京城來，如今已是戶部尚書右丞，臣婦便隨他一起搬過來。世子妃知道我們要入京，順道托我們給您和牧夫人帶了些東西。」

方詩情說著，看了看亭子裡已經被打開的包裹，應該是被荀柳拆了，看樣子都是嬰兒用的布料和衣服。

傳聞皇后娘娘入宮不到三個月便傳出喜訊，原來是真的，只是現在胎兒還不滿三個月，所以看起來不顯。

方詩情有些羨慕，看來靖安王府確實對荀柳很好，小皇子還未出生，便準備好這些東西。她聽說了，這些衣服都是世子妃姚氏親手用最好的布料縫出來的。

反觀她的日子，不知為何，越過越差。

去年年底，她父親被查出貪污，入了大牢，家底也被抄個乾淨。一夜之間，她和母親從富家女眷淪為賤民。

她不甘心，但世事無常，方家倒了之後，往日那些巴結奉承她的人一哄而散，多虧了姊姊，才能倖免於難。

後來，她過了半年苦日子，這才明白往日浪費的一米一油有多麼珍貴，曾經妄想過的人一步步離她更遠，幾乎站在她不可能企及的地方，而後便是關於荀皇后的傳言。

她這才明白，原來她和荀柳從未站在同一個世界裡。
後來，她想通了，托姊姊幫忙相看夫君，這才嫁給了齊松。
齊松比她大了幾歲，又是鰥夫，但為人正直清明，官位不高，卻極有主見。知道他人品不差，她便這般嫁了，婚後日子雖不如她之前所想富裕，但踏踏實實，也算幸福。
即便如此，在她聽說要隨著齊松一起入京，還能見到新后和新帝時，心裡還是多多少少有些期盼。
她想過見到荀柳的場面，怎麼樣她也算是當年妄想過新帝的女子，荀柳多少會敵視她。現在她才發現，荀柳從未將她當過對手看待，反而讓她為自己的念頭感到難堪。
方詩情的思緒繞了一大圈，荀柳卻明媚地笑了起來。
「煩勞妳幫我送過來。天氣冷了，妳初來京城，想必很多東西未來得及添置，待會兒我讓人準備一些日常用的東西送過去吧，算是妳幫我帶東西的謝禮。」
方詩情聞言，立時回神，惶恐道：「不敢，臣婦怎敢要娘娘的東西。」
「欸，就這麼定了，又不是什麼好東西，順便讓妳家夫君嚐嚐我種的地瓜，好讓妳夫君高高興興替我家小風任勞任怨地幹活，哈哈哈……」
「阿姊，何事笑得這麼開心？」
方詩情還想推拒，卻聽到身後傳來一道極為清朗好聽的男聲，扭過頭，瞥見一抹金色的龍袍影子，趕緊起身，惶恐地衝著來人跪下。
「臣婦見過皇上，吾皇萬歲，萬歲，萬萬歲。」
「免禮，起來吧。」
方詩情順從地站起來，仍舊不敢抬頭去看對方的臉，心臟更是撲通撲通跳得厲害。
「你怎麼來了？」荀柳納悶道：「這個時辰，早朝不是還沒結束嗎？」
軒轅澈直接忽略了方詩情，走到荀柳身邊，聲音柔得似是要滴出水來。
「今日無事，早些下朝。朕聽宮人說，阿姊拐了朕的孩子在這裡玩雪，朕便來看看到底是不是這麼一回事。」
「哈？誰說的，讓他出來跟我理論理論。」荀柳氣道：「我明明是陪崔嬤嬤商量商量明年種什麼。再說了，你的孩子現在才一粒黃豆大，這麼多肥肉包著他，能讓他受什麼涼？」
這憤憤的語氣惹得軒轅澈低笑數聲，抬起手，攬住了荀柳的身子，哄著她。
「那阿姊若是受了涼，該如何是好？」
這話讓一旁聽到的方詩情都忍不住臉紅，但荀柳只哈哈一笑，竟抱住他的窄腰，扒了扒自己的袖子，仰面得意起來。
「你看，我穿了十幾層衣服呢，厲不厲害？我還準備了棉手套……」
「還說不準備玩雪？嗯？」
聽到這裡，方詩情便知道自己在場，著實是有些多餘了，便對兩人行禮。

「皇上，皇后娘娘，若無事的話，臣婦便先告辭了。」

荀柳還沒來得及說話，軒轅澈卻淡淡嗯了聲，像是確實嫌棄方詩情打擾了他與荀柳的兩人時光。

方詩情難堪，轉身往外走，遠遠還能聽到荀柳喊她的聲音。

「齊夫人，明天東西就送到妳府上，千萬記得讓妳夫君嚐嚐我種的地瓜……」

接下來，便是她和軒轅澈笑鬧的聲音。

方詩情不禁扭頭望去，只見遠處亭內男女相互依靠著，恍若那中間再也容不下任何一個外人。

她慢慢回頭，抬眼看了看湛藍清澈的天空，心情竟莫名安穩下來。

夫君應當也下朝了，不如今日便和他一起回府吧。

番外二

正是人間四月天，百花齊放，春風和暖的時候。

一大清早，一輛小小的馬車出了京城城門，駕車的共有兩人，一男一女，皆是一身黑色勁裝，卻一個英俊，一個嬌俏，氣質不似普通人。

馬車內，時不時傳來幾聲脆若銀鈴的女童笑聲，似是正在車裡與人玩耍。那歡快聲音透過車窗縫隙，傳到官道上，引得不少路人頻頻看去。

「阿娘，哥哥怎麼總是在看書呀，像個書呆子一樣。咱們不該帶他出來的，就讓他待在家裡看一輩子吧。阿娘，我說得對不對？」

小丫頭說話的同時，嘴裡還不忘喀嚓喀嚓啃著蘋果，引來她娘無比嫌棄的眼神。

「軒轅樂兒，希望妳在嫌棄別人的同時，也反省一下自己。自從出門之後，妳的這張嘴就沒停過，是誰保證出門會戒掉零食的？」

「哦，那我不吃了，反正也吃飽了。」小丫頭說著，丟掉了已經啃乾淨的蘋果核，打了個飽嗝。

荀柳看著自家不聽話的丫頭，打也不能打，罵也不管用，只能將怨憤的目光射向和兒子一起躺著悠哉悠哉看古籍的男子身上。

「孩子他爹，你管不管?!」

軒轅澈挑了挑眉，那張經過歲月洗滌後，越發丰神俊朗的臉上，露出一抹縱容且敷衍的笑容。

「管，自然要管，不如先打一頓再說？」

「那你倒是打呀！」

荀柳瞪著他，軒轅澈無法，只得放下手中書籍，對懷中的兒子使了個眼色。

小小少年爬起身，走到妹妹跟前，伸出手指在她圓嘟嘟、滑嫩嫩的臉蛋上掐了掐，又慢悠悠回去原先的位置躺好。

小丫頭立即會意，哇的一聲，抱著自家娘親的大腿嚎啕大哭。

「阿娘，我錯了，我再也不敢了。阿娘，您原諒我吧……」

小丫頭哭了大約半刻鐘，才抹了抹眼睛，收回表情，歪著頭看荀柳。

「阿娘解氣了嗎？」

荀柳氣結。「你們爺兒三個，合夥哄我是不是？」

「阿娘不就是要哄的嗎？」小丫頭恬不知恥地湊上來，用腦袋瓜子蹭了蹭她的胳膊。

「我為了阿娘，已經演得很賣力了，阿娘還在生氣嗎？」

小小少年也坐起身，乖巧地拉住荀柳的袖子。「阿娘是在氣我使的力不夠嗎？但要使力的話，樂兒真哭了，阿娘又會心疼的。」

算你說得有道理。

兩個孩子似乎覺得示弱有效，對視一眼，吃零食的不吃了，看書的也不看了，皆圍在荀柳面前，幫她捶腿捏肩，將荀柳伺候得好一番舒服。

軒轅澈仍舊撐著頭，似笑非笑地看著眼前耍寶般的一大兩小。過了一會兒，待得兩個孩子被馬車晃得睏了，這才靠到荀柳身後，低笑一聲。

「為夫也累了，娘子可否也替為夫捏捏肩？」

荀柳本就對他不滿，這會兒尋到機會，便捏著拳頭，故作惡狠狠道：「行，那就讓我好好為你鬆鬆筋骨吧……」

但沒過多久，馬車裡傳來女子壓抑的低呼聲，坐在外頭的莫離和莫笑簡直已經見怪不怪，想也知道是主子又在向姑娘索吻了。

他們這對主子，自從大婚之後，日子過得越久，反而越加恩愛，讓朝中不少大臣的家眷看著眼紅。

而他們倆嘛……

兩人互視一眼，靠在一起，也十指相扣，臉上露出幸福的笑容。

暗部隱匿之後，他們自願留在主子身邊。三年前，在兩位主子的操辦下，他們已經成了親。從今往後，對方和主子所在的地方，便都是家了。

這次出行，本是荀柳想回碎葉城省親，孰料軒轅澈得知消息後，竟提前將朝中所有事情打理好，非要跟去。

兩個大的一走，兩個小的自然不甘寂寞，也央求著一起上了馬車。

於是乎，本來只是皇后省親，卻生生變成了皇帝一家微服私訪。

代理朝務的賀子良和牧謹言知道後，也只能嘆氣，畢竟皇帝還「體恤」地只留了雜事給他們呢，呵呵……

馬車晃晃悠悠，一路看花賞景，半個多月後才抵達碎葉城。

這次回來，荀柳未提前告訴任何人，一家人就這麼悄悄到了荀家門口。

幾年前荀柳離家出走時，已經把這座宅子送給錢江他們。但這麼多年來，他們依舊稱這裡為荀家。

奇巧閣依舊還在，由錢江和王虎兩家合夥操持，幾年下來，摸到了一些門道，開始自行設計東西，偶爾遇到難題，就寄信入京問她。如此下來，生意竟也做得有聲有色。

不久前，王虎也成了親。如今二嫂懷孕，不久便要生了。

荀柳想著，滿懷歡喜地準備敲門，但還沒敲，又轉了轉眼珠子，拉著軒轅澈往後躲，將一雙兒女往前推。

「阿慎，樂兒，你們去敲門。」

「阿娘，您好幼稚哦。」軒轅樂兒噘著小嘴，剛說完，見自家娘親雙目一瞪，立即改口。「但樂兒就喜歡幼稚的娘親。哥哥，你去敲吧。」小手十分自然地將自家哥哥往前一推。

軒轅慎看著同樣幼稚的兩大一小，嘆了口氣，乖巧地敲了敲門。

沒一會兒，一道腳步聲從門裡傳出來，吱嘎一聲，門被打開了。

錢江看著門外兩個粉妝玉琢，但無比陌生的孩子，納悶道：「你們是……」

軒轅樂兒打量他一眼，回想荀柳告訴過她的外貌特徵，甜甜喚了一聲。「大舅舅！」

軒轅慎也跟著喊人。「大舅舅好。」

錢江更糊塗了，荀柳躲在一旁看著他的反應，樂不可支，趕緊出來。

「大哥，是我們回來了！」

錢江看見她和軒轅澈的臉，驚喜至極。「小妹！不，皇后娘娘……」

「大哥，你這麼叫，我可就生氣了啊，稱呼不許亂改。」荀柳佯裝不高興道。

軒轅澈也跟著走出來，笑道：「既是一家人，便不必計較那些俗禮，大哥應當很清楚阿姊的性子才是。」

錢江聽他也跟著一起叫大哥，先是愣了愣，隨即哈哈大笑了幾聲。

「對，是我不好。你們快些進來，這是阿慎和樂兒吧？都長這麼大了。二弟，弟妹，你們快出來，看看誰回來了！」

錢江帶荀柳一家進去，院子裡的其他人也聽到了動靜。
葛氏扶著一個面容秀氣的孕婦從屋裡走出來，身旁還跟著一個六、七歲的小少年。
王虎正在製鐵，聽到聲音，滿頭大汗地從後頭跑出來，見是荀柳一家，也萬分驚喜。
「皇……」
「哎哎，誰再這麼叫，我可就生氣了。」還不等葛氏第一個字落下，荀柳便立即打斷她。「我們是回來探親的，不是回來看你們行禮來行禮去的。」
錢江跟著笑道：「方才他們已經說過了，咱們就像以往那般叫就行。」
挺著肚子，站在葛氏身旁的喬氏有些迷茫。「大嫂，這兩位是……」
葛氏笑了笑。「這就是我常跟妳提起的那兩位呀。」
喬氏一驚，就想下跪，荀柳連忙上前扶住她。
「二嫂，妳可不能跪，要是傷了我的小姪子，那就罪過了。快起來。」
喬氏哪曾被這般尊貴的人如此對待過，一時間驚慌失措，生怕自己衝撞了貴人。
荀柳見她緊張，笑道：「二嫂，妳不必這麼拘謹。在妳們嫁過來之前，我也在這裡住了好幾年呢，就跟妳一樣，是個普通人而已。只是，那時院子裡還沒有這麼多好看的花草。」
她說著，又看了看院子中央，見那棵桃樹的位置，已經改種了更大的梨樹。
喬氏性格柔弱，發現傳聞中的皇后娘娘居然這般健談溫和，便放鬆不少，見荀柳的目光看向梨樹，柔柔一笑。

「這梨樹是我種的，之前聽大嫂說，這裡曾有過一株桃樹，後來被砍了。我覺得可惜，但又找不到合適的，便改種了梨樹，皇……」

她剛想叫皇后娘娘，又想到荀柳方才說的話，改口道：「妳……喜歡嗎？」

「我當然喜歡。」荀柳衝著她，燦爛地笑了笑。「二嫂心巧，配我那傻乎乎又粗心大意的二哥正合適。」

「小妹，妳怎麼回來還打趣我呢。」王虎哈哈笑了幾聲。

「先坐下說話吧。今晚咱們就像以前那樣，在院子裡吃飯，晚上咱們哥兒幾個喝點小酒，好好聊個痛快。」

軒轅澈愉悅一笑。「樂意奉陪。」

聽他接話，錢江與王虎不由愣住。自從雲家翻案之後，他們的妹婿似乎開朗不少，竟比以前好親近許多。

眾人坐下之後，荀柳見跟在葛氏身旁的那名小少年正好奇地看著她的一雙兒女，便笑道：「這是永康吧？」

葛氏笑著將兒子往前拉了拉。「對。永康，來叫姑姑。」

錢永康害羞地低下頭，小聲喚了一句。「姑姑好，姑父好。」

「真乖。」也許是看別人家的乖巧兒子，怎麼看怎麼舒服，荀柳將一雙兒女往前推了推。「來，挨個兒叫。」

軒轅慎帶頭，先喊道：「大舅舅好，大舅母好。二舅舅好，二舅母好。大表哥好，我是軒轅慎。」

軒轅樂兒眨巴眨巴眼，甜甜道：「各位舅舅跟舅母們好，大表哥好，我叫軒轅樂兒。」

荀柳滿頭黑線。小丫頭行啊，夠會偷懶的。

軒轅樂兒渾然不知她娘對她的不滿，竟主動走到錢永康跟前，拉了拉他的小手。才三歲半的她，比錢永康矮了一個頭，但不妨礙她用關懷的眼神指點他。

「大表哥，你這麼認生怎麼行呢？見到我這麼可愛的女娃，要主動招呼，知不知道？」

荀柳無言。妳可不要把人家帶壞了啊！

其他人看了，只覺得是童言童語，錢江笑道：「看來他們不一會兒便會玩熟了。小妹，不如你們在這裡多留一段時日。」

他的話還沒說完，又聽到院外傳來一陣敲門聲。

「應該是安放馬車的莫離他們回來了。」

「那我去開門。」

錢江走過去開門，確實是莫離跟莫笑，但兩人進門便道：「公子，姑娘，靖安王府派人過來了，說是要為你們接風洗塵。」

荀柳一愣，看向軒轅澈。「他們怎麼會知道？」

軒轅澈眸光一閃。「想必是賀子良私下通知的，這一路過來，也一直有護衛跟著。」

看來，他回去後，得給這個愛管閒事的傢伙多一點差事了。

如此，晚上開懷暢飲的計劃自然沒了影，不過荀柳向他們保證，過兩日必會再來歡聚。

於是，一家四口外加護衛兩名，全被接到了靖安王府。

雖然已經過去好幾年，但靖安王仍舊精神奕奕，臉上多了幾道皺紋而已。見到荀柳一家，十分高興，忙命人去準備晚宴。

世子和世子妃還是老樣子，只是荀柳覺得，兩人的感情似乎好了很多。她聽靖安王說過，世子遣散府中眾妾，想必也終於開始學會珍惜眼前人了。

最大的變化，要數王景旭和方詩瑤。相較幾年前，王景旭穩重許多，如今竟比他父親還多了幾分威嚴，這幾年開始蓄鬚，更顯得沈穩不少。

而方詩瑤則變得溫和了，許是生養了三個兒女，她眼中的傲氣淡去不少，反倒多了身為母親的光輝。三個兒女也教養得相當出色，待人接物很有禮。

只是，這輩分可就亂了套，荀柳嫌麻煩，反正都是自家人，便按照年紀大小，讓他們互稱兄弟姊妹。

不一會兒，孩子們玩在一起，幾個大人則坐在院中聊起天來。

「臣聽說，那假雲崢死了？」聊了一會兒，王承志忽然問道。

軒轅澈點頭。「游夫子救了三年，還是沒救回來。」

荀柳聞言，沈默不語。

假雲嵘的事，她也知道一點。之前她一直以為他真是雲峰之子，但軒轅澈早就識破了蕭黨的計謀，那人不過是個跟雲峰之子甚是相像的少年，蕭世安為了設計軒轅澈，便用毒藥壞了他的腦子，使他遺失所有記憶，又命人將他囚禁起來，日日將雲峰之子小時候經歷過的事情說給他聽，逼迫他記住。

後來幾經波折，他的命雖然保住了，但毒藥已經攻心，軒轅澈不想讓他無辜慘死，命游夫子盡力施救，但只活了三年，便撒手人寰，想來也是可憐。

這個話題有些沈悶，靖安王瞪著兒子，埋怨了一句。「你看看你，比我這個老頭子說話還不中聽。」

「是兒子的錯，晚上兒子自罰三杯賠罪。」王承志爽快笑道。

這般，氣氛才算是重新熱絡起來。

過了沒多久，不遠處的小花園裡，突然傳出了一陣哭聲。

方詩瑤聽出是小女兒王秋潼的聲音，急忙站起來。「是潼兒，我去看看。」

荀柳心想不會跟她家小丫頭有關吧，跟著起身。「我也去看看。」

隨後，軒轅澈和王景旭也站了起來。

靖安王挑眉。「你們也去看看？」

王景旭尷尬地看看軒轅澈，對自家祖父使眼色，解釋道：「正好坐累了，我陪皇上隨便走走。」

軒轅澈面不改色，笑著點點頭，甚是贊同地與王景旭一起出了院子。

姚氏見狀，不由笑道：「這兩個可都是護短的。」

荀柳和方詩瑤到了小花園，果然看見王秋潼正在哭，其他幾個孩子圍著她，不知道在做什麼，軒轅樂兒則連連向她說對不起。

方詩瑤生怕荀柳會怪罪，立即上前，準備教訓女兒。

荀柳動作比她更快，直接擠進去，看見王秋潼捂著膝蓋，哭得眼睛都腫了，便問女兒。

「軒轅樂兒，怎麼回事？」

軒轅樂兒低下了小腦袋，囁嚅道：「剛才我們在玩捉迷藏，是我不小心絆了潼姊姊一腳，她就摔倒了。阿娘，我知道錯了。」

方詩瑤心疼地抱起女兒，拉起她的褲腿，膝蓋果然青紫了一片，又不敢責怪軒轅樂兒。

「皇后娘娘，是潼兒自己不小心……」

王秋潼聽了，委屈地別開眼，似乎被親娘的態度傷了心。

「娘，明明是樂兒……」一旁的大兒子想替妹妹辯解，卻被方詩瑤瞪了一眼，便不敢再說話。

這一幕全落入軒轅慎眼裡，拉著軒轅樂兒上前一步。

「大少夫人，確實是樂兒做錯了事，您不應該責怪潼兒妹妹。」

軒轅樂兒也立即認錯。「潼姊姊，是我不好，妳原諒我吧，我不是故意的。」

「孩子之間本就不該摻雜太多多餘的東西，樂兒錯了便是錯了，不該因為其他事情，就享受特權。這個道理，對潼兒也同樣適用。」荀柳看著方詩瑤，笑道：「想必妳也希望，以後待潼兒成年，不會因為任何原因，覺得自己低人一等吧？」

方詩瑤一震，低頭看向女兒，果真見女兒正頗受打擊地看著她。

她沈默片刻，忽然想明白了。「皇后娘娘說得對，是我糊塗了。」笑著問女兒。「小公主都向妳道歉了，妳想不想原諒她？」

王秋潼見母親為她主持了公道，小臉上的表情開心許多，低頭看了看正期盼地盯著她的軒轅樂兒，展顏一笑。

「我原諒妳，樂兒妹妹。」

見問題解決，孩子們都笑了起來。

方詩瑤看著荀柳，也淺淺一笑。

看來，妹妹信中說皇后娘娘心胸豁達，果然是真的呢。再較以往，倒是她心胸狹隘了。

這一幕，全被廊簷下的兩個男子收入眼中。

軒轅澈望著站在花園裡的妻子和兒女，目光不覺溫柔起來，見身旁的王景旭也跟著鬆了口氣，便問了一句。
「前些日子見靖安王所奏，是準備將王位傳給你了？」
王景旭似是沒想到軒轅澈會主動跟他說話，微微詫異，點了點頭。
「父親無心掌權，爺爺年紀又大了，他們商議後，決定讓我接下。」
軒轅澈點頭。「倒也不錯，如今你正合適。」
這話聽著可有點意思，是說過去的他就不合適了？
王景旭無聲笑了下，目光落在遠處的妻兒身上。以往他是有過遺憾，但隨著歲月消逝，早已有別的東西替代了原來的空缺。如今，他很滿意現在的生活。
他想著，忽然笑道：「皇上莫要高興得太早，她好歹是我名義上的姑姑，若是她在宮中受了委屈，即便是君臣之別，臣也必不會讓皇上安穩。」
軒轅澈輕描淡寫地掃他一眼。「你爺爺沒告訴過你，狠話要放到實權在握後再說？」
他說完，抬了抬腿，往小花園中走去。
王景旭一愣，這才明白軒轅澈是在威脅他，不禁一笑，也跟著走過去。
院中歲月靜好，孩童的歡聲笑語傳出去，引得外頭的下人們也不禁彎起了唇角。
——全書完

家有醫妻，春好月圓／六月梧桐

2023年5月出版

娘子有醫手

就算沒了頂梁柱，誰也別想欺負她家的人。
她的一手好醫術，定能替他們撐起一片天來！

文創風 1159 **1**

莊蕾傻了，她堂堂學貫中西的名醫居然穿書變成被爹娘賤賣的童養媳，
疼愛她的公爹與準未婚夫橫死，而婆婆養大的假小叔原是安南侯之子，
換回來的真小叔陳熹卻是藥罐，加上和離的小姑，說起來都是淚啊……
幸虧她的醫手好本領跟著穿來，還開廚藝外掛，治好陳熹和縣令夫人。
可娘家人再度將她賣入遂縣首富黃府當妾，對方竟是下不了蛋的弱雞，
當家老夫人亦頑疾纏身，若醫好他倆，豈不保住清白又得首富當靠山？

文創風 1160 **2**

成為遂縣首富和縣令夫人的救命恩人後，莊蕾的小腰桿終於可以挺直，
坐穩樂堂郎中的位置不說，還幫婆婆和小姑開了間主打藥膳的小鋪子，
獨門的瓦罐煨湯可是美味兼養生，路過看過絕不能沒嚐過呀～～
又有小叔陳熹在開店前畫圖監工，開店後跑堂打下手，堪稱得力隊友！
孰料新的難關又至，名將淮南王因兒子罹患腸癰命在旦夕，上門求醫，
剛製出的抗生素青橘飲派上用場，西醫前進古代的創舉就交給她吧——

文創風 1161 **3**

研發成藥的藥廠開業在即，莊蕾卻遇襲險些沒命，這才恍然大悟——
僅倚仗遂縣人脈無法護得全家平安，便和陳熹赴淮州向淮南王求庇護。
陳熹亦得淮南王青眼，連世子伴讀的位置都替他留好，又有王妃力挺，
讓她替豪門女眷治療婦科隱疾，未來建綜合醫院的第一桶金便有著落！
醫世大計漸上軌道，莊蕾為淮南王訓練軍醫，須生產更多藥品救人，
這對缺乏科學儀器的古代來說可是大難題，她該怎麼突破這道關卡呢？

文創風 1162 **4** 完

莊蕾前往杭城醫治受子宮病症所苦的布政使夫人，居然惹來一身腥，
幸虧淮南王的暗衛救下她免於受辱，可隨之而來的軍報令她錯愕——
淮南王遭敵軍射傷命危，她都還來不及喘口氣，便提著藥箱趕赴急救，
總算從閻王手裡搶回人命，而她也因禍得福，被淮南王夫妻收為義女。
陳熹高中案首，陳家歡喜喬遷，他還為她設計了秋千，讓她暖到心裡。
她本已為家人絕了再嫁的心思，若對象是陳熹，會不會是個好選擇呢？

2023年4月出版

起家靠長姊

文創風 1156～1158

一場變故讓她痛失父母，家裡只餘兩個弟弟及一對雙胞胎妹妹，
她身為長姊面對不明事理的祖父母、心狠奸險的叔叔嬸嬸，
即便還是個孩子，也得挺起身子拉拔弟妹，絕不教人看輕！

種地榨油開店搏翻身，
長姊攜弟養妹賺夫君／魯欣

從一個爹不親、娘不愛的家庭胎穿到何家，何貞本以為家裡雖苦了點，
但父親可靠、母親慈愛，兩個弟弟又聰明聽話，一家人好好過日子也不錯；
可一場變故讓他們父母雙亡，何家大房只留下三姊弟及早產的雙胞胎，
他們頓時成了二房不喜、三房不要的累贅，連祖父母也不上心……
看盡親人冷暖的她，在父母墳前立狠誓，定要把弟妹撫養成人！
幸好在叔叔、嬸嬸們的「幫襯」下，他們大房順勢分家自立，
只是自己也還是個孩子，大孩子養小孩子，要怎麼撐起一個家？

2023年3月出版

文創風1148～1150

天才醫女有點黑

見她娘舉起石頭對著蹦蹦跳的雞下不了手，
她看得實在心焦，險些崩人設過去幫忙，
哥，你快回來呀！要裝一個斯文小姑娘太難了……

直率不掩藏，濃情自然長／荔枝拿鐵

穿越開局就是舉家被流放到遼東？這也太慘了吧……
所幸周瑜和哥哥一同穿來，手握兄妹倆能共用的空間外掛，
又有了上輩子求生的經驗，雖説得遮遮掩掩著魂穿的變化，
但兄妹攜手合作護著一家婦孺抵達遼東，也算是有驚無險。
然而並不是到達目的地就結束流放，而是得成為軍戶在邊疆開墾，
哥哥身為家裡唯一符合資格的男丁，自然就得入軍伍生活了。
所幸同是天涯淪落人，除了本就認識的親戚，村內的人皆好相與，
無須過於防備身邊人，他們一家如今就是得在哥哥報到前多存點錢。
於是她藉著醫藥知識與手弩，和哥哥在山上找尋好藥順道打獵，
卻意外救了被毒蛇咬傷的少年「常三郎」，自稱到遼東依親途中遭了難。
他看似個紈袴，還老是嘴賤喚她「黑丫頭」，可實際相與人倒是不壞，
就是懶散了點，總想靠親戚的銀兩接濟，這不行，不幹活就不給飯吃！
他瞪著柴垛抱怨：「妳居然讓病人揹柴？那麼多！妳想累死小爺啊？」
她嫣然一笑：「放心，我就是醫生，揹完這堆柴，只會讓你更健康！」

文創風
1197

小匠女開業中 4 完

國家圖書館出版品預行編目資料

小匠女開業中 / 染青衣著. --
初版. -- 臺北市 : 狗屋出版社有限公司, 2023.09
冊 ; 公分. --（文創風 ; 1194-1197）
ISBN 978-986-509-458-4（第4冊 : 平裝）. --

857.7　　　　　　　　　　112012805

著作者　染青衣
編輯　安愉
校對　陳依伶
發行所　狗屋出版社有限公司
地址　台北市104中山區龍江路71巷15號1樓
電話　02-2776-5889～0
發行字號　局版台業字845號
法律顧問　蕭雄淋律師
總經銷　知遠文化事業有限公司
電話　02-2664-8800
初版　2023年9月
國際書碼　ISBN-13　978-986-509-458-4

定價280元
狗屋劃撥帳號：19001626
網址：love.doghouse.com.tw　E-mail：love@doghouse.com.tw